Udo Sailer
Der Purpurpate

AF190631

Marco, einst in das düstere Waisenhaus Santa Lucia verschleppt und dort von Kirche und Mafia missbraucht, kehrt Jahre später als Pater Matteo zurück. Getarnt im Vatikan, führt er mit der Unterstützung der mutigen Nonne Rosaria und des Informatikers Kaito einen riskanten Feldzug gegen Kardinal Folliero und dessen skrupelloses Netzwerk. Doch als sich Ariella ihnen anschließt, geraten alle Beteiligten in höchste Gefahr. Wird es Matteo gelingen, das dunkle System zu enttarnen, oder wird ihn die Vergangenheit endgültig verschlingen?

Ein packender Thriller über Wahrheit, Verrat und die Suche nach Gerechtigkeit.

Udo Sailer, 1955 geboren, lebt in Speyer und ist Autor, Pianist, Komponist und Informatiker. www.udosailer.de

Udo Sailer

DER PURPURPATE

Thriller

Bibliografische Information der Deutschen Nationalbibliothek: Die Deutsche Nationalbibliothek verzeichnet diese Publikation in der Deutschen Nationalbibliografie; detaillierte bibliografische Daten sind im Internet über dnb.dnb.de abrufbar.

2. Auflage

Verlag: BoD · Books on Demand GmbH, Überseering 33, 22297 Hamburg, bod@bod.de
Druck: Libri Plureos GmbH, Friedensallee 273, 22763 Hamburg

ISBN: 978-3-8192-7692-7

»*Ein Strom aus Herzen wird die Zeit betrügen, und ein Meer von Tränen die Sünde tilgen, auf dass die kleine Seele im Atem Gottes weiterlebt.*«

I

Schwester Rosaria hastete durch die dunklen, endlos erscheinenden Flure. Ihr Habit raschelte leise bei jedem Schritt, während ihre Gedanken schwer auf ihrer Seele lasteten. Eine Nachricht aus dem Vatikan hatte sie erreicht, ein Auftrag, der ihr Herz wie einen Stein in der Brust sinken ließ.

Kardinal Edoardo Folliero, dessen Einfluss und Macht im Vatikan unangefochten waren, duldete keine Widerrede. Seit Jahren diente sie ihm, gefangen zwischen Pflichtgefühl und den unausgesprochenen Schrecken, die sie miterlebte.

Die Dämmerung senkte sich über Rom, und ein gedämpftes Licht fiel durch die hohen Fenster des alten Waisenhauses Santa Lucia im Viertel Borgo, unweit des Vatikans. Die Glocken des Petersdoms hatten zur Vesper geläutet, und die Kinder waren bereits in ihren Schlafsälen.

Nur im Innenhof saß noch der kleine Marco, sechs Jahre alt, allein auf einer vom Wetter zerfressenen Holzbank. Seine Schuluniform aus dunkelblauen Hosen und einem weißen Hemd wirkte seltsam fehl am Platz. Nur das Plätschern des Brunnens durchbrach die Stille. Seine Hände umklammerten ein abgenutztes Stofftier, dem man seine Spezies nicht mehr ansah, das einzige Andenken an sein Zuhause. Vertieft in seine Gedanken, bemerkte er nicht, wie Schwester Rosaria sich näherte. Erst als ihr Schatten über ihn fiel, hob er langsam den Kopf.

»Marco«, sagte sie sanft, ihre Stimme leicht zitternd. »Komm mit mir, bitte.« Der Junge erhob sich zögernd, seine großen Augen suchten nach Antworten in ihrem Gesicht, doch die Ordensfrau vermied den Blick und legte behutsam eine Hand auf seine Schulter. Gemeinsam eilten sie durch die düsteren Flure. Vom Waisenhaus zum Vatikan waren es nur wenige Meter, aber der Weg erschien endlos, jeder Schritt schwerer als der letzte.

Kurz darauf erreichten sie das Vorzimmer des Kardinals, wo eine massive Tür, reich verziert mit kunstvollen Schnitzereien, vor ihnen emporragte. Rosaria hob zögerlich die Hand, und das leise Klopfen hallte in ihrer eigenen Brust wider. Ein blechernes, fistelndes »Herein« drang von der anderen Seite zu ihnen.

Mit einem sanften Druck öffnete sie die Tür und führte den Kleinen hinein. Pater Ricardo Costa, in schwarzer Soutane, der engste Vertraute und Sekretär des Kardinals, empfing sie mit einer verbindlichen Freundlichkeit, seine Aufmerksamkeit wohlwollend auf Marco gerichtet.

»Seine Eminenz erwartet sie bereits«, flüsterte er und wandte sich dann Schwester Rosaria zu. Mit einem prüfenden Blick auf den Jungen meinte er leiser: »Hübsches Kind.« Rosaria ignorierte die Bemerkung und schaute zu Boden. Dieses aalglatte Scheusal hatte ihr selbst schon öfter eindeutige Avancen gemacht, wobei er sie jedes Mal hemmungslos begrapschte. Sie konnte ihn gottlob immer davon abhalten, sie weiter zu bedrängen. Ricardo war auch als Leibwächter höchst effektiv und skrupellos. Der Pater schmachtete nach Marco, aber Rosaria hatte es ihm heute ebenso angetan. Beide waren für ihn Fleisch, gerade gut genug für seine Spielchen. Er entsprach jedem Klischee eines Filmbösewichts der alten Schule. Untypisch groß und hünenhaft für einen Sizilianer, drahtig und mit gleitenden Bewegungen wirkte er bedrohlich auf beide Besucher. Die Haare hatte er mit Gel glatt nach hinten gekämmt. So überspielte sein charakteristisch süditalienisches und kantiges Gesicht eindrucksvoll seine Bedeutungslosigkeit. Mit aufgeblähten Nüstern und glänzenden, halb geschlossenen Augen öffnete er die Tür zu seinem Vorgesetzten.

Das Amtszimmer des Kardinals wirkte beeindruckend und ehrwürdig. An den Wänden hingen Gemälde, die Szenen aus der Kirchengeschichte zeigten. Vergoldete Ornamente zierten die schweren Möbel. Die Buntglasfenster ließen farbiges Licht in den Raum fallen. Ein schlichtes Kruzifix aus poliertem Mahagoni hing über einem kleinen Altar. In der Mitte stand ein monströser Schreibtisch, der die eindrucksvolle Grenze zwischen Macht und Ergebenheit zeichnete. Schwere, ledergebundene Bücher warteten darauf, bewundert zu werden. Dahinter erhob sich ein hoher purpurgepolsterter Sessel. Der Geruch von altem Holz und Weihrauch durchzog die Luft.

Als Rosaria mit Marco eintrat, saß Kardinal Folliero erwartungsvoll, jedoch mit unbeweglichem Gesicht hinter dem Schreibtisch. Auf einer opulenten Polstergarnitur thronte Don Massimo Venturi, eine Hauptfigur der italienischen Mafia, gefürchtet und hoch angesehen. Neben ihm lümmelte sich Vincente Moretti, der Polizeichef von Rom, in die Kissen. Diese illustre Gesellschaft, einen edlen Tignanello von Marchesi Antinori in großzügigen Rotweingläsern schwenkend, musterte die Neuankömmlinge mit einer Mischung aus Neugier und Blasiertheit.

Auf einer kleinen Ottomane saßen zwei hellblonde Mädchen von sechs und acht Jahren und ein dunkelgelockter Junge in gleichem Alter. Die Kinder waren hübsch und adrett gekleidet, mit kurzen dunkelblauen Hosen oder Faltenröckchen und weißen Socken. Sie verharrten schweigend mit großen, weit geöffneten Augen.

Zwei Nonnen, die dem Kardinal unterwürfig, fast hündisch dienten, bereiteten Bruschetta an einem Vertiko vor. Das Szenario hatte den Anschein einer netten Party, doch die angstvollen Augen der Kinder und der unerträgliche Geruch der Heiligkeit erfüllten den Raum mit Beklemmung.

»Schwester Rosaria«, hob Folliero an – seine Stimme eine seltsame Mischung aus Freundlichkeit und Autorität – »ich danke Ihnen, dass sie Marco gebracht haben. Der Neue ist mir im Heim aufgefallen. Ich glaube, er hat großes Potenzial.« Rosaria nickte stumm und trat zurück, die Hände vor ihrem Schoß gefaltet und den Blick fest auf den kleinen Jungen gerichtet. Der Kardinal erhob sich bedächtig und stolzierte um den Schreibtisch herum. Seine Augen, die im Halbdunkel aufblitzten, musterten Marco kühl. Mit einem abfälligen Wink deutete er der Schwester an, den Raum zu verlassen. »Komm her, mein Sohn«, sagte er sanft. Marco gehorchte. Seine Hände zitterten, als ihm der Kardinal leicht über den Kopf strich und dann sein Kinn anhob. Rosaria wandte sich ab. Ein Kloß bildete sich in ihrem Hals, wissend, was in diesem Raum geschehen würde, und doch fühlte sie sich machtlos.

Sie schaute ein letztes Mal zu Marco, dessen unschuldige Augen sie mit stummer Frage ansahen, und erfasste gerade noch aus den Augenwinkeln, wie Folliero an der kurzen Hose des Jungen herumnestelte.

2

Eine Woche zuvor.

Vom Kiosk hatte er sich eine Literflasche Freschello mitgenommen, die jetzt halb leer auf seinem verkratzten Wohnzimmertisch stand. Er hatte nur die Stehlampe an, weil die Große ihn blendete. Das Halbdunkel war ein Kokon seiner Verzweiflung und seines Selbstmitleids. Davide nahm einen tiefen Schluck aus der Flasche. Dass der Fusel in der Kehle brannte, störte ihn nicht sonderlich. Ihm, der sich in guten Zeiten immer die sanften Barolos und Brunellos genüsslich einverleibt hatte, war inzwischen die Wirkung wichtiger als der Geschmack. Die dumpfe Taubheit, die mit jedem Schluck kam, war willkommen. Besser das, als sich dem Albtraum seines Lebens zu stellen.

Früher einmal hatte Dr. Davide Arcuri sich und den Menschen etwas bedeutet. Er war ein angesehener Arzt mit einer modernen Praxis und beschäftigte zwei Sprechstundenhilfen und zwei medizinische Fachangestellte. Er genoss hohes Ansehen in der Gemeinde und wurde von seinen Kollegen respektiert. Die Hände, die jetzt zitterten, hatten einst Leben gerettet. Doch die unaufhaltsame Spirale des Alkohols hatte alles zerstört. Anfangs trank er nur gelegentlich, um den Stress abzubauen, den das Leben als Arzt mit sich brachte. Doch nach und nach wurde die Flasche zu seinem ständigen Begleiter. Die Nächte wurden länger, die Tage kürzer, und irgendwann hatte er die Kontrolle verloren. Als die Sucht sichtbar wurde, blieb ihm nicht viel übrig. Sein Ruf war ruiniert, die Patienten hielten sich fern. Der Tag, an dem ihm die Approbation entzogen wurde, war der Tiefpunkt seines Lebens. Der Brief lag auf dem Tisch, seine Hände zitterten, als er ihn öffnete. Die Worte verschwammen vor seinen Augen, aber die Bedeutung war klar: Er durfte nie wieder als Arzt praktizieren. Sein Herz sank, und die Flasche Wodka, die immer in Reichweite war, wurde zu seinem ständigen Begleiter. Die Scham, die Hilflosigkeit – es war, als würde ihm die Welt den Boden unter den Füßen wegziehen. Die Abwärtsspirale war nicht mehr aufzuhalten, und jetzt war er nur noch ein Wrack, gefangen in einer Endlosschleife aus Seelenqual und bitterem Zynismus.

Davide wusste, dass er seine Frau Jolanda und ihren kleinen Sohn Marco im Stich ließ. Er sah es in Jolandas Augen – die Enttäuschung, die Wut, aber auch diese erschütternde Müdigkeit, die Menschen bekommen, wenn sie jahrelang kämpfen, ohne jemals zu gewinnen. Marco, der einst so fröhlich und voller Energie war, sprach kaum noch mit ihm. Der Junge wich seinem Vater aus, als ob er spürte, dass Davide ein Schatten seiner selbst geworden war, unfähig, sich um ihn zu kümmern oder ihn zu beschützen.

Davide nahm noch einen großen Schluck, und der vertraute Nebel begann, seinen Geist zu umhüllen. Die Schärfe der Realität verblasste, und genau das war es, was er wollte – dieses Gefühl von Nichts. Kein Elend, keine Schuld, keine Verantwortung. Aber auch keine Hoffnung. Es war ihm schmerzlich bewusst, dass Jolanda abends arbeitete, um die Familie über Wasser zu halten. Die Kneipe, in der sie sich abrackerte, war kein guter Ort, schon gar nicht für jemanden wie Marco, der oft mitkommen musste, wenn Davide zu betrunken war, um auf ihn aufzupassen. Tief im Inneren nagte die Schuld an ihm, doch er hatte nicht die Kraft, etwas zu ändern. Er hatte längst kapituliert.

Aus seinem alten, beigen Ohrensessel am Fenster, in dem er meistens saß, konnte er Jolanda beobachten, wenn sie abends mit dem kleinen Marco das Haus verließ. Dann hasste er sich. Er war mager geworden und sah mit seinen zweiundvierzig Jahren aus wie ein Mittfünfziger. Seine dunkelbraunen Haare waren oft fettig und unansehnlich, und einzelne Strähnen hingen ihm ins Gesicht. Es störte ihn nicht mal, dass seine Flasche auf dem kleinen Beistelltisch festklebte. Hinter seinem Vollbart war der einst gut aussehende Arzt noch zu erahnen, wenn man die traurige Mimik um seine geschwollenen Tränensäcke und die wässrigen Augen außer acht ließ. Nach jedem Schluck wurde das Leben leichter.

Jolanda war achtunddreißig und täuschte ihrer Umwelt Tag für Tag die wahre Lebensfreude vor. Eine quirlige, attraktive und zufriedene Frau könnte man meinen. Aber vor Jahren schon hatte sie die Hoffnung aufgegeben, dass sich etwas an ihrem Dasein ändern würde. Sie trug die Last der Familie auf ihren Schultern, arbeitete jede Nacht in der Kneipe La Caverna, die mehr einem Treffpunkt für zwielichtige Gestalten als einem echten Lokal glich. Jolanda wusste sich anzupassen. Ihre auffällige, blonde Pony-Frisur, die fast die ganzen Augen verdeckte, ihre immer engen, halblangen Röcke und die High Heels passten ins Milieu. Die Mafia hatte den Laden verpachtet und kontrollierte ihn. Das konnte man nicht übersehen. Doch sie hatte keine Wahl und freute sich über ihren Job. Das Geld war knapp, und Davide konnte nichts dazu beitragen.

An den Tagen, an denen ihr Mann zu tief ins Glas geschaut hatte – was praktisch immer der Fall war – nahm Jolanda ihren Sohn Marco mit in die Kneipe. Er wurde gerade erst sechs, zu klein, um alleine zu bleiben, aber aufgeweckt, stets neugierig und voller Fragen. Das Leben, in das er hineingeboren wurde, war alles andere als kindgerecht.

In der Kneipe verbrachte der Kleine die Zeit meist im Hinterzimmer. Es war schmutzig, mit abgewetzten Sofas und einem Fernseher, der kaum funktionierte. Marco spielte stumm mit ein paar kaputten Spielzeugen oder schaute auf den Bildschirm, solange seine Mutter zwischen den Tischen hin- und herlief, Getränke servierte und dabei den kruden Witzen der Männer auswich. Er verstand nicht viel von dem, was um ihn herum geschah, doch er merkte, dass die Gäste, die hier verkehrten, etwas Bedrohliches an sich hatten.

Eines Abends, als Jolanda ihn wieder mitgenommen

hatte, fiel Marco einem der ranghöheren Mafiosi auf. »Wer is'n der Kleine?«, fragte er in die Runde, als er den Jungen im Flur stehen sah.

»Das ist Jolandas Racker«, murmelte einer der anderen und nahm einen tiefen Zug an seiner Zigarette. »Der hängt immer hier ab, wenn der Alte wieder besoffen ist.«

Rocco musterte das Kind mit einem abschätzigen Blick. »Hm. Sieht robust aus.« Er nickte und verließ den Raum. Später am Abend meldete er Marco seinem Chef Don Massimo Venturi.

»Ein Junge, sagst du? Und die Alte arbeitet für uns?«, fragte der Don, ohne den Blick von seinen Unterlagen zu heben.

»Ja, Boss. Der Kleine ist oft da. Vielleicht was Nützliches für uns.«

Venturi hob eine Augenbraue. »Interessant – ich hab gerade vorhin 'ne Anfrage von ganz oben bekommen. Für die heiligen Hallen. Du weißt, was das heißt.«

Rocco grinste kalt. »Fleischbeschaffung?«

»Genau. Wir liefern den Jungen. Der Rest geht seinen Weg.«

Innerhalb weniger Tage wurde der Plan in Gang gesetzt. Jolanda ahnte nichts, als zwei Männer in eleganten Anzügen eines Abends die Kneipe betraten und sich diskret im Hintergrund hielten. Einer von ihnen beobachtete Marco im Hinterzimmer, während der andere unauffällig mit Venturi sprach. Noch in derselben Nacht bekam der

Auftraggeber die Nachricht: »Bestellung« ausgeführt.

An diesem Abend, gegen Mitternacht, als der größte Trubel in der Kneipe nachließ, ging Jolanda nach hinten zu Marco. Der Raum war leer. Zuerst dachte sie, er sei vielleicht eingeschlafen oder hätte sich irgendwo hingelegt. Sie durchsuchte das Zimmer, rief leise seinen Namen – doch die Antwort blieb aus. Ihr Herz begann schneller zu schlagen. Sie rannte zurück in den Schankraum, suchte mit den Augen jeden Winkel ab, aber von Marco keine Spur.

»Habt ihr meinen Jungen gesehen?«, fragte sie hektisch, ihre Stimme zitterte leicht. Die paar verbliebenen Gäste starrten sie nur gleichgültig an. Niemand reagierte. Sie fragte erneut – lauter dieses Mal, doch kein Mensch schien sich zu interessieren.

Panik breitete sich in ihrem Magen aus, als sie nach draußen stürmte. Die Straße war leer, die Nacht still bis auf das ferne Summen der Stadt. Sie rief Marcos Namen immer wieder, während sie durch die Gassen lief. Ihre Schritte hallten auf dem Pflaster, und mit jedem Moment, der verstrich, wuchs ihre Angst. Wo war ihr Junge?

Nach einer verzweifelten Suche, die endlos erschien, kehrte sie wieder zur Kneipe zurück. Ihre Hände zitterten, und ihr Gesicht war bleich vor Angst. Sie stürmte auf den Barbesitzer zu, Tränen schossen ihr in die Augen. »Mein Sohn – Marco – er ist weg! Du musst mir helfen!«

Der Mann hinter der Theke – ein breitgebauter Typ mit kaltem Blick – schaute sie nur an, als hätte sie ihm einen schlechten Witz erzählt. »Hör mal, Jolanda«, sagte er ruhig und nahm einen Schluck von seinem Drink, »niemand wird hier Ärger machen. Nicht für dich, nicht für deinen Jungen. Glaube mir, was hier abgeht, willst du nicht wissen. Es ist eine Nummer zu groß für dich.«

»Was – was meinst du damit?« Jolandas Stimme war kaum noch ein Flüstern, während die Bedeutung seiner Worte in ihr sickerte.

»Es ist besser, wenn du aufhörst zu fragen«, sagte der Mann und sah sie ernst an. »Dieser Laden gehört Don Massimo. Verstehst du? Nichts passiert hier, ohne dass er es will. Du solltest dich damit abfinden, dass – der Kleine jetzt – woanders ist.«

Jolanda spürte, wie ihr der Boden unter den Füßen weggezogen wurde. Tränen liefen ihr über die Wangen, doch niemand im Schankraum nahm Notiz davon. Sie wusste, dass es keinen Sinn hatte, zur Polizei zu gehen. In einer von der Mafia kontrollierten Kneipe wie dieser würde die nicht ermitteln. Es war, als hätte sich Marco in Luft aufgelöst – und niemand würde jemals nach ihm suchen.

Die Kälte kroch in ihre Knochen, als die Realität sie traf: Ihr Sohn war verloren, verschleppt von Menschen, gegen die sie machtlos war. Sie wollte schreien, weglaufen, irgendetwas tun – doch sie stand einfach nur da, wie gelähmt von der schieren Grausamkeit dessen, was passiert war.

Dann hörte sie plötzlich einen Laut aus dem Hinterzimmer. Jolandas Herz setzte einen Schlag aus. Könnte es sein? War Marco doch noch da? Sie rannte in die Richtung des Geräuschs – aber als sie die Tür aufriss, starrte sie in eine gähnende Dunkelheit. Nichts. Niemand. Und die Stille verschlang sie mit der kalten, bitteren Wahrheit im Raum. Die Katze schmiegte sich plötzlich an ihre Beine und verschwand wieder lautlos. Jolanda hasste das Tier für die enttäuschende Wunschprojektion.

3

Die Fahrt dauerte nicht sehr lange, aber für Marco fühlte sie sich endlos an. Auf der Rückbank sitzend sah er die Dunkelheit der Nacht vorbeirauschen und sie raubte ihm den Atem. Sein Herz klopfte wild, und die Angst schnürte ihm die Kehle zu. Er hatte es gerade noch geschafft, seinen Teddy zu greifen, als die Männer ihn gepackt und ins Auto gezerrt hatten. Jetzt klammerte er sich verzweifelt an den weichen Plüsch, der ihm zumindest etwas Trost in dieser schrecklichen Situation bot.

Als der Wagen schließlich stoppte, sah Marco durch das Fenster die Silhouette eines großen Gebäudes, das im schwachen Mondlicht bedrohlich wirkte. Der Anblick ließ ihn schaudern. Pater Ricardo stand bereits am Eingang des Waisenhauses Santa Lucia und wartete. Sein Gesicht war reglos, kalt und unerbittlich.

»Habt ihr den Kleinen?«, fragte er knapp, ohne eine Spur von Mitgefühl.

»Yep, wie bestellt«, sagte der Beifahrer, als er die Tür öffnete und Marco unsanft nach draußen zog.

»Bringt ihn rein«, murmelte der Pater. »Wir sondieren ihn wie immer. Melde mich, wenn wir wissen, wo er hingehört.«

»Guter Mann, bring ihn selbst rein, ich muss weg«, sagte der Fahrer, gab ihm einen schiefen Gruß und fuhr davon, bevor das Tor sich hinter ihnen schloss. Die Lichter des Vans verschwanden in der Nacht und mit ihnen auch das letzte Stück der Welt, die Marco kannte.

Marco stand zitternd vor dem riesigen Waisenhaus. Die Hand des Paters auf seiner Schulter fühlte sich kalt und schwer an wie ein eiserner Griff, der ihn in diese neue, bedrohliche Realität zog. Jeder Schritt in Richtung des Gebäudes schien ihn weiter von seiner alten, vertrauten Welt zu entfernen.

»Komm mit«, sagte der Pater, seine Stimme klang wie das Knirschen alter Knochen. Er führte den Jungen durch die düsteren Flure des Waisenhauses. Die Wände schienen die Schreie und das Leid der vielen Kinder, die hier gelandet waren, in sich aufgesogen zu haben. Marco konnte förmlich die Verzweiflung spüren, die in der Luft hing.

Sie kamen schließlich in einen großen Schlafsaal, in dem die anderen Kinder bereits schliefen. Pater Ricardo zeigte auf ein leeres Bett in einer Ecke. »Ab jetzt ist das dein Zuhause«, sagte er ohne einen Hauch von Trost.

Marco legte sich hin und deckte sich mit der kratzigen Filzdecke zu, seinen Teddy dicht ans Gesicht gepresst. Die Stille des Raumes war erdrückend, und seine Gedanken rasten. Er wusste, dass nichts mehr so sein würde wie früher. Hinter den dicken Mauern dieses Ortes begann für ihn ein neues, schreckliches Leben – eines, das von der brutalen Realität beherrscht wurde, in der Kinder wie er als Ware galten, verschleppt für die Wünsche der Mächtigen.

In dieser ersten Nacht im Waisenhaus Santa Lucia fand Marco keinen Schlaf. Jede kleine Bewegung, jedes Geräusch ließ ihn zusammenzucken. Die Schrecken des Tages verfolgten ihn in die Dunkelheit. Er konnte nicht ahnen, was ihn noch alles erwartete, aber er spürte tief in seinem Herzen, dass er kämpfen musste, um zu überleben.

4

Das Waisenhaus Santa Lucia, einst ein imposantes Anwesen und Schmuckstück, wirkte alt und heruntergekommen. Der Putz bröckelte an vielen Stellen, Efeu wuchs über die Mauern, und die Fenster ließen kaum Licht herein. Die hohen, knarrenden Türen öffneten sich in eine unprätentiöse Eingangshalle, wo Kinder oft still auf den Holzbänken saßen. Im Speisesaal standen lange Tische, beleuchtet von einem schwachen Kronleuchter, während Nonnen das Essen verteilten und Gebete murmelten.

Im Innenhof pflegten die Schwestern einen kleinen Garten, und ein Brunnen plätscherte leise. Die Kinder spielten dort oder saßen ruhig beisammen. Der Tag war von Routine geprägt: Morgengebet, einfache Mahlzeiten, Unterricht und Aufgaben. Den Nachmittag verbrachten sie oft im Hof, doch die bedrückende Atmosphäre war latent vorhanden. Abends gingen die Kinder in die Kapelle zum Gebet, bevor sie sich in ihre einsamen Betten schlafen legten.

Seit seiner Entführung lebte Marco in diesen tristen Mauern, die ihn täglich daran erinnerten, wie hoffnungslos seine Welt war. Trotz seiner jungen Jahre erzählten seine Augen Geschichten von Traurigkeit und Belastung, die weit über sein Alter hinausgingen. Hier erlebte er eine Kindheit, die kaum eine war.

Er war ein stiller Junge, oft für sich allein. Er versteckte sich gerne in den Ecken des Gebäudes, wo er ungestört nachdenken konnte. Manchmal saß er stundenlang dort und verlor sich in seiner Fantasiewelt, während die anderen Kinder spielten.

Es gab einen weiteren Ort, an den sich Marco oft zurückzog: den Innenhof. Dort, am alten Brunnen, fand er für kurze Zeit Frieden. Das Plätschern des Wassers brachte ihn immer zur Ruhe. Er spielte mit den Wellen, die er mit seinen Händen verursachte, und stellte sich vor, dass er darauf nach Hause reiten könnte. Hier träumte er von einer Zukunft, weit weg von diesen dunklen Mauern.

Immer wenn er vom Vatikan zurückgebracht wurde, versorgte Schwester Rosaria seinen gepeinigten Körper und hoffte, dass alles verheilt war, sollte der Kardinal wieder nach ihm rufen lassen. Seine Seele zu heilen aber überstieg ihre Kraft. Dennoch bemühte sie sich, durch aufmunternde Worte und Trost einen Funken Hoffnung zu spenden. So lange, bis sich der Teufel erneut sein kleines Opferlamm holte.

Im Waisenhaus wuchs Marco mit der festen Überzeugung auf, dass das Leben für ihn mehr bereithalten musste. Dieser Glaube gab ihm die Kraft, die Zeit im Heim zu überstehen. Er träumte davon, eines Tages seinen Platz in der Welt zu finden – einen Ort, an dem er nicht nur existierte, sondern wirklich lebte.

Seine Klugheit fiel auch den Nonnen auf. Doch anstatt ihn zu fördern, schienen sie eher bemüht, die Talente zu unterdrücken. Für sie war seine Intelligenz keine Stärke, sondern etwas, das Unruhe verursachen könnte. Sie hatten für die Waisen nur die unbedingt notwendige Schulbildung wie Lesen, Schreiben und die Grundrechenarten vorgesehen. Die Kinder sollten einfach funktionieren, wenn der Kardinal zu Besuch kam, sie in den Vatikan gerufen oder ins ›Ferienlager‹ gebracht wurden. Um Ärger zu vermeiden, lernte Marco schnell, sich zurückzuhalten und seine Fähigkeiten zu verstecken. Er verspürte ein diffuses Gefühl von Wut und Schmerz, das er nicht verstand, von einer tiefen, rohen Emotion getragen.

Nach seinen Eltern fragte er nicht mehr, aber das Fegefeuer fing an zu lodern.

5

Der Morgen nach Marcos Entführung war der traurigste ihres Lebens. Der Junge war verschwunden – entführt – entlaufen – sie wussten es nicht. Noch hatten sie keine Polizei eingeschaltet aus Angst vor ihrem Arbeitgeber. Jolanda und Davide saßen ratlos an ihrem Küchentisch, um zu frühstücken, aber sie empfanden beide das Essen als pietätlos in dieser Situation. Die Trauer war zu groß. Also aßen sie nichts und starrten ins Leere. Davide hatte sein altes weißes Golfshirt an, ein Relikt aus besseren Zeiten. Zusammen mit seiner gelben Jogginghose machte er fast einen sportlichen Eindruck. Er nahm einen Schluck Wodka. Die Flasche hatte er vorhin noch hinter dem Fernseher hervorgekramt. Es war ihm egal, was Jolanda darüber dachte, aber ihre Mimik schrie ihn förmlich an. Es war dieser schuldzuweisende Gesichtsausdruck mit weit geöffneten Augen und aufgeblähten Nüstern, den sie hatte, wann immer er trank. In diesen Augenblicken erinnerte sie ihn an Anna Magnani in Mamma Roma. Besonders wenn sie ihren schwarzen, langärmeligen Pulli trug, erweckte es den Anschein, als ob sich der Schmerz ganz Italiens im Gesicht manifestieren wollte.

Aber heute trauerten sie um Marco, den kleinen fröhlichen Jungen mit den großen braunen Augen – ihr kostbarstes Glück.

Beide gaben sich selbst die Schuld, die immer wieder der Ratlosigkeit wich.

Es klingelte an der Tür. Jolanda wischte sich ihre halbunterdrückten Tränen ab, während sie durch den Flur lief. Durch den Spion sah sie einen gut gekleideten, gepflegten Herrn mittleren Alters, vielleicht um die vierzig. Sie öffnete die Tür einen Spalt. »Guten Tag.«

»Hallo – sind sie Signora Jolanda Arcuri?«, fragte er.

»Ja, was kann ich für sie tun?«

»Es geht um ihren Sohn. Darf ich reinkommen?« Der Mann schaute sie ernst an.

Erschrocken riss sie die Tür auf und bat ihn herein. Ein winziger Funken Hoffnung keimte in ihr auf, als sie ihn zum Frühstückstisch bat, an dem Davide immer noch in der gleichen Haltung verharrte.

»Bitte setzen sie sich doch«, bat Jolanda.

Der Fremde nahm Platz und zog seine schwarzen Lederhandschuhe aus. Den Mantel hatte er anbehalten. »Ich will sie nicht lange aufhalten«, sagte er sofort und schaute zu Davide und seiner Wodkaflasche.

Jolanda hielt es nicht mehr aus: »Sind sie von der Polizei? Wo ist Marco? Wissen sie was?«, fragte sie ungeduldig.

»Entschuldigen sie bitte die Unhöflichkeit. Mein Name ist Venturi – Massimo Venturi.« Er machte eine Pause und kniff die Lippen zusammen. »Ihr Sohn ist in guten Händen – wir sind eine private, man kann sogar sagen, familiäre Institution und agieren weltweit in vielen öffentlichen Bereichen. Unter anderem kümmern wir uns um Kinder, denen ein stabiles Elternhaus nicht vergönnt ist. So leid es mir tut – das ist bei ihrem Marco der Fall«, bemerkte er, während er Davide provokativ anstarrte.

Jolanda wollte etwas sagen, aber der Mann hob den Zeigefinger vor seinen Mund und spitzte dabei die Lippen.

»Unsere Geschäftsleitung hat deshalb beschlossen, Marco ein sicheres Zuhause zu geben und ihm eine hoffnungsvolle Zukunft zu ermöglichen. Alle Kosten werden von der Kirche übernommen und sie brauchen sich um nichts zu kümmern.«

»Sie können uns doch nicht einfach unseren Sohn wegnehmen«, rief Davide mit brüchiger Stimme und musste dabei ein paar Mal husten.

Jolanda insistierte: »Haben sie dafür einen Gerichtsbeschluss?«

»Den brauchen wir nicht, wir sind autorisiert, Maßnahmen zu ergreifen, wenn es dem Kindeswohl hilft«, erwiderte der Fremde.

»Wer autorisiert sie und gibt Ihnen das Recht, meinen Sohn zu entführen? Ich werde die Polizei einschalten.« Jolanda war dabei, sich in Rage zu reden.

Venturi griff in seine Manteltasche. »Das ist unsere Vollmacht«, sagte er, holte mit stoischer Ruhe eine Pistole heraus und legte sie vor sich auf den Tisch.

Marcos Eltern erstarrten und waren stumm vor Schreck.

»Wie gesagt«, fuhr er fort, »dem Jungen geht es gut. Es ist nur wichtig, dass sie keinen Kontakt zu ihm haben, nicht heute und nicht in der Zukunft. Wenn sie das befolgen, wird ihm und Ihnen nichts zustoßen. Wir passen auf unsere Schützlinge auf. Gerne können sie die Polizei informieren. Bitte richten sie dort einen Gruß von mir aus – Massimo Venturi. Allerdings werden wir das als Vertrauensbruch werten und entsprechende Maßnahmen ergreifen, die Ihnen nicht gefallen würden – sie arbeiten doch in meiner Gaststätte ›La Caverna‹, Signora Arcuri?«

Jolanda nickte unter Tränen. Venturi folgerte: »Ich nehme an, sie sind vernünftig genug, um meinen Rat zu befolgen: Lassen sie alles auf sich beruhen und vergessen sie Marco.« Er nahm die Pistole und steckte sie mit einer gravitätischen Bewegung weg.

»Leben sie wohl«, flüsterte er noch, während er aufstand und die Wohnung verließ.

Jolanda und Davide saßen da wie festgenagelt und bewegten sich erst wieder, nachdem die Haustür deutlich hörbar ins Schloss gefallen war.

Sollte das die Strafe für ihre kaputte Ehe sein? Oder war es eine gottgesandte Prüfung?

6

Schwester Rosaria strahlte eine natürliche Schönheit aus, die in scharfem Kontrast zu ihrer kargen Umgebung und ihrer Berufung stand. Obwohl sie keinerlei Schminke trug und ihre schwarze Ordenstracht schlicht war, hätte sie mühelos mit den Models konkurrieren können, die sich auf den Laufstegen der Modewelt zeigten. Ihre Gesichtszüge waren klar und harmonisch: hohe Wangenknochen, sanfte Augen und Lippen, die selbst in Zurückhaltung ihre Vollkommenheit nicht verbergen konnten.

Ihr Zimmer im Westflügel des Waisenhauses war ein Ort der Stille und des Rückzugs. Es war so bescheiden eingerichtet, dass es den Eindruck erweckte, als wären jegliche weltlichen Annehmlichkeiten bewusst ferngehalten worden. Ein rustikales Bett, das bei jedem Hinsetzen leicht knarrte, ein kleiner Schreibtisch aus dunklem Holz und ein passendes Bücherregal – nichts in diesem Raum hätte auf den ersten Blick ihre wahre Tiefe und Komplexität verraten. In den Regalen standen vor allem theologische Schriften und Gebetsbücher, allesamt abgegriffen vom wiederholten Lesen und Studieren. Aber bei genauerem Hinsehen entdeckte man auch ein paar Werke von Philosophen und Dichtern, die einen anderen Teil von Schwester Rosaria widerspiegelten – einen, der vielleicht nicht ganz so klar in den engen Rahmen ihrer religiösen Berufung passte.

Das große Fenster dominierte den Raum und eröffnete einen weiten Blick auf den Petersdom, der über der Stadt aufragte. Rosaria verbrachte oft Zeit dort, stumm, ihre Augen auf die Kuppel gerichtet, während sich ihre Gedanken zwischen Gebet und Reflexion bewegten. Es gab Momente, in denen sie sich fragte, ob ihre Berufung wirklich alles war, wonach sie sich sehnte. Ihre Augen verrieten manchmal eine innere Unruhe, die sie tief in sich begrub – zumindest nach außen hin.

Pater Antonio, einer der älteren Priester, klopfte sanft an ihrer Tür. Er trat ein. »Schwester Rosaria, ich sehe sie oft hier am Fenster. Wonach suchen sie in der Ferne?«, er zeigte mit ausgestrecktem Arm nach draußen.

Rosaria lächelte leicht, ohne den Blick vom Petersdom abzuwenden. »Manchmal mache ich mir Gedanken darüber, ob ich Antworten finde, wenn ich lange genug in die Weite schaue. Vielleicht sogar auf Fragen, die ich noch nicht gestellt habe.«

Pater Antonio nickte nachdenklich. »Die Kuppel der Basilika hat eine Art Magie, nicht wahr? Sie erinnert uns daran, wie klein wir sind – und doch, wie nahe wir dem Himmel sein können.«

Rosaria wandte sich ihm zu, ihre Augen suchten seine. »Oder sie zeigt uns, wie weit wir manchmal von uns selbst entfernt sind.«

Trotz ihrer bescheidenen Kleidung – der schwarzen,

unscheinbaren Ordenstracht und der schlichten Haube, die ihre langen, welligen, brünetten Haare verbarg – blieb ihr graziler, beinahe majestätischer Gang unverkennbar. Sie bewegte sich mit einer mühelosen Eleganz, die wie ein stiller Protest gegen die Einschränkungen ihres Lebens in den Mauern des Klosters wirkte. Selbst ihre zurückhaltende Art konnte nicht verhindern, dass sie im Auge des männlichen Klerus zu einem Symbol unbewusster Anziehung wurde.

»Schwester Rosaria«, sagte ein junger Priester namens Paolo zögernd, als er sie im Flur traf. »Ihre Anwesenheit – ich meine – sie haben eine Aura, die uns an das Schönste im Leben erinnert.« Er stockte sichtlich verlegen.

Rosaria hob eine Augenbraue und sah ihn sanft an. »Die wahre Schönheit liegt nicht im Äußeren, Pater Paolo. Sie ruht in den Entscheidungen, die wir für unser Leben treffen.«

»Ja, natürlich«, stammelte er, »aber – bei Ihnen ist es schwer, das zu ignorieren.« Er senkte den Blick, offensichtlich bemüht, seine Gedanken zu ordnen.

Rosaria lächelte verhalten. »Unser Weg ist nicht immer einfach. Doch es ist der, den wir gewählt haben.«

Viele der Priester, die ihren Weg kreuzten, waren sichtlich von ihrer Anwesenheit berührt. Ihre Schönheit war für sie eine Prüfung, eine Herausforderung für ihre zölibatären Gelübde. Sie duftete nach Leben – eine Frische und Energie, die in den Korridoren von Santa Lucia selten war. Jeder Schritt, den sie machte, schien die Männer an die Welt jenseits der Mauern zu erinnern, an die Versuchungen, denen sie entsagen mussten.

Ein anderer Priester, Pater Giulio, sprach sie eines Abends an. »Schwester, wie bewahren sie sich diese Ruhe? Diese – innere Gelassenheit, trotz allem?«

Rosaria sah ihm in die Augen, einen Hauch von Melancholie in ihrem Blick. »Ich habe gelernt, meine Kämpfe im Stillen zu führen, Pater Giulio. Nicht alles, was ruhig aussieht, ist es auch.«

Pater Giulio seufzte. »Manchmal frage ich mich, ob es wirklich möglich ist, sich vollkommen von der Welt zu lösen.«

»Vielleicht liegt die Antwort darin, dass wir uns nicht lösen sollen«, antwortete sie, »sondern lernen müssen, in ihr zu leben, ohne uns zu sehr von ihr fesseln zu lassen.«

Doch Rosaria war sich der Wirkung, die sie auf andere hatte, schmerzlich bewusst. Sie spürte die Blicke, die sich auf sie legten, und die Spannung, die in ihrer Nähe oft entstand. Es war eine Last, die sie still mit sich trug – eine, die sie zu verdrängen versuchte, während sie ihre Gebete sprach und ihre tägliche Arbeit verrichtete. Aber tief in ihrem Inneren wusste sie, dass sie in gewisser Weise ein Rätsel war, ein Paradoxon, das sowohl für die Kirche als auch für sie selbst schwer zu ertragen war. Und sie betörte damit nicht nur die einfachen Priester.

7

Das Telefon klingelte im Amtszimmer von Kardinal Follie-ro. Er nahm ab und räusperte sich: »Ja?«

Pater Ricardo war am anderen Ende: »Signore Venturi möchte sie sprechen, es sei dringend.«

»Stellen sie durch.« Folliero war ungeduldig.

Es klickte in der Leitung. »Eminenz du alter Lüstling, wie ist das werte Befinden?«

»Es könnte besser sein nach der letzten Nacht.«

»Bei mir das Gleiche. Der neue Kleine war lebhaft gestern. Hat viel gezappelt – na ja, das legt sich mit der Zeit. Aber da könnten Deine Nonnen beim nächsten Mal ein bisschen nachhelfen, wenn du weißt, was ich meine.«

Der Kardinal grinste, »Du kannst aber auch nicht genug kriegen, du verwahrloster Hurenbock.«

»Den Hurenbock nehme ich Dir übel, mein Freund. Das kostet Dich mindestens eine Kiste Cohibas«, der Don war amüsiert.

»Ist notiert, Signore Venturi.«

»Warum ich anrufe«, der Mafioso wurde etwas seriöser in der Ansprache, »es gibt wieder ein paar Anfragen nach frischem Fleisch vom Russen und von unseren arabischen Freunden. Hast du was anzubieten?«

Folliero scherzte: »Du weißt doch – unser Kühlhaus ist immer gut gefüllt. Nächste Woche könnte ich einen Termin machen. Sind zehn Einheiten genug oder soll ich nach-legen?«

»Nicht notwendig« Venturi verabschiedete sich zynisch wie immer, »und mit deinem Geiste, Amen.«

Der Kardinal genoss die Geschäfte mit Massimo Venturi. Im Vergleich zu seinen weltfremden Kollegen war der Don erfrischend unkompliziert.

Mehr noch, diese beiden ungleichen Spielebenen beherrschte Folliero wie ein Schachgroßmeister.

Edoardo Folliero wurde mit neunundvierzig Jahren als einer der jüngsten Bischöfe zum Kardinal ernannt – eine Beförderung, die er mit gezielten Verbindungen sowohl in der Kirche als auch in weltlichen Kreisen geschickt vor-bereitet hatte. Trotz seiner schlichten Erscheinung und seines sanften, weisen Auftretens verbarg sich hinter der Fassade ein manipulativer Narzisst.

Mit grauem, akkurat gekämmtem Haar und tiefblauen Augen, in denen etwas Unergründliches lag, strahlte er eine unaufdringliche Erhabenheit aus, die Menschen anzog. Er trug die purpurrote Soutane seines Amtes mit einer betonten Bescheidenheit, obwohl der goldene Kardi-nalsring seine Autorität unmissverständlich demonstrierte.

Folliero war bekannt für seine scharfsinnigen Reden, die spirituelle Weisheit mit menschlicher Wärme kombi-nierten. Doch nur wenige erkannten die dunkle Seite hinter seinem Charisma: Er war ein Meister der Manipu-lation, skrupellos im Streben nach Macht. Sein ultimatives Ziel war klar – der Papstthron. Unterstützt durch seinen

Freund Don Massimo Venturi und dem Einfluss der Mafia würde Folliero alles daran setzen, die Kirche nach seinen Vorstellungen zu formen. Seine Eloquenz und sein strategisches Geschick waren seine schärfsten Waffen, doch er wusste, dass er ohne seine geheimen Verbündeten kaum eine Chance gegen die anderen ambitionierten Kandidaten hatte.

Die Freundschaft und umsichtige Vereinigung mit dem Don war nicht bloß zweckmäßig. Er wusste, dass die Autorität des Vatikans weit über die geistliche Kompetenz hinausreichte und in das weltliche, häufig korrupte Geflecht von Politik und Einflussnahme hineinreichte. Seine Verbindungen zur Mafia ermöglichten es, auf ein großes Netzwerk zuzugreifen. Dieses bot ihm nicht nur finanzielle Unterstützung, sondern auch die Möglichkeit, Gegner auszuschalten und Verbündete zu gewinnen.

Im Gegenzug lieferte er junges, unverbrauchtes Fleisch zu Sonderkonditionen. Seine ›Schlachterei‹ hieß Santa Lucia.

In seinem Auftrag erstellten die Spürhunde der Mafia Dossiers über seine Konkurrenten. Jede Schwäche und noch so kleine Verfehlung wurde akribisch dokumentiert und für den richtigen Moment aufbewahrt. Er wusste, dass der Zeitpunkt kommen würde, an dem er diese Informationen nutzen musste, um die Machtverhältnisse im Konklave zu seinen Gunsten zu verschieben. Er hatte keinen Platz für Zufall gelassen.

In der Zwischenzeit arbeitete er an seiner öffentlichen

Persona. Der Kardinal ließ sich häufiger in karitativen Projekten sehen, spendete großzügig an Hilfsorganisationen und predigte von der Kanzel über Vergebung, Barmherzigkeit und die Notwendigkeit eines neuen, gerechteren Zeitalters in der Kirche. Die Zahl seiner Sympathisanten wuchs beständig und mit ihnen sein Einfluss. Unter anderem hatte er die Stiftung »La grazia di Maria« ins Leben gerufen, deren primärer Auftrag die Schirmherrschaft über das Waisenhaus Santa Lucia war. So konnte er dort nach Belieben schalten und walten.

Doch Folliero ahnte, dass er nicht nur nach außen hin stark wirken musste, sondern auch nach innen. Im Vatikan formierte er ein Netzwerk von Anhängern, die ihm in der entscheidenden Phase ihre Stimmen geben würden.

Er war sich bewusst, dass er über Leichen gehen musste, um seine Ziele zu erreichen. Der narzisstische Hunger nach Bewunderung und Kontrolle kannte keine Grenzen, und er war bereit, jeden zu opfern, der ihm im Weg stand. Der Kardinal war nicht nur ein geistlicher Führer, sondern ebenso ein Virtuose der Intrige und des Verrats ohne Gnade. Seine eigene, obwohl clever kaschierte Arroganz war ein tragisches Symbol für die Verderbtheit, die sich hinter der Maske der Heiligkeit verbarg. Folliero hatte noch ein weiteres Laster, mit dem er seinem eigenen Untergang schrittweise näher kam.

8

Gegen Abend nach einem arbeitsreichen Tag saß Schwester Rosaria alleine in ihrer Kammer. Über ihr hing das hölzerne Kreuz, das sie stets an das erinnerte, was sie ertragen musste – für die Kinder, für ihre eigene Seele. Ihr Körper war aufrecht, doch ihre Gedanken schwankten wie das flackernde Kerzenlicht, das neben ihr flimmerte. Tief in ihrem Inneren hatte sie sich schon längst in zwei Teile gespalten. Da war die Schwester, die sanft und fürsorglich war, die Kinder tröstete und betete, dass sie in ihrem jungen Leben verschont blieben von den Schrecken, die hinter verschlossenen Türen lauerten. Doch es gab auch eine andere Rosaria, die dunklere, die sich selbst geopfert hatte, um das unsagbare Grauen von den Kleinen zumindest teilweise abzuwenden.

Es begann immer mit dem leisen Knarren der Tür. Sie wusste, was kommen würde, noch bevor Kardinal Folliero den Raum betrat. Es lag in der Art, wie er sich bewegte, wie er atmete, in seinem selbstgefälligen Lächeln, das nichts Gutes verhieß. Folliero, der so scheinheilig das Wort Gottes predigte, war ein Mann, der Macht und Lust untrennbar miteinander verknüpfte. Für ihn war die Kontrolle über Rosaria eine weitere Bestätigung seines unantastbaren und unerbittlichen Status. Sie gehörte ihm, war sein Besitz, nicht weil sie es wollte, sondern weil sie es musste. Um die

Kinder zu schützen, hatte sie begonnen, Seele und Körper als Schild anzubieten, mit all ihrer Kraft.

Bei seinen Besuchen trat Folliero wortlos näher. Er verlangte nicht, er nahm sich. »Schwester Rosaria«, sagte er mit einem unheilvollen Zischen, »die unsichtbare Dunkelheit, die Dich umgibt, macht mich wahnsinnig.« Wenn sie ihre Ordenstracht gerade nicht trug, zwang er sie, sich wieder in die schwarze Kutte zu hüllen, ein perverses Ritual, bei dem er ihre Hingabe an Gott verhöhnte und ihre Reinheit schändete. Es war nicht nur die physische Gewalt, die sie durchleiden musste, sondern der psychologische Terror, der immer neue Abgründe in ihr aufriss.

Mit zitternden Händen legte sie den Habit an, jedes Mal das gleiche Szenario, die gleiche Erniedrigung. Doch sie hatte gelernt, wie sie es schneller beenden konnte. Sie wusste, was Folliero in die Höhe trieb – seine eigene Dunkelheit, seine arrogante Macht, die er in grotesker Weise auf ihren Körper übertrug. Rosaria, die Nonne, die der Welt nur Gutes bringen wollte, verwandelte sich in diesen Momenten in eine Figur, die sie kaum wiedererkannte. Ihre Worte, obszön und rau, prallten auf den Kardinal wie Peitschenhiebe. »Eminenz, du besudelter Bastard«, flüsterte sie zwischen zusammengebissenen Zähnen, »bestrafe mein sündiges Fleisch.« Sie hasste sich für solche Worte und die Art, wie sie ihn antrieb, wie sie das Spiel beschleunigte, nur um schneller durch die Qual zu kommen. Rosaria wuchs über sich hinaus und Folliero antwortete mit einer harten Ohrfeige. »Du gottlose

Schlampe, knie nieder vor Deinem Herrn.« Der Kardinal steigerte sich lustvoll in seine Rolle.

»Ich werde Deine unheilige Seele aussaugen – du verwahrloste Nachgeburt der Hölle«, sie fiel auf die Knie und hielt ihr Versprechen.

Es machte ihn rasender, brutaler, doch es endete schneller. Und das war alles, was sie wollte.

Nach jedem dieser schrecklichen Besuche kauerte sie in der Ecke – alleine, blutend, innerlich zerrissen. Folliero ging, nachdem er seine Kleidung gerichtet hatte und akkurat gekämmt war, ohne ein Wort, ohne einen Blick zurück. Auch das war Teil seiner Folter. Die Tür schloss sich, und in der Stille ihres Zimmers musste Rosaria die Scherben ihrer Seele wieder zusammenflicken. Sie erlaubte sich keinen Moment der Schwäche, kein Weinen, keine Klage. Ihr Opfer war für die Kinder, die sich gerade in ihren Betten unschuldig und nichts ahnend umdrehten, nicht wissend, dass die Nonne, die sie beschützte, den Preis für ihre Unversehrtheit zahlte.

Rosaria erhob sich langsam und kniete vor dem Kreuz. Der Schmerz in ihrem Körper war nichts im Vergleich zu dem, was in ihrer Seele tobte. Sie sah zu dem Leidensbild auf und fühlte eine seltsame Form der Stärke in sich aufsteigen. Jesus hatte für die Menschheit gelitten, sie für die Kinder. Der Gedanke tröstete sie. So hatte sie einen Grund, weiterzumachen, weiterzuleben, weiterzukämpfen. Es war nicht nur Selbstaufopferung, es war ihr Weg, in dieser Hölle des Missbrauchs einen Funken Hoffnung zu bewahren. Denn für sie bedeutete jeder Tag, an dem ein Kind verschont blieb, ein kleines Stück gewonnener Frieden. Es war dieser Glaube, der sie am Leben hielt – nicht an Folliero, nicht an die Institution, die ihn deckte, sondern an die göttliche Gerechtigkeit, die irgendwann kommen würde. Sie wusste, dass eines Tages – vielleicht bald – die Karten neu gemischt würden. Folliero würde seine Macht verlieren, und die Dunkelheit, die er über das Waisenhaus gebracht hatte, würde weichen. Aber bis dahin musste sie überleben, damit auch die Kinder zumindest eine geringe Chance hatten.

Doch plötzlich spürte sie tief in sich einen undefinierbaren Rhythmus, als ob ein zweites Herz in ihr schlagen würde. Sie war nicht mehr allein.

9

Die Wehen hatten schon eingesetzt. Schwester Rosaria saß in dem Wartezimmer von Dr. Tommaso A. Bianchi, Arzt in Trastevere, dem am weitesten entfernten Stadtteil Roms. Niemand kannte sie dort. Schließlich war sie eine schwangere Nonne. Es war ein schmerzlicher und belastender Zustand, der sie in eine verzweifelte Lage brachte und sie zwang, ihr Geheimnis um jeden Preis zu bewahren. An eine Abtreibung dachte sie in keiner Sekunde. Ihr tiefer Glaube verbot ihr, das ungeborene Leben zu beenden, auch wenn sie und das Kind dadurch in größter Gefahr schweben würden. Vor ein paar Monaten noch stand sie vor dem Spiegel, die Hände tastend auf ihrem Bauch, der sich vielleicht ein wenig voller anfühlte als sonst. Ein Gefühl der Beklommenheit stieg in ihr auf. War es Einbildung oder spürte sie wirklich etwas anderes?

Seit ein paar Tagen hatte sie sich müder gefühlt als gewöhnlich. Jeder Schritt kostete sie mehr Anstrengung. Und dieser stechende Schmerz in den Brüsten, der einfach nicht nachlassen wollte – das war doch ungewöhnlich. Ein leichtes Ziehen im Unterleib hatte sie ebenfalls bemerkt, als wäre ihr Körper von innen heraus in Bewegung.

Sie erinnerte sich an die Tage zuvor, an die kleine Verspätung ihrer Periode. Zuerst hatte sie sich nichts dabei gedacht, doch jetzt, wo sie diese anderen Anzeichen wahrnahm, keimte Zweifel in ihr auf.

Jeans und das alte blaue Schlabber-T-Shirt waren die beste Tarnung, um in der naheliegenden Apotheke einen Schwangerschaftstest zu kaufen. Mit zitternden Händen öffnete sie daheim die Packung. Die Anweisungen las sie fast mechanisch, ihre Augen auf die Uhr gerichtet. Die Minuten schienen endlos zu dauern, bis endlich ein zarter zweiter Strich erschien.

Rosarias Gedanken überschlugen sich. War das wirklich wahr? Ein neues Leben wuchs in ihr heran, ein kleines Wunder, das sich in ihrem Körper entfaltete. Ein Gefühl der Ehrfurcht mischte sich mit der Aufregung. Tränen der Freude und Trauer traten ihr in die Augen. Es war eine schwere emotionale Prüfung, die sie dramatisch belastete.

Sie setzte sich auf das Bett und legte die Hand auf ihren Bauch. Ein Flüstern schien ihr entgegenzukommen, ein Versprechen auf eine ungewisse Zukunft. Ihr Leben würde sich für immer verändern, und sie war nicht bereit dafür. Als sie an den einzig möglichen Vater dachte, hatte sie augenblicklich Rosemaries Baby vor Augen und sie bekam große Angst. Die Monate vergingen, aber da sie sehr schlank war, konnte sie ihre Schwangerschaft unter dem weiten Habit gut verbergen. Sie schaffte es, den Kardinal in dieser Zeit auf Abstand zu halten. Unwohlsein, Migräne, Fieber und Magen-Darmprobleme waren ihre Freunde und Beschützer so lange, bis Folliero das Interesse an ihren unfreiwilligen Diensten zunächst verloren hatte. Rosaria aber zögerte ärztliche Hilfe so weit wie möglich hinaus.

Für den ersten und viel zu späten Arzttermin hatte sie sich in normaler Straßenkleidung aus dem Haus geschlichen. Rosaria hatte Glück und nicht einmal ihre Ordensschwestern hatten etwas bemerkt. »Wie kann ich Ihnen helfen, Signora Sabbatini?« Der Arzt ahnte nichts von ihrer wahren Identität und las ihren bürgerlichen Namen von ihrem Ausweis. »Ich glaube, die Wehen haben angefangen«, sagte Rosaria und legte ihre Hände auf den Bauch.

Dr. Bianchi schaute ungläubig auf Rosarias Unterleib, der kaum Anzeichen einer Schwangerschaft aufwies.

»Wir sollten schauen, was der Ultraschall sagt, um zu sehen, ob alles in Ordnung ist«, der Arzt war ein emphatischer Mensch und fragte nicht, warum sie ihn erst in letzter Minute aufgesucht hatte. Ihre angstvollen Augen kommunizierten in einer Sprache, die er verstand. Er machte umgehend seine routinemäßigen Untersuchungen und der Bildschirm zeigte ihnen ein gesundes Mädchen, das gleich Teil dieser Welt werden sollte.

Dr. Bianchi wusste um die Dringlichkeit der Situation und half Rosaria, sich auf das Krankenbett im Ruheraum zu legen. »Wir müssen schnell handeln«, sagte er mit fester Stimme, während er seine Schutzhandschuhe anzog. »Teresa, wir brauchen das volle Programm – sofort!«

»Ja, Doktor!«, antwortete Teresa, seine erfahrene Arzthelferin. Sie eilte hektisch umher, um alles vorzubereiten. Die Atmosphäre war elektrisch, die Anspannung greifbar.

Ein Schmerz, tief und unerbittlich, rollte durch Rosarias Körper wie eine Welle, die unaufhaltsam gegen die Küste schlug. Sie atmete flach, legte eine Hand auf ihren Bauch und spürte, wie sich die Muskeln in einer festen, unbarmherzigen Umklammerung zusammenzogen. Der Schmerz war ihr nicht neu, aber er hatte nun eine andere Qualität, drängender, intensiver wie ein Sturm, der näher rückte.

»Rosaria, atmen sie! Konzentrieren sie sich auf die Luft, die in ihre Lungen strömt«, forderte Dr. Bianchi und beobachtete besorgt ihren Zustand.

Ihr Atem ging stoßweise, während die nächste Welle anrollte, stärker als zuvor, und ihr ganzer Körper sich gegen die Gewalt des Moments stemmte. Sie krümmte sich leicht, griff das Laken neben ihr mit den Fingern, als könnte sie sich daran festhalten, um nicht von den Fluten mitgerissen zu werden. Ein Zittern durchlief sie, als sich der Schmerz wie ein Feuerball von ihrem Rücken bis nach vorn schob, ihr Bauch steinhart, wie eine Trommel gespannt.

»Halten sie durch, Rosaria! Denken sie an das Baby«, rief Teresa und strich ihr beruhigend über die Stirn.

Rosaria versuchte, sich zu sammeln, das Pochen in ihren Ohren zu ignorieren, während der Raum um sie herum sich zu verengen schien. Ihr Herz raste, und für einen Moment war da nur der Schmerz – eine alles durchdringende Präsenz, die sie nahezu überwältigte. Doch dann ließ er nach, wie die Brandung, die sich für einen Augenblick zurückzog, um Atem zu holen.

»Es ist fast vorbei«, murmelte Teresa und hielt ihre Hand fest. »Atmen sie tief ein und aus. Sie sind stark.«

Rosaria stützte sich auf die Ellenbogen und versuchte, die Worte zu verarbeiten, als die Wehen schneller kamen, der Abstand kürzer wurde. Kaum genug Zeit, um zu atmen, bevor die nächste Welle sie erfasste. Der Druck stieg wieder, unbarmherzig.

»Schau mich an! Du schaffst das!«, forderte Teresa mit einer Entschlossenheit, die Rosaria half, sich zu konzentrieren.

In der Stille des Raumes konnte sie die Kraft ihres eigenen Körpers spüren, seine rohe Energie. »Ich kann das nicht«, dachte sie, während eine neue Kontraktion sie überrollte, heftiger als zuvor. Sie schloss die Augen, presste die Zähne zusammen, als ob das die Flut aufhalten könnte, doch es war vergebens. Die Natur forderte ihren Tribut.

»Dr. Bianchi, ich – ich kann nicht mehr«, stöhnte sie verzweifelt.

»Sie haben's gleich geschafft! Glauben sie an sich, Rosaria! Ihr Baby wartet auf sie«, rief Dr. Bianchi, seine Stimme drang wie ein Lichtstrahl durch die Dunkelheit ihrer Schmerzen.

Die Wehen kamen jetzt in raschem, unbarmherzigen Takt, ließen keinen Raum für Pausen, für Erholung. Ihr Geist taumelte, suchte verzweifelt nach einem Halt. »Wo ist der Ausweg?«, dachte sie, als das pochende Gefühl sie vollkommen ergriff.

»Bitte, Rosaria, atmen sie mit mir! Eins, zwei, drei …«,

zählte Teresa mit ihr. Die Augen der Arzthelferin wurden zu ihrem sicheren Anker. Sie schrie auf. Ein Laut, der aus der tiefsten Seele zu kommen schien, roh und voller Schmerz, aber auch voller Leben. Ihr Rücken krümmte sich, die Hände krallten sich in das feuchte Laken unter ihr. Jeder Muskel in ihrem Körper arbeitete mit, angespannt wie die Sehne eines Bogens, der gleich losgelassen würde. »Es ist der Moment!«, schoss es ihr durch den Kopf..

»Drücken sie, Rosaria! Es ist fast geschafft!«, rief Dr. Bianchi mit eindringlicher Stimme.

Da war etwas, ein Druck, ein unaufhaltsamer Drang, der sie dazu zwang, sich mehr zu öffnen, sich noch tiefer dem Schmerz hinzugeben. Ihr Körper übernahm die Kontrolle, und sie fühlte sich wie ein Teil eines uralten Rituals, verbunden mit all den Frauen vor ihr.

Plötzlich, wie ein Blitz aus heiterem Himmel, kam der Moment – ein Wechsel in der Intensität. Etwas bricht durch, dachte sie, während der Schmerz einen seltsamen, unbekannten Klang annahm – den eines nahenden Endes, einer Befreiung. Mit einem letzten durchdringenden Aufschrei schob sich neues Leben durch sie hindurch.

»Jetzt, Rosaria! Geben sie alles!«, ermutigte Dr. Bianchi, seine Augen leuchteten vor Aufregung.

Es dauerte nicht lange, und Rosaria hörte den erlösenden Schrei des Babys, der ihr Herz sofort mit Liebe und Demut erfüllte. Die Angst und all die Schmerzen waren vergessen. Teresa legte das neugeborene Kind in ihre Arme, und Rosaria, schweißgebadet, erschöpft, sah das winzige Gesicht unter den feuchten Haaren. »Oh mein Gott – es ist wirklich passiert«, flüsterte sie, Tränen der Freude in ihren Augen. »Es ist mein Kind.«

Ihre Hände zitterten, als sie das Mädchen an sich drückte, noch immer ungläubig und überwältigt von der schieren Macht dessen, was gerade geschehen war. Ein kleines Wesen – so zart und zerbrechlich –, und doch hatte es das Universum in Bewegung gesetzt, hatte sie durch Feuer und Schmerz geführt, nur damit sie es nun in ihren Armen halten konnte.

Wenig später fasste sie den schwersten Entschluss ihres Lebens.

10

Rosaria fühlte sich zwischen erzwungener Loyalität und dem drängenden Bedürfnis, sich selbst und ihr Neugeborenes zu schützen, hin- und hergerissen. Die Bedrohung, die von Folliero ausging, war für das Kind und sie brandgefährlich: Sie musste schweigen, um alle Gefahren von sich und dem Baby abzuwenden, aber sie spürte auch die Notwendigkeit, die Wahrheit ans Licht zu bringen, um anderen zu helfen und möglicherweise den Kardinal zu stoppen.

In ihrem inneren Konflikt fand sie seit geraumer Zeit einen unbändigen Mut, der sie dazu veranlasste, heimlich Beweise zu sammeln, um Folliero irgendwann zu entlarven. Rosaria archivierte Namen und Daten der Waisen, die ins ›Ferienlager‹ kamen. Sie setzte alles daran, ihre Situation zu verbessern und die dunklen Geheimnisse, die sie umgaben, zu enthüllen, während sie gleichzeitig die drohende Gefahr durch den Kardinal abzuwehren versuchte. Aber nichts von alledem konnte ihre Tochter beschützen. Folliero war skrupellos und scheute keine Mittel, um sein Ansehen zu bewahren. Rosaria war sich sicher, dass er auch über Leichen gehen würde. So entschloss sie sich, das Kind zur Adoption freizugeben. Durch ihr spätes Erscheinen in seiner Praxis und ihre nebulösen Aussagen über ihre Herkunft war der Arzt nicht sonderlich überrascht, als sie ihm ihre Entscheidung eröffnete. Trotzdem war er neugierig: »Darf ich fragen, was ihre Gründe sind?«

»Nur der liebe Gott und ich wissen, was die Tochter einer befleckten Nonne zu erleiden hat, wenn der Vater ein gottgleiches Ansehen genießt und einen unberechenbaren Charakter hat. Ihr Schutz ist mein einziger Grund, Dr. Bianchi. Meinem Baby soll es nicht so ergehen wie den Kindern, die ich im Waisenhaus versuche zu betreuen«, erwiderte sie und blickte zu Boden, als hätte sie gerade eine Todsünde begangen.

Der Arzt war sichtlich betroffen. »Das tut mir aufrichtig leid, Signora«, meinte er, »welches Waisenhaus ist denn derart gefährlich, wenn ich fragen darf?«

»Santa Lucia in Borgo, es steht unter der Ägide des Kardinals – aber bitte sagen sie es niemandem.« Rosaria bereute jetzt schon, dass sie so freimütig geplaudert hatte, »es wäre überaus gefährlich, wenn irgendwas bekannt würde – für mich und meine Tochter.« Ihre Miene wurde noch ernster, »eventuell könnten auch sie in Gefahr geraten, Dr. Bianchi. Diese Leute kennen keine Gnade.«

Der Arzt nickte erschrocken, war aber durchaus verständnisvoll und kümmerte sich sofort um die Formalitäten.

»Doktor, alles, was ich mir wünsche, ist eine Locke von ihr oder auch nur ein einziges Haar als Andenken an das Beste, was mir jemals passiert ist und – sie soll Ariella heißen, die Heldin Gottes.« Rosarias Gedanken konnten den Strudel der Ereignisse kaum bewältigen. »Fast hätte ich es vergessen, Dr. Bianchi – sie darf natürlich auf keinen Fall im Santa Lucia Waisenhaus landen! Das müssen sie mir versprechen.«

Der Arzt nickte ihr lächelnd zu und versprach, die Bitten zu erfüllen. Ein paar winzige Haare machte er sofort zurecht und übergab sie der dankbaren Rosaria in einer Phiole. Den Namen des Kindes und Rosarias wichtigsten Wunsch gab er weiter an den Sozialdienst.

Nach italienischem Recht reichte allein die Tatsache aus, dass sie Nonne war, um das Verfahren anonym durchzuführen. Es brach ihr fast das Herz, als Dr. Bianchi dieses kleine Wesen schon bald in die schweigende Obhut der Beamtin gab. Ariella war letztendlich in guten Händen, geschützt vor Zugriffen des Vaters. Schwester Rosaria verbrachte viele Stunden des stillen Gebets und der Meditation in der Kapelle. Aber die Geheimnisse, die sie verfolgten, wogen schwer auf ihrer Seele. Der Raum war erfüllt von einer erdrückenden Ruhe, durchbrochen nur vom leisen Rascheln der Buchseiten und dem murmelnden Flüstern ihres Gebets. Wie wird die Kleine aufwachsen? Wird sie glücklich sein? Rosaria hatte viele unbeantwortete Fragen, die ihr auf der Seele brannten.

Sie kniete vor dem Altar. Tränen bedeckten ihre Wangen, als sie nach Führung flehte und einem Zeichen, dem sie folgen sollte. Aber die Stille, die ihre Bitten beantwortete, schien nur ihre Unsicherheit zu verstärken. Darin jedoch begann Schwester Rosaria ihre Zweifel als Wahrheit zu erkennen. Sie wusste nun, dass diese Fragen ein Teil ihrer Glaubensreise waren. So schritt die junge Mutter ihren spirituellen Weg weiter; ungesichert, jedoch mit einer wachsenden inneren Stärke. Ihre Reise war eine stille Erinnerung daran, dass der Glaube keine ebene Straße ist, sondern oft viele dunkle Täler durchläuft, bevor sie wieder in das Licht mündet.

Bei seinen Besuchen hatte sich Folliero immer mit ihrer Bürste gekämmt. So hatte er genug Material für einen DNA-Test hinterlassen. Es gab in Rom ein Institut, wo sie die Haare des Babys und die vom Kardinal zur Untersuchung hinbrachte. Das Ergebnis war nicht überraschend.

II

Marco war gerade vierzehn geworden. Seine Zeit im Waisenhaus hatte schreckliche Spuren hinterlassen, doch er war ein Kämpfer und ließ sich nicht unterkriegen. Folliero hatte ihm schon seit ein paar Jahren nicht mehr zugesetzt und er wollte gar nicht wissen, warum. Vermutlich war er zu alt. So durfte er dank Schwester Rosarias unermüdlichen Interventionen das Liceo Scientifico in Cremona besuchen, wo er prompt seine ersten Erfolge erlebte. Eines Nachmittags, als Marco über seine Mathematikaufgaben gebeugt in der kleinen, kargen Bibliothek des Santa Lucias saß, trat Rosaria leise hinter ihn. Sie legte ihm eine Hand auf die Schulter.

»Marco«, sagte sie mit ihrer sanften, aber festen Stimme, »ich habe gerade mit Deiner Lehrerin gesprochen. Sie ist beeindruckt von deinen Leistungen. Du hast eine Begabung, die du weiterverfolgen musst.«

Er drehte sich um und blickte auf. »Aber was nützt mir das – Schwester? Es fühlt sich oft an, als ob die Welt da draußen viel zu groß ist, viel zu weit weg.«

»Die Welt mag groß sein«, entgegnete sie und nahm auf einem der alten Holzstühle neben ihm Platz, »aber du bist stark. Du kannst sie formen, wenn du an dich glaubst. Die Bildung, die du hier erhältst, wird dir Türen öffnen, von denen du nicht einmal weißt, dass sie existieren.«

In diesen Worten lag eine Kraft, die ihm in den kommenden Jahren immer wieder Halt gab.

Vor allem in Naturwissenschaften entwickelte sich Marco zu einem herausragenden Schüler. Seine Lehrer im Liceo erkannten bald, dass sie es mit einem außergewöhnlich begabten jungen Mann zu tun hatten. Dr. Gatti, sein Mathematiklehrer, sprach oft mit ihm nach dem Unterricht.

Nachdem Marco eine besonders knifflige Mathematikaufgabe an der Tafel gelöst hatte, nahm ihn Gatti zur Seite und beteuerte eindringlich: »Marco, du hast ein Talent, das Dich weit bringen kann. Hast du schon darüber nachgedacht, was du nach dem Liceo machen willst?«

Marco wischte sich die Kreide von den Fingern und zuckte mit den Schultern. »Theologie vielleicht. Oder Philosophie. Ich weiß es noch nicht genau.«

Gatti schüttelte den Kopf und lachte. »Du und Theologie? Du solltest die Mathematik nicht aufgeben, mein Junge. Sie ist der Schlüssel zur Welt.«

Aber Marco ließ sich nicht so leicht festlegen und entschied sich, sowohl Theologie als auch Philosophie zu studieren. Mit neunzehn schrieb er sich an der Theologischen Fakultät der Emilia-Romagna in Bologna ein und wohnte dort in einer nahe gelegenen WG. Nach fünf Jahren Theologiestudium zog er weiter nach Rom. Dort, an der renommierten Sapienza Università di Roma, studierte er Informatik und Sicherheitstechnik. An einem dieser heißen römischen Nachmittage, als er in der völlig überfüllten

Mensa der Universität saß, kam Valentina, eine seiner Kommilitoninnen, mit einem Tablett auf ihn zu.

»Marco, du siehst aus, als würdest du zu viel nachdenken«, sagte sie und ließ sich ihm gegenüber nieder.

Er blickte auf und nickte. »Es ist einfach ein Haufen Stoff. Neuronale Netze, maschinelles Lernen – manchmal frage ich mich, ob ich mir nicht zu viel vorgenommen habe.«

Valentina lachte. »Das sagst du jetzt. Aber wenn du deinen Abschluss machst, wirst du froh sein, dass du dich durchgebissen hast. Du wirst es noch weit bringen, da bin ich sicher.«

Ihre Worte sollten sich als wahr herausstellen. Marco schloss sein Studium nicht nur mit Bravour ab, sondern gewann auch einen Preis für seine Arbeit im Bereich Künstliche Intelligenz oder kurz KI genannt. Über einen Headhunter, der eine feine Nase für außergewöhnliche junge Talente hatte und unermüdlich die Unis absuchte, erhielt er sofort eine Stelle bei einer führenden Softwarefirma, die KI-basierte Sicherheitssysteme für öffentliche Einrichtungen wie Polizei, Verwaltung, Feuerwehr und Krankenhäuser entwickelte. Marco erzielte in kürzester Zeit beeindruckende Erfolge und wurde für seinen Chef nahezu unersetzlich. Doch trotz seiner Anerkennungen in der Informatik hatte er das Gefühl, dass ihm etwas Wesentliches fehlte.

Nach Feierabend spazierte er gerne alleine durch die Straßen von Rom. Die alte Stadt mit ihrer erhabenen

Ästhetik brachte ihn auf Abstand zur umtriebigen Geschäftswelt und machte seinen Kopf frei für neue Ideen.

Eines Abends stoppte er vor der Kirche Santissima Trinità die Monti. In ihm entstand durch den Anblick des Bauwerks und die Stille des Ortes augenblicklich eine Art innerer Frieden, den er schon lange nicht mehr hatte. Er trat ein und setzte sich in eine der hinteren Bankreihen.

Die Mystik der Kirche faszinierte ihn. »Was suche ich eigentlich?«, murmelte er, »hier finde ich doch alles, was ich brauche.« Er genoss den Duft von Weihrauch und das Flackern der Kerzen.

Ein älterer Mönch, der eine Bank weiter saß, trat leise zu ihm. »Manchmal suchen wir zu viel in der Ferne, Marco. Die Antworten liegen oft viel näher, als wir denken.«

Marco blickte überrascht auf. »Woher wissen sie, wer ich bin?«

Der Mönch lächelte nur und legte ihm eine Hand auf die Schulter. »Gott weiß alles. Der Rest ist nebensächlich.«

Dieser Moment öffnete eine neue Tür in ihm, die bis jetzt verschlossen war. Der Eingang zu einer Welt der Harmonie und Demut. Vielleicht konnte er auf diese Weise seine Wunden heilen. War das die Hilfe, die er so lange gesucht hatte? Marco erinnerte sich wieder an die tiefen und befreienden Abenteuer seiner geschundenen Seele während des Theologiestudiums. Und plötzlich wusste er, wo sein Platz war.

Diese transzendente Begebenheit hatte ihm den Weg

gezeigt und veranlasste Marco zu einem krassen Schnitt, einer tiefgreifenden Veränderung in seinem Leben. Entschlossen kündigte er seinen Job – sehr zum Leidwesen des Chefs und trat dem Franziskanerorden bei. Im Convento dei Frati Minori dell'Immacolata Concezione fand er eine herzliche Aufnahme und einen Ort der inneren Ruhe. Sein Ordensname war Matteo. Die folgenden Jahre waren erfüllt von stiller Einkehr und intensiver Meditation. Die einfachen Steinmauern des Klosters und das weiche Licht, das durch die Fenster fiel, gaben dem Ort eine zeitlose Ruhe.

An einem dieser Tage, während er mit Bruder Angelo im Klostergarten arbeitete, hielt dieser unvermittelt inne und sah ihn mit einem forschenden Blick an.

»Matteo«, sagte er, »du hast immer noch diesen Blick, als würdest du etwas suchen. Was treibt dich um?«

Matteo, der gerade eine Rose geschnitten hatte, hielt inne und blickte auf das Kloster, das sich majestätisch vor ihm erhob. »Vielleicht – vielleicht ist es der Vatikan. Ich fühle, dass meine Reise mich dorthin führen wird.«

Angelo nickte langsam, sein Gesicht ernst. »Der Vatikan ist ein Ort der Macht, Matteo. Sei sicher, dass du das suchst, was dort verborgen liegt.«

Matteo lächelte leicht und hielt die Rose in der Hand. »Die Antworten liegen oft im Verborgenen. Und ich werde sie finden.«

Sein Weg zur Priesterweihe war von intensiver spiritueller Suche und einer herzlichen Offenheit für die Menschen um ihn herum geprägt. Mit seinem einladenden

Lächeln und der Gabe, andere mit einem offenen Herzen zu sehen, wurde er für viele zu einem geschätzten Begleiter.

Wenig später erhielt Matteo dann seine Ordination. Neben seinem hervorragenden Abschluss in Theologie war es vor allem seine persönliche und geistige Reife, die ihn zu diesem wichtigen Schritt befähigte. Die Kirche erkannte seine Hingabe und sein spirituelles Wachstum an, was ihn zu einem idealen Kandidaten machte.

Der kleine Marco hatte seine Bestimmung gefunden als Priester und Pater Matteo im Orden der Franziskaner. Und er war seinem Ziel einen großen Schritt nähergekommen – Follieros Reich – dem Vatikan.

12

Der Nachmittag hing schwer und träge über dem Waisenhaus Santa Lucia, als die Glocke zum Antreten rief. Ihr Klang war nicht laut, doch er hallte durch die langen, verwitterten Flure, drang durch die knarrenden Fensterläden und ließ die Kinder in ihren Zimmern innehalten. Im Hof warteten die Nonnen bereits, ihre ernsten Gesichter verrieten nichts von dem, was kommen würde. Das machte die Kleinen nervös. Etwas lag in der Luft, eine Schwere, die sie nicht benennen konnten, aber spürten.

Eines nach dem anderen traten die Kinder mit zögerlichen Schritten hinaus, die Füße kaum hebend, als würden sie durch einen dichten Nebel aus Unsicherheit gehen. Sie wussten, dass dies kein gewöhnlicher Tag war, doch niemand sprach es aus. Die Älteren warfen einander nervöse Blicke zu, während die Jüngeren ängstlich die Hände der Nonnen suchten, um Halt zu finden. Die Schwestern führten sie, wie so oft zuvor, in geordneter Reihe auf den gepflasterten Hof. Aber heute war etwas anders.

Die hohen Mauern des Atriums, mit Moos und Schmutz überzogen, schlossen die Kinder ein. Kein Windhauch rührte sich, die Luft war drückend und still, als würden selbst die Vögel in den Bäumen schweigen. In der Mitte des Hofes standen zwei schlichte Holzstühle, ein Arrangement, das den Waisen seltsam vorkam. Es fühlte sich wie eine

Bühne an – eine Bühne für etwas Dunkles, das sie nicht verstehen konnten.

Die Kinder wurden in eine gerade Linie gestellt, ihre Füße scharrten über den Steinboden. Keiner wagte, die Stille zu brechen, doch ihre Augen flackerten unruhig hin und her, suchten nach irgendeinem Anzeichen, was geschehen würde. Nervöse Hände spielten mit den Falten ihrer schlichten Kleidung, und die Jüngsten unter ihnen kämpften bereits mit Tränen, die sie verzweifelt zu unterdrücken versuchten. Niemand wollte weinen. Niemand wollte Schwäche zeigen.

Dann, wie in einer gespenstischen Zeremonie, öffneten sich die schweren Holztüren des Waisenhauses mit einem dumpfen Knarren. Zwei Männer traten ein. Kardinal Folliero führte die Prozession an, seine purpurrote Soutane leuchtete in der nachmittäglichen Sonne, ein scharfer Kontrast zu der grauen, düsteren Umgebung. Hinter ihm Pater Ricardo, sein stiller Schatten, dessen Augen über die Kinder glitten, wie auf eine Ansammlung von Dingen, nicht von Seelen. Ihre Schritte hallten in dem gepflasterten Hof, jedes Echo schien die Spannung nur noch weiter zu steigern.

Die Nonnen, die bis dahin stumm und mit gesenkten Blicken dagestanden hatten, traten ein Stück zurück, als der Kardinal sich auf einem der Stühle niederließ. Seine Bewegungen wirkten träge, als laste das Gewicht seiner Robe allein auf ihm und hielte ihn am Boden. Pater Ricardo blieb andachtsvoll hinter ihm stehen, während die

Augen Follieros forschend über die aufgereihten Kinder glitten. In ihren kleinen Händen hielten sie Karten – schlichte Stücke Papier, auf denen außer dem Logo des Waisenhauses ihre Namen, ihr Alter und ihre Geschlechter notiert waren. Jedes Kind hatte eine, und die jüngsten von ihnen, die kaum sieben Jahre alt waren, klammerten sich nervös daran fest, als wäre es das Einzige, was sie in diesem Moment noch schützte.

»Nun gut«, sagte Kardinal Folliero schließlich, seine Stimme ruhig, aber kalt. Er winkte das erste Kind zu sich. Ein Junge, dessen Gesicht von Furcht gezeichnet war, trat zögernd vor. Er reichte dem Geistlichen die Karte mit zitternden Händen, und dieser nahm sie, als wäre sie von geringer Bedeutung. Der Kleine stand still, während der Kardinal ihn von oben bis unten musterte, seine Augen glitten über den Jungen, als schätze er ein wertloses Objekt ein.

Nach einigen Sekunden machte Folliero eine kurze Handbewegung, und das Kind wurde wortlos wieder in die Reihe geschickt. Die Karte wanderte in die Hände von Pater Ricardo, der sie mit einem Nicken entgegennahm. Der Kardinal winkte die Waisen nacheinander heran, betrachtete und bewertete sie. Kein Wort wurde gesprochen, kein Lächeln verschenkt. Die Nonnen beobachteten stumm, während die Kleinen der stillen Prüfung unterzogen wurden.

Die Minuten vergingen quälend langsam. Einige Kinder wischten sich verstohlen Tränen aus den Augen, als sie darauf warteten, dass sie aufgerufen wurden. Der Hof schien in der Nachmittagssonne zu erstarren, während die Spannung über den Köpfen der Kleinen wie ein Schatten hing. Niemand wusste, was das Urteil bedeutete, aber jeder spürte, dass etwas Endgültiges geschehen würde.

Nachdem er die zehn handverlesenen Waisen zusammenhatte, brach der Kardinal das Prozedere abrupt ab. Mit einer einzigen Geste überreichte Pater Ricardo die gesammelten Karten der Nonne, die neben ihm stand. »Diese Kinder werden ins Ferienlager geschickt«, sagte er tonlos, ohne jede Emotion in der Stimme, als handle es sich um eine unbedeutende Anordnung. Die Worte schienen in der heißen Luft zu verhallen.

Die Nonnen begannen, die ausgewählten Kinder aus der Reihe zu führen. Niemand sprach, niemand weinte. Die anderen gingen stumm zurück ins Haus, den Kopf gesenkt, und obwohl das Wort ›Ferienlager‹ unausgesprochen blieb, wussten alle – Kinder und Nonnen gleichermaßen – dass dies kein Ort des Spaßes und der Erholung war.

Der nächste Morgen brach früh und düster an. Der graue Kleinbus, der vor dem Waisenhaus vorfuhr, war kaum zu hören. Kein Motorengebrüll, keine hupenden Signale – nur das leise Knirschen der Reifen auf dem Kiesweg. Die Nonnen führten die ausgewählten Kinder hinaus, sanft und schweigend, ihre Hände ruhten beruhigend auf den Schultern der Kleineren. Ein Hauch von Fürsorge lag in dieser Geste, als wollten sie den Opfern die allgegenwärtige Angst nehmen. Niemand stellte eine Frage, wohin die

Reise ging. Die Kinder folgten still, fast mechanisch, als hätten sie längst verstanden, dass es keine Antworten geben würde. Sie bekamen ihre Namenskarten zurück, die sie am Ziel vorzeigen mussten.

Der Bus nahm sie auf, die Türen schlossen sich mit einem leisen Klicken. Am Straßenrand blieben die Nonnen stehen und sahen dem Fahrzeug nach, das sich langsam entfernte. Die Älteste unter ihnen, die in all den Jahren viel zu oft Abschiede erlebt hatte, spürte ein schweres Ziehen in der Brust. Sie wusste, ohne es auszusprechen: Diese Kinder würden nicht zurückkehren, und sie war sich sicher: Das ›Ferienlager‹ war das Tor zu ewiger Verdammnis.

In der Vergangenheit war der kleine Marco an diesen Tagen immer in der Obhut Schwester Rosarias, die ihn vehement davor schützte. Immerhin hatte er hier wenigstens eine winzige Chance erhalten, irgendwann ein Leben zu leben.

13

Pater Matteo war oft unterwegs in verschiedenen Universitäten, um die Bibliotheken zu durchforsten. Sein Interesse an Informatik hatte nicht nachgelassen, obwohl er seit seiner Priesterweihe eine andere Sichtweise darauf hatte.

Es war in der Bibliothek der Sapienza Università di Roma. Matteo hatte sich gerade einen Coffee-to-go geholt, als er bemerkte, dass der Typ neben ihm völlig in sich vertieft war – die Stirn gerunzelt, den Blick auf einen Laptop gerichtet.

»Schwere Geburt?«, fragte Matteo grinsend und stellte seine Tasse ab.

Der junge Mann hob den Kopf – kurz irritiert – dann huschte ein Lächeln über sein Gesicht. »Ach, nichts Großes. Nur ein Code, der glaubt, er wäre cleverer als ich.«

»Und, wer gewinnt?« Matteo lehnte sich an den Tresen und nippte an seinem Kaffee.

»Wer wohl? Ich geb ihm noch fünf Minuten.« Er klappte den Laptop zu und streckte sich, als hätte er gerade eine körperliche Anstrengung hinter sich. »Und was ist mit dir? Siehst aus, als wolltest du auch ein paar Fragen klären.«

»Ach – nur die Klassiker. Philosophie, Ethik – wie viel Verantwortung wir eigentlich für das haben, was wir erschaffen.« Matteo ließ das so im Raum stehen, gespannt, ob sein Gegenüber den Ball aufgreifen würde.

Der grinste. »Ah, der alte moralische Kompass. Immer eine schöne Sache. Und du? Versuchst, die Antworten im Kaffee zu finden?«

Matteo lachte. »Manchmal hilft es. Aber meistens führt es nur zu mehr Fragen. Was denkst du? Techniker wie du, die haben doch sicher ihre ganz eigene Sicht auf Verantwortung.«

»Verantwortung?« Er zuckte mit den Schultern. »Ich sag's mal so: Wenn wir nicht mal anfangen, das Unmögliche zu tun, kommen wir nirgendwo hin. Klar, man muss aufpassen, dass man dabei keinen Mist baut. Aber wenn du immer nur auf Nummer sichergehst, wirst du nie was wirklich Großes erreichen.«

Matteo musterte ihn eine Weile, dann nickte er. »Interessanter Ansatz. Ich glaube, ich könnte was von dir lernen.«

»Und ich von dir. Du weißt, manchmal ist Ethik das, was mich nachts wachhält. Oder jedenfalls das, was mich ab und zu mal an die Grenze bringt.« Er schnippte mit den Fingern. »Aber ohne Risiko kein Fortschritt, oder?«

»Ich bin übrigens Kaito – Kaito Takemoto. Und du bist?«

»Matteo – Pater Matteo.«

»Wie, du heißt Pater mit Vornamen?«, scherzte Kaito.

»Das ist ein gottgegebener Vorname, mein Lieber. Den bekommst du nur, wenn du Hostien backen kannst und gelernt hast, wie man Leute tauft.«

»Aber eigentlich heiße ich Matteo Arcuri – obwohl ...«, er beließ es dabei.

Hier begann eine außergewöhnliche Freundschaft. Trotz

ihrer unterschiedlichen Ursprünge entdeckten sie Anknüpfungspunkte in gemeinsamen Interessen – von der Faszination für Kryptografie und der Welt der Datenanalyse bis hin zur spannenden Frage, wie eng die Beziehung zwischen Mensch und Maschine wirklich sein kann.

In den stillen Ecken der Universitätsbibliothek fanden sie bald eine Art Rückzugsort, wo sie unzählige Stunden verbrachten. Anfangs arbeiteten sie an Studienprojekten, aber es dauerte nicht lange, bis sie erkannten, dass sie mehr verband. Matteo war strukturiert und systematisch, während Kaito fast schon chaotisch in seiner Experimentierfreude war.

Der Japaner war schlank, mit einer Größe, die untypisch für Asiaten war. Seine Gesichtszüge waren symmetrisch und seine dunklen Augen und dichten Brauen verliehen ihm eine durchdringende Ausstrahlung. Sein dunkelbraunes Haar schien schwer zu zähmen zu sein. Die Strähnen standen in verschiedene Richtungen, was seiner Frisur einen dreidimensionalen und chaotischen Look verpasste. Diese ungebändigte Haarpracht passte perfekt zu seiner ganzen energiegeladenen Erscheinung.

»Sag mal, wie kommst du eigentlich immer auf diese abgefahrenen Ideen?«, fragte Matteo eines Abends, als sie wieder in der Bibliothek saßen.

Kaito grinste, ohne den Blick vom Code abzuwenden. »Das kommt davon, weil du nie aufhörst, Fragen zu stellen. Manchmal sind die besten Antworten die, die keiner haben will.«

»Und du bist dir sicher, dass du nicht irgendwann an Grenzen stößt?«

»Grenzen?« Kaito schaute auf. »Die gibts nur, wenn du sie dir selbst setzt. Und du? Was machst du, wenn du mal auf eine ethische Grenze triffst?«

Matteo dachte einen Moment nach. »Ich frage mich, ob die Konsequenzen das Risiko wert sind. Vielleicht bin ich deshalb Priester geworden.«

Kaito lachte. »Hey, jeder braucht sein System. Aber ich sag's dir: Manchmal muss man auch einfach mal drauf los, ohne zu viel drüber nachzudenken.«

»Klingt nach Ärger.« Matteo hob die Augenbrauen.

»Oder nach einem verdammt guten Abenteuer.« Kaito lehnte sich zurück und lächelte. »Glaub mir, du würdest es lieben.«

Es war diese Energie, die Matteo immer wieder mitriss. Trotz seiner Vorsicht konnte er nicht anders, als Kaitos Furchtlosigkeit zu bewundern. Während Matteo immer den größeren Rahmen im Auge behielt, die moralischen Implikationen durchdachte, kam Kaito oft mit völlig unerwarteten Lösungen.

»Okay, ich geb's zu«, sagte Matteo eines Nachts, als sie über ein neues Projekt diskutierten, »Dein Ansatz hat was. Aber denkst du manchmal nicht darüber nach, was passiert, wenn's schiefgeht?«

Kaito grinste breit. »Klar, denk ich drüber nach. Aber das hält mich nicht davon ab, es trotzdem zu machen. Weißt du, die besten Geschichten sind die, wo alles auf

Messers Schneide steht.« Dabei dachte er an das alte Samuraischwert an der Wand im Dojo und sein Grinsen wurde noch breiter.

Matteo lachte und schüttelte den Kopf. »Du bist unmöglich.«

»Und genau deswegen brauchst du mich«, erwiderte Kaito zwinkernd. »Ich bring dich dazu, die Grenzen zu testen. Und du sorgst dafür, dass wir dabei nicht komplett abstürzen.«

»Fairer Deal. Die Beichte gibts als Bonus obendrauf.« Matteo streckte die Hand aus, und Kaito schlug ein.

So unterschiedlich sie auch waren – ihre Freundschaft funktionierte. Kaito brachte eine Frische und Experimentierfreude mit, die dem Pater neue Perspektiven eröffnete. Und dieser gab Kaito die Struktur, die er manchmal brauchte, um nicht völlig im Chaos zu versinken.

Zusammen bildeten sie eine unschlagbare Kombination – der eine vorsichtig, der andere wagemutig, aber beide mit einem gemeinsamen Ziel: herauszufinden, wie weit sie gehen konnten.

Im Alter von zwei Jahren war Kaito mit seinen Eltern von Japan nach Italien gezogen. Kaitos Vater war Prokurist in der Repräsentanz eines japanischen Hightech-Unternehmens, das innovative, fast unsichtbare Hörgeräte herstellte und darin weltweit führend war. Die Familie Takemoto war schon immer in den alten Traditionen verwurzelt, ohne jedoch blind für Fortschritt zu sein.

Kaitos Eltern legten Wert darauf, dass er die japanische Sprache und Etikette beherrschte, während sie ihm zugleich die italienische Sprache und Lebensart näherbrachten. Diese kulturelle Vielfalt prägte seinen Werdegang. Er studierte Informatik mit dem Schwerpunkt Künstliche Intelligenz und sprach neben Japanisch auch fließend und akzentfrei Englisch und Italienisch.

Zudem war er ein Meister der japanischen Kampfkunst Aikido. Da diese Art der Verteidigung die Energie des Angreifers gegen ihn selbst lenkt, was Kaito immer scherzhaft als Boomerang-Skills bezeichnete, war er davon besonders fasziniert.

Mit seinen fünfundzwanzig Jahren hatte er schon den fünften Dan erreicht. Damit war er beim höchsten Grad an Kunstfertigkeit und Technik angelangt. Danach liegt der Fokus mehr auf der persönlichen Weiterentwicklung eines Meisters. Zwar spielt diese schon vor diesem hohen Rang eine Rolle, aber nun steht sie klar im Vordergrund gegenüber der physischen Ausbildung.

14

Der Mafiaboss Don Massimo Venturi hatte sich längst in den höchsten Kreisen der italienischen Gesellschaft durch seine strategische Großzügigkeit etabliert, nicht nur durch seine brutale Effizienz. Wenn er spendete, dann nicht aus Nächstenliebe, sondern als Investition in Macht. Eines seiner bevorzugten Wohltätigkeitsprojekte war die Stiftung La grazia di Maria, eine Institution, die von Kardinal Folliero persönlich geleitet wurde. Diese hatte den Auftrag, karitative Projekte und Kinderheime zu unterstützen und zu unterhalten. Hauptprojekt war aber das Waisenhaus Santa Lucia.

Venturi spendete großzügig drei Millionen Euro an die Stiftung. Es war nur der Anfang eines ausgeklügelten Plans. Follieros komplexes System aus sogenannten Tranchierungen verwischte den Weg des Geldes fast vollkommen.

Große Summen teilte man auf und verstreute sie über Dutzende weiterer Offshore-Konten, bevor sie wieder zusammengeführt wurden, diesmal jedoch in rechtlich unantastbarer Form. Teilweise floss das Geld zurück nach Italien, in die Kassen der Kirche, die nun vorgeblich rechtmäßig ausländische Spenden erhalten hatte. Andere Teile landeten in Immobiliengeschäften, die man über Scheinfirmen abwickelte, die wiederum von Venturis Handlangern kontrolliert wurden. So gelang es, kriminelles Kapital durch scheinbar legale Geschäfte zu waschen und die Herkunft vollkommen zu verschleiern. Ein beträchtlicher Anteil der Spende wurde direkt zum Polizeichef von Rom, Vincente Moretti, weitergeleitet. Moretti, ein Mann, der in der Öffentlichkeit als Verteidiger von Recht und Ordnung galt, war hinter verschlossenen Türen längst Venturis, also auch Follieros willfähriger Diener. Mit diskreten Zahlungen, die in bar über Mittelsmänner in eleganten Koffern geliefert wurden, sicherte sich Venturi die Loyalität der Polizei.

In seinem Amtszimmer saßen der Kardinal, der Don und der Polizeichef auf der massiven Sitzgruppe zusammen, um die letzten Erfolge zu feiern und zu resümieren. Der Raum war abgedunkelt, Zigarrenrauch zog durch die Luft, während die Männer ihre Gläser mit teurem Grappa in der Hand hielten. Auf dem Tisch lagen Unterlagen, aber es ging längst nicht mehr nur um Papierkram.

»Ey, das mit dem Cash läuft wie am Schnürchen«, meinte Moretti grinsend und zog an seiner Zigarre. »Venturi, du hast echt alles im Griff, Mann. Drei Millionen durch die Stiftung und keine Sau checkt, was abgeht.«

Folliero nickte zufrieden und nahm einen Schluck. Längst hatte er seinen Duktus dem plumpen Straßenslang des Trios angepasst. »Sag ich doch. Die Idioten glauben echt, wir machen Wohltätigkeit oder so'n Scheiß. Aber in Wahrheit fließt das ganze Geld schön durch unsere Kanäle. Offshore-Konten, Briefkastenfirmen. Keiner schnallt's.«

»Und die Bullen?«, fügte der Don hinzu. »Kein Thema«, Moretti leckte an der Zigarre, »meine Jungs schnappen sich ihre Kohle und halten die Fresse. Wenn einer zu neugierig wird, weißt du, wie's läuft. Wir haben das alles im Griff. Der Kollege letzte Woche? Kein Problem, der arbeitet jetzt als Trüffelsucher drei Zentimeter unter der Grasnarbe.« Moretti freute sich wie ein Kind über seinen Schenkelklopfer.

Folliero lachte leise. »Das war nicht übel. Die Witwe hat keinen Plan, denkt – er hat sie verlassen. Kein Aufsehen, keine Spuren. Genau so läuft das.«

Moretti lehnte sich zurück und blies den Rauch genüsslich aus. »Das mit den kleinen Rotzlöffeln?«

»Läuft auch gut. Das Waisenhaus – ey, wir kriegen die Kids und filtern die besten raus. Die Blagen, die nix taugen, landen auf den Partys oder verschwinden einfach.« Folliero grinste breit. »Und die Hübschen kommen ins ›Ferienlager‹ – zum Ersten, zum Zweiten und ...«, lachend riefen sie im Chor: »zum Dritten.« Der Kardinal gab sich erfolgsverwöhnt: »Und die Mini-Einsteins? Die bilden wir aus, schicken sie in die Kirche oder woanders hin. Die wissen doch nix, glauben, sie haben 'ne Zukunft. Und die, die zu viel sehen oder zu viel wissen? Stillgelegt. Zack, weg damit. Keine Leiche, keine Beweise, nix.«

Der Don prustete vor Lachen. »Exakt. Wenn mal was schiefgeht, kümmern wir uns drum. Keiner fragt – keinen interessiert's. Ey, wir regeln das.«

»Und die Kohle fließt weiter«, Folliero predigte fast.

»Das ist das Geile daran. Solange die Leute uns als Heilige sehen, passiert nichts. Wir sind unantastbar, Mann.«

»Heilige, die ihre Sünden genießen«, fügte Moretti grinsend hinzu und hob sein Glas. »Auf uns – Brüder. Auf unser kleines Reich.«

»Auf unser großes Reich Gottes«, wiederholte Folliero in pastoralem Tonfall. Alle drei lachten höhnisch und stießen an. Es klang, als würde der Teufel selbst applaudieren.

Es war eine raffinierte Maschinerie, in der jede Schraube perfekt auf die nächste abgestimmt war. Das Schweigen der Polizei und der Medien sicherte den Erfolg des ganzen Unterfangens. Moretti selbst lebte in einer luxuriösen Villa in Parioli, einer prestigeträchtigen Wohngegend Roms, die offiziell seiner Frau gehörte, jedoch in Wahrheit mit dem Blutgeld von Venturi finanziert worden war.

Während das Geld in den Büchern der Kirche als Spenden für karitative Projekte ausgewiesen wurde, hatte es in der Realität einen weitaus düstereren Zweck. Das Waisenhaus Santa Lucia war weit mehr als nur ein Heim für verwaiste Kinder. Es war ein Umschlagplatz für das, was Venturi und Folliero hinter verschlossenen Türen ›Fleischbeschaffung‹ nannten. Die Kinder selbst, unschuldig und ahnungslos, hatten keine Vorstellung davon, was sie erwartete. Sie sahen in Folliero den freundlichen Kardinal, der ihnen eine neue Zukunft versprach. Doch hinter seiner purpurroten Soutane verbarg sich ein Herz, das längst von Macht und Gier zerfressen war. Die Menschenverachtung des Kirchenfürsten sprengte jedes Vorstellungsvermögen.

15

Die Villa Don Massimo Venturis, hoch über der Bucht gelegen, war an diesem Abend ein leuchtender Stern in der Dunkelheit, eine Festung des Luxus und der Dekadenz. Wie Raubtiere auf Beutezug näherten sich die Limousinen und Privatjets der Gäste, die aus allen Ecken der Welt angereist waren.

Die Schotterauffahrt der Villa war gesäumt von den teuersten Autos, die man sich vorstellen konnte: glänzende schwarze Bentleys, tiefschwarze Rolls-Royces, ein matter Ferrari SF90, daneben ein edler Maybach Exelero. Das Summen der Elektromotoren und das Brummen seltener Supersportwagen vermischten sich mit dem Zirpen der Zikaden, während Diener in makellosen Livrées den Gästen die Türen öffneten.

Die Geladenen stiegen aus wie in einem surrealen Traum aus Reichtum und Macht. Oligarchen in maßgeschneiderten Anzügen, deren Stoff allein den Wert eines Kleinwagens hatte, Scheichs, deren seidenweiße Gewänder im warmen Schein der Villa glänzten. Ihre Blicke – kalt, distanziert wie Jäger, die auf den richtigen Moment warteten, um zuzuschlagen. Jeder Schritt auf den Marmorstufen hallte wie ein dunkles Versprechen.

Diamanten funkelten an schlanken Hälsen und breiten Handgelenken, an den Fingern trugen sie massive Ringe, jeder ein Kunstwerk, das mit Edelsteinen besetzt war, die im Dämmerlicht aufblitzten. Die Uhren, die sie gerne zeigten – Patek Philippes, Vacheron Constantins, Richard Milles – waren keine Zeitmesser, sondern Statussymbole, funkelnde Bestätigungen ihrer Macht.

Sie sprachen wenig, aber wenn sie es taten, war jedes Wort durchtränkt von einem unterschwelligen Verständnis, einem dunklen Einverständnis. Man redete von Märkten, Deals, Börsenkursen, aber es lag eine unausgesprochene Spannung in der Luft, die wissen ließ, dass heute Nacht mehr als nur Geld den Besitzer wechseln würde. Ein Scheich lächelte in die Runde, während er beiläufig mit einem Brillantring an seinem Finger spielte, als wäre er das Zentrum der Welt.

Die Diener eilten lautlos zwischen den Gästen hindurch und servierten Champagner – Jahrgangsflaschen, die älter waren als die meisten Anwesenden. Die Gläser wurden achtlos angehoben, der prickelnde Wein floss, während Kaviar auf Kristallschalen gereicht wurde. Es gab Austern, so frisch, dass sie nach Meer schmeckten, Foie gras, dick auf hauchdünne Toasts gestrichen, begleitet von kleinen, perfekt zubereiteten Häppchen, die den Duft von Trüffel verströmten und Percebes, frisch aus Galizien eingeflogen. Sie aßen mit beiläufiger Eleganz, als ob jede dieser Köstlichkeiten eine Selbstverständlichkeit wäre, und warfen ihre Servietten wie eine unbedeutende Geste auf den Marmorboden. Aus den Lautsprechern rieselte leise ›Smooth Operator‹ von Sade.

»Hast du gehört? Das letzte Geschäft in Dubai ...«, murmelte ein beleibter russischer Geschäftsmann, während er einen Schluck des wertvollen Jahrgangschampagners nahm, als wäre es Wasser. »Interessant, was diese Märkte so hergeben. Aber das hier«, er ließ seine Hand sanft über eine der Skulpturen im Empfangsraum gleiten, »... das ist die wahre Investition.«

Ein anderer Gast, ein scheuer chinesischer Magnat, den das Flüstern der Börsen oft begleitet, lachte leise und sagte: »Hier geht es nicht um Geld, mein Freund. Hier geht es um die wahren Währungen.«

Ihre Augen trafen sich über die Goldränder ihrer Champagnerflöten, ein stilles, grausames Einverständnis zwischen Männern, die wussten, dass heute Nacht Leben gehandelt würden wie Aktien – dass die Welt sich drehte, aber für sie allein.

Die Spannung wuchs, als die Sonne unterging und die Dunkelheit sich über die Villa legte. In dieser Nacht, hinter den goldenen Fassaden und den funkelnden Lichtern, würden keine Geheimnisse mehr verborgen bleiben.

Auf einer kleinen Bühne in der Mitte des riesigen Wohnraums standen die Kinder. Ihre Augen, leer und auf einen imaginären Punkt in der Ferne gerichtet, verrieten die tiefe Angst, die in ihnen brodelte. Ihre Körper waren starr, als könnten sie sich in diesem Moment aus der Realität heraus wünschen, um dem unausweichlichen Grauen zu entkommen. Einige der Jüngsten zitterten, die schmalen Schultern von der Last des Unbegreiflichen gebeugt.

Don Massimo trat nach vorne, seine schwarze Seidenkrawatte saß makellos, der schwere goldene Ring an seiner Hand blitzte im Licht des Kronleuchters. Mit einer gleichgültigen, fast beiläufigen Stimme stellte er die Kinder vor, als handle es sich um bloße Objekte, Waren, deren Wert vom Markt bestimmt wurde.

»Dieser Junge hier«, begann Don Massimo, als er einem Zehnjährigen mit unordentlichem Haar und ausgemergeltem Gesicht die Hand auf die Schulter legte, »ist kräftig und widerstandsfähig. Ideal für schwere Arbeiten.« Das Kind zuckte nicht zusammen, stand regungslos und kämpfte darum, die Tränen zurückzuhalten. Die Blicke der anwesenden Gäste glitten über den Jungen, wie man ein Pferd auf einem Markt begutachtet. Innerhalb von Sekunden gingen die ersten Gebote ein, kurz, präzise – ein fast unsichtbares Nicken, ein angehobenes Glas. Der Kleine wurde an einen anonymen Käufer verkauft, der es nicht einmal für nötig hielt, seinen Platz zu verlassen.

Die Auktion nahm Fahrt auf. Ein Mädchen, kaum älter als acht Jahre, trat zitternd vor. Ihr Blick war leer, und dennoch suchte sie panisch nach einem rettenden Strohhalm. Doch niemand würde ihr helfen. Eine elegant gekleidete Frau, deren Augen kalt und stechend waren, hob immer wieder die Hand. Sie war für ihre Verbindungen in den Nahen Osten bekannt, wo reiche Familien ›Personal‹ mit besonderen Qualifikationen suchten. Ihre Gebote ließen keinen Raum für Konkurrenz, und als sie schließlich das Mädchen ›erwarb‹, nickte sie zufrieden. Für sie war es nicht mehr als ein Geschäft, eine Transaktion, die abgewickelt werden musste.

Während die Nacht voranschritt, verschwanden die Kinder nach und nach in den ›Taschen‹ der Reichen und Mächtigen. Einige würden in abgelegene Villen gebracht werden, um dort als unsichtbare Diener zu arbeiten, andere sollten im Dunkel der Metropolen von Osteuropa untertauchen, wo ihre Existenz ebenso schnell vergessen werden würde wie ihre Namen. Die hübschesten und gehorsamsten unter ihnen kamen in den Nahen Osten, um in den goldenen Palästen reicher Familien ein Leben im Schatten zu führen. Für manche wartete die beißende Kälte, für andere die unerträgliche Hitze der Wüste. Es war ein erbarmungsloses Geschäft – emotionslos, kühl, ohne Fragen oder Skrupel.

Als die Nacht endete und die letzte Tür der Villa sich mit einem dumpfen Knall schloss, waren die Kinder verkauft, ihr Schicksal besiegelt. Das Anwesen, das gerade noch erfüllt war von flüsternden Geboten und klirrenden Gläsern, wurde nun in eine kalte Stille gehüllt.

Im hinteren Büro der Villa saß Don Massimo an seinem monströsen Eichenschreibtisch und nahm einen letzten Schluck aus seinem Kristallglas, während er auf die Summen der Offshore-Konten wartete. Der Kardinal, ihm gegenüber, dessen alte, verschlagene Augen wachsam blieben, beobachtete die Vorgänge sehr genau, obwohl er sich innerlich längst an dieses Geschäft gewöhnt hatte. Das Blut der Unschuldigen klebte an seinen Händen, aber Folliero verspürte keine Reue. Nicht mehr. Das Geld, das für die exklusive Ware bezahlt wurde, floss durch ein Netz aus dunklen Kanälen, bis es schließlich auf den Konten in den entlegensten Teilen der Welt landete – unauffindbar, unerreichbar.

Don Massimo und der Kardinal tauschten einen kurzen Blick aus. Ihre Allianz, dunkel und unheilvoll, war seit Jahren unerschütterlich. Der Mann Gottes und der Mann des Verbrechens, vereint in einem Pakt der Verderbnis. Jeder wusste, dass ihr Zusammenspiel nur aus zwei Gründen funktionierte: Macht und Geld. Folliero, einst ein annähernd frommer Diener des Glaubens, war nun tief in den Sumpf des Verbrechens eingetaucht. Die Seelen der Kinder waren die Währung, mit der er seine Macht kaufte – und er kaufte sie zu einem hohen Preis. »In vierzehn Tagen habe ich die nächste Lieferung«, versicherte Folliero, denn er wusste genau, dass seine ›Lagerstätte‹ immer Nachschub bekam. Gut erzogene, bestens vorbereitete Ware.

Der Don nickte grinsend: »Bin gespannt – ich lege noch eine Kiste Cohibas drauf.«

16

Das Gespräch zwischen Kardinal Folliero und Papst Konstantin II begann wie so viele andere; es hatte die sachliche Ruhe einer Diskussion zwischen zwei Kirchenmännern, die ihre Rolle innerhalb der Institution zur Perfektion beherrschten. Doch diesmal lag etwas anderes in der Luft. Folliero in seiner purpurroten Soutane strahlte eine kaum verhohlene Aggression aus, seine Augen funkelten mit einer Mischung aus Verachtung und ungestümer Energie, während er Konstantin musterte, der ihm in seiner üblichen Haltung der Geduld und Achtsamkeit gegenübersaß, bekleidet mit dem makellos weißen Gewand des Heiligen Vaters.

»Heiligkeit, ich danke Ihnen für ihre Zeit«, begann Folliero. Seine Stimme versprühte eine kontrollierte Mischung aus Galanterie und Überheblichkeit, die kaum zu verbergen suchte, was in ihm brannte. »Aber ich komme nicht, um mich in Höflichkeiten zu verlieren. Ich komme, weil die Zeit für Wandel gekommen ist. Das Konklave – diese uralte Praxis, die nichts weiter ist als ein politisches Spiel unter dem Deckmantel göttlicher Führung – ist ein Relikt. Die Kirche – nein, die Welt – braucht klare Führung und eine Vision. Und das sind Dinge, die das Konklave erstickt.«

Papst Konstantin sah auf, eine leichte Falte zwischen

seinen Brauen. »Das Konklave ist eine heilige Tradition, Folliero. Es ist der Ort, an dem die Stimmen der Diener Gottes zur Geltung kommen, in dem ein kollektiver Geist waltet, um den Willen des Herrn zu deuten und die Kirche zu lenken. Es bewahrt uns vor dem Stolz des Einzelnen und der Versuchung des Hochmuts. Dass du es als ›erstickend‹ betrachtest, wirft die Frage auf, was du wirklich von uns verlangst.«

Folliero lehnte sich zurück und musterte den Papst mit einem Lächeln, das weder Freude noch Respekt vermittelte. »Heiligkeit – mit Verlaub: Die Welt hat sich weitergedreht. Und während sie darauf bestehen, dass das Konklave demütig und heilig ist, zerfällt die Kirche. Sie zerfällt in ihrer Stille, in ihrer Schwäche. Die Menschen verachten das, was wir repräsentieren, weil wir es ihnen nicht begreiflich machen, weil wir nicht die Macht ausstrahlen, die sie zu Recht in uns suchen.«

»Und du denkst, diese Macht entspringt dem Willen eines einzelnen Mannes?« Konstantins Stimme war leise, doch in seiner Antwort lag ein Hauch von Besorgnis. »Du denkst, das Kreuz und der Heilige Geist seien ein Symbol für Führung ohne Demut? Der Glaube selbst ist die Macht – keine menschliche Autorität, keine erzwungene Richtung. Die Menschen mögen Zweifel haben, Folliero, aber sie verachten uns nicht. Sie kommen zu uns, weil sie glauben wollen, nicht weil wir sie zwingen oder in den Schatten stellen.«

»Das ist es, was ich meine, Heiligkeit«, erwiderte Folliero

ungeduldig, seine Stimme eine Nuance härter. »Dieses Wort: ›Demut‹. Es ist das Abziehbild einer Tugend, die uns schwächt, die die Macht unserer Kirche mindert, die uns klein und zahm erscheinen lässt. Denken sie an Nietzsche – wie die Welt ihn für seine schneidende Wahrheit fürchtete. Der Mensch – Konstantin – braucht eine Vision, die ihn zu Großem treibt, eine Stärke, die sich weder versteckt noch ihre Autorität schmälern lässt. Die Kirche könnte diese Stärke verkörpern – könnte einen neuen Menschentypus erschaffen.«

Papst Konstantin hob eine Hand, um ihn zu stoppen. »Folliero, das sind gefährliche Gedanken. Du nennst Stärke und Autorität als die höchsten Werte, als ob die Wahrheit des Glaubens darin läge, die Welt zu unterwerfen. Das erinnert mich an den Versuch Satans, das Wort Gottes zu verdrehen und die Heiligen zu verlocken. Was du anstrebst, ist die Kirche als Bollwerk einer Macht, die uns selbst zerstören würde.«

Folliero beugte sich vor, seine Stimme ein gehauchtes Flüstern, das dennoch vor Leidenschaft brodelte. »Sie sehen es nicht, Konstantin. Sie verschließen die Augen vor der einfachen Wahrheit: Die Menschen wollen geführt werden. Diejenigen, die Kraft und Mut haben, sind es, die die Welt gestalten. Und dieser Mut muss aus der Spitze der Kirche kommen, aus einer Vision, die die Masse zur Einheit führt. Nicht in Schwäche – in unerschütterlicher Stärke.«

Der Pontifex stand auf, seine Augen glänzten vor Unmut

und Enttäuschung. »Du willst Stärke, aber was du forderst, ist Tyrannei. Eine Kirche, die sich über die Menschen erhebt und nicht mit ihnen geht, ist eine Kirche, die verloren hat, was ihr heilig ist. Diese Autorität, die du beschreibst – sie würde uns in Finsternis stürzen, Folliero. Wir sind nicht dazu da, die Menschen zu beherrschen, sondern ihnen den Weg zu weisen, selbst wenn sie den manchmal nicht sehen.«

»Und genau da irren sie!« Folliero sprang auf, und die Luft schien plötzlich von einer gefährlichen Energie geladen. »Diese ›Finsternis‹, von der sie sprechen, das ist nichts weiter als eine Allegorie, die geschaffen wurde, um Menschen zurückzuhalten. Aber was, wenn wir die Welt zu dem machen könnten, was sie immer sein sollte? Ein Platz für die Starken, die Macher, die Visionäre! Wir könnten das Werkzeug sein, das das Chaos zügelt und die Gesellschaft zu Größe führt. Mit dem Konklave – mit diesem Ritual der Mittelmäßigen – schwächen wir uns nur.«

Konstantin sah ihn lange an. Seine Stimme war ruhig, aber mit einem Ton, der die Autorität jahrtausender Traditionen in sich trug. »Was du anstrebst – Folliero – ist nicht das Königreich Gottes, sondern ein Reich der Menschen. Das ist, was Nietzsche und die Verführer seit Jahrhunderten predigen – und es führt nur zum Fall. Der Glaube erträgt keinen Stolz, der sich über die Demut stellt, und er duldet keine Macht, die die Menschlichkeit verachtet.«

Doch Folliero wich nicht zurück. Stattdessen sah er den Papst mit einem Ausdruck an, der fast Mitleid beinhaltete.

»Vielleicht sind sie zu blind, Heiligkeit, um die Zeichen der Zeit zu erkennen. Die Menschen werden uns immer als schwach sehen, solange wir die Dogmen und Traditionen aufrechterhalten, die sie in die Selbstaufgabe zwingen. Sie reden von einem Reich der Menschen? Vielleicht ist es an der Zeit, dass die Menschen erkennen, dass Gott die Größe für sie geschaffen hat, die sie mit Demut kleinhalten. Wenn sie es nicht wagen, dann werde ich es wagen. Die Kirche ist bereit für einen Wandel – und wenn sie diesen nicht annehmen, dann wird die Geschichte es tun.«

Die Worte hingen schwer im Raum, ein Echo des Kardinals rebellischen Feuers, das dem Heiligen Vater eine letzte Warnung aussprach.

Konstantin II stand still da, eine Ruhe um ihn, die ihm einen leisen Glanz von Erhabenheit verlieh. »Dann geh – Folliero«, sagte er schließlich leise. »Doch vergiss nicht, dass nicht der Mensch über die Wahrheit triumphiert, sondern die Wahrheit über den Menschen. Möge der Herr dir verzeihen, was du heraufbeschwörst.«

Folliero trat zurück, ein spöttisches Lächeln auf den Lippen. Ohne ein weiteres Wort wandte er sich ab und verließ das Amtszimmer. Der schwere Klang der Tür verhallte im stillen Raum, in dem Konstantin allein zurückblieb.

17

Es war kühl in dieser mondlosen Nacht, als Pater Ricardo die schweren Holzflügel der Eingangstür des alten Waisenhauses leise aufstieß. Er trug seinen schwarzen Talar, der ihn in der Dunkelheit fast unsichtbar machte. Die Tür knarrte kaum hörbar, als er den langen Korridor betrat. Der latente Geruch von Weihrauch brachte seine Hormone in Wallung. Dazu kam die muffige Ausdünstung von altem Holz und feuchten Wänden, die ihm ein erneutes Abenteuer versprachen. Als Gehilfe des Kardinals hatte er Schlüsselgewalt zu allen kirchlichen Einrichtungen und verfügte auf diese Weise über jede Menge Freifahrkarten für seine skrupellosen Eskapaden.

Ricardo ließ seinen Blick durch den schmalen Flur gleiten, während er sich in Richtung des Schlafsaals der Kinder bewegte. Die Stille der Nacht wurde nur vom leisen Rascheln der Äste vor den Fenstern unterbrochen. Seine Schritte waren ruhig und bedacht, fast schleichend, als er die knarrenden Dielen umging, um kein Geräusch zu verursachen. Er wusste genau, was er wollte. Jede seiner nächtlichen Besuche folgte einem Muster, und in dieser Nacht hatte er wieder eine »Auswahl« zu treffen. Ein unheimlicher Funken lag in seinen Augen, der selbst in der Dunkelheit zu glimmen schien.

Doch als er die Tür zum Schlafsaal erreichen wollte, hielt

er inne. Ein leises Geräusch drang an sein Ohr. Es kam aus der Richtung der kleinen Gemeinschaftstoilette am Ende des Flurs. Seine scharfen Sinne registrierten sofort, dass etwas anders war. Interessant, dachte er, seine Neugier geweckt. Anstelle der Schlafsäle bog er leise nach links ab und näherte sich der Toilette. Die Tür war nur angelehnt, und schwaches Licht fiel auf den Boden des Flurs. Mit einer Bewegung, die er schon oft perfektioniert hatte, drückte Ricardo sie langsam weiter auf.

Vor dem Waschbecken stand ein Junge, kaum neun Jahre alt, den Kopf gesenkt, während er sich hastig die Hände wusch. Der Kleine sah den Pater nicht kommen, aber spürte plötzlich seine Anwesenheit. Eine unangenehme Kälte schien den Raum zu füllen.

Ricardo ließ die Tür langsam ins Schloss fallen und trat leise hinter das Kind. »So spät noch wach?«, zischte er, seine Stimme sanft und bedrohlich zugleich. Das lüsterne Grinsen auf seinem Gesicht wurde durch die flackernde Glühbirne zur unbarmherzigen Fratze. Der Junge erstarrte und Angstschweiß trat ihm auf die Stirn. Sein Zittern hatte aufgehört und er fasste all seinen Mut zusammen, während er sich zu Ricardo umdrehte.

»Ich – ich musste nur auf die Toilette«, stotterte der Junge, seine Stimme kaum mehr als ein Flüstern. Er wich instinktiv einen Schritt zurück, als die unheimliche Silhouette des Paters auf ihn zukam. Ricardos Augen glänzten im Halbschatten, und der Junge wusste sofort, dass er in Gefahr war. Ein schwerer Kloß schnürte ihm die Kehle zu, während sein Herz bis zum Hals pochte. Der nächtliche Besucher trat näher und flüsterte: »Du weißt doch, was man über das Stören der Nachtruhe sagt.« Seine Stimme war sanft, aber darunter lag ein bedrohlicher Unterton. Der Junge spürte die starken Finger, die sich schwer auf seinen schmalen Schultern niederließen, und er wollte nur noch wegzulaufen. Doch seine Beine schienen ihn im Stich zu lassen. Ricardo umschloss mit beiden Händen den Hals des Jungen und drückte leicht zu. »Wie heißt Du denn, mein Sohn?«

»Tomaso – bitte ...«, brachte der Kleine röchelnd hervor. Sein Blick flackerte zwischen der Tür und dem Gesicht des Paters hin und her, auf der Suche nach einem Fluchtweg. Doch er wusste, dass er keine Chance hatte. Sein Gegner war stärker, und der Junge war gefangen. Ricardo drückte ihn mit seinem ganzen muskulösen Körper geifernd gegen das Waschbecken. Tomaso hatte Todesangst und der Pater fing an, an ihm zu fummeln, eine Hand immer noch am Hals. Bevor Ricardo jedoch weiter handeln konnte, hörte er plötzlich Schritte. Der gleichmäßige Klang von Schuhen, die sich dem Flur näherten, ließ ihn innehalten. Wer konnte das sein? Niemand sollte um diese Zeit noch wach sein. Ein unerwartetes Gefühl der Unruhe breitete sich in ihm aus. Umgehend und geistesgegenwärtig ließ er den Jungen los.

»Geh sofort wieder in den Schlafsaal«, zischte er knapp und trat zurück. Tomaso zögerte keine Sekunde und rannte, so schnell er konnte, aus der Toilette in Richtung der Schlafräume. Ricardo blickte ihm hinterher, seine Miene noch immer in düsterer Entschlossenheit gefangen. Er gab sich einen Ruck, als die Schritte näher kamen und schenkte seinem Gesicht wieder die annähernd menschliche Silhouette, die er tagsüber zur Schau stellte.

Schwester Emilia bog um die Ecke, eine unscheinbare, aber resolute und wachsame Frau in mittleren Jahren, deren Augen durch die Nachtwanderung des Paters aufmerksam geworden waren. »Ricardo? Was tun sie hier so spät?«, fragte sie leicht verunsichert. Ihr Instinkt sagte ihr, dass irgendwas nicht stimmte. Was hatte er hier vor?

Er drehte sich langsam zu ihr um. Sein Gesicht war wieder völlig ruhig und freundlich. »Schwester Emilia«, sagte er mit derselben samtigen Stimme, die ihm so oft den Weg in die Herzen seiner Opfer gebahnt hatte. »Ich hatte einen Verdacht, dass eines der Kinder krank ist. Ich wollte nur nach dem Rechten sehen.«

Die Nonne runzelte die Stirn, doch sie nickte. Etwas an seinem Verhalten machte sie misstrauisch, doch sie konnte nicht genau sagen, was es war. »Ich verstehe. Aber es ist spät. Vielleicht sollten wir beide besser schlafen gehen.«

Ricardo nickte lächelnd und trat einen Schritt auf sie zu. »Natürlich. Gute Nacht, Schwester.«

Als sie den Flur hinunterging, sah er ihr einen Moment lang nach, dann drehte er sich um und verschwand in den Schatten. Der Junge war entkommen – dieses Mal. Aber Ricardo wusste, dass es viele Nächte gab, und die Dunkelheit war seine treu ergebene Maske. Er war auf der Jagd und Geduld war eine seiner Stärken.

Zurück im Schlafsaal saß der Tomaso unter seiner Decke, immer noch zitternd vor Angst. Was wäre geschehen, wenn sie die Schritte nicht gehört hätten? Die grauen Wände des Waisenhauses schienen ihn zu erdrücken, und er schwor, sich zu wehren. Doch was konnte ein Kind wie er gegen einen Mann wie Pater Ricardo tun?

Zwei Tage waren vergangen, seit der Geistliche den Jungen so in die Enge getrieben hatte. Die Erinnerung an dieses unheimliche Erlebnis ließ den kleinen Tomaso nicht los. Seine Angst war so groß, dass er nachts nicht schlafen konnte, die Sorge vor der Rückkehr Ricardos hielt ihn wach. Jeder Laut, jeder flackernde Schatten, das Knarren der Dielen unter seinen Füßen und selbst das leiseste Wispern ließen sein Herz vor Furcht rasen.

Er musste sich wehren, auch wenn er nur ein kleiner Junge war. Der Gedanke, erneut von dem Pater bedrängt zu werden, schien für ihn unerträglich. Und so machte er einen Plan.

Matteo saß in seinem Zimmer im Kloster und starrte gebannt auf die Dornenkrone, die vor ihm auf einem mit Samt überzogenen Kissen ruhte. Auf einer Pilgerfahrt nach Jerusalem hatte er sie abseits aller Touristenwege in einem staubigen Antik-Shop erstanden. Es war ein Kranz aus Schwarzdornzweigen. Der Verkäufer hatte behauptet, die Krone sei aus der Zeit Jesu Christi. Das Artefakt verströmte eine düstere, beinahe übernatürliche Aura, während es im flackernden Schein der Kerzen lag. Die Dornen schienen so scharf, als könnten sie die Haut allein mit ihrem Anblick durchbohren.

Seine Gedanken drifteten zurück in die Geschichte, in der diese Dornenkrone eine zentrale Rolle spielte. Er erinnerte sich an die Überlieferungen, denen zufolge sie einst das Haupt Jesu Christi zierte, als dieser das Kreuz auf seinen Schultern trug. Die schmerzhaften Legenden von Leiden und Opferbereitschaft wurden mit diesem Artefakt verbunden.

Matteo ließ seine Finger sacht über die Spitzen gleiten. Er spürte die schimmernde Energie der Gläubigen, die über Jahrhunderte hinweg vor dieser Dornenkrone niedergekniet waren, um Trost und Führung zu finden. Gleichzeitig nahm er die düstere Präsenz wahr, die von der Krone auszugehen schien – ein Sinnbild für die Schrecken der

Menschheit und die schmerzhaften Dornen des Lebens. Er dachte tiefer darüber nach, was für eine Bedeutung die Dornenkrone auch heute noch hatte. Sie zeigte, dass das Leben nicht nur von Freude und Glanz geprägt war, sondern gleichermaßen von Trauer und Opfern. Sie forderte eindringlich, der Finsternis entgegenzutreten und Hoffnung inmitten des Leidens zu suchen.

Matteo schloss seine Augen, betete still um Kraft und Wissen. Das Artefakt repräsentierte ebenso die menschliche Existenz als solche, nicht nur eine physische Erscheinung. Es betonte, dass der Glaube und die Überzeugung auch in den herausforderndsten Zeiten diejenigen führen könnten, die die Wahrheit suchen.

Als er wieder die Augen öffnete, fühlte er sich stark. Die Dornenkrone war eine Erinnerung daran, dass das Leben trotz seiner Herausforderungen kostbar war. Matteo wusste, dass er diese Botschaft mit der ganzen Welt teilen musste, um ihnen Hoffnung und Trost zu bringen, wenn sie vor ihren eigenen Prüfungen standen. Die Narben auf seiner Seele waren immer noch belastend, auch nach so langer Zeit. Die Jahre der Folter und Erniedrigung manifestierten sich in dieser Dornenkrone.

Kardinal Folliero wird das schmerzhafte Artefakt tragen. Dieser Teufel soll leiden, wie ich es tat. Das war seine Berufung und er würde nicht eher ruhen, bis diese Bestie in Menschengestalt im Fegefeuer brennen würde.

19

Kaito brachte Matteo die Grundlagen des Aikido bei. Der Pater sog dieses Wissen auf wie ein Schwamm. Sein unersättlicher Hunger nach Erkenntnis und seine eiserne Disziplin, trotz aller Widrigkeiten ein anspruchsvolles Trainingsprogramm zu absolvieren, ließen ihn über sich selbst hinauswachsen. Doch was Matteo am meisten an Aikido fesselte, war die defensive Philosophie, die es ihm ermöglichte, sich zu verteidigen, ohne dabei seine moralischen Grundsätze zu verraten oder jemanden zu verletzen. Eine herausfordernde Gratwanderung zwischen Selbstbehauptung und Zurückhaltung.

Eines Tages saßen sie beim Essen in der Mensa allein an einem langen Tisch. Kaito erzählte begeistert von seinen Programmierfortschritten: »Hey, ab sofort gibts Aikido 2.0.«

»Und was heißt das?«, wollte Matteo staunend wissen.

»Das ist so eine Art X-Men-Mutanten-Simulation«, alberte Kaito, »du weißt schon vorher, was der Gegner tun wird.«

»Und, wie willst du das schaffen? Du kannst ja keinen Rechner mit in den Ring nehmen.« Matteo war sich unsicher.

Kaito lachte: »Yo Matt«, wie er Matteo gern nannte, »stell

dir vor, du hast diesen mega-coolen Ohrstöpsel, der aussieht wie ein normaler, winziger Kopfhörer, aber der ist vollgepackt mit Hightech-Zeug – du kennst ja den ganzen Mini-Micro-Nano-Kram. Das Teil sitzt so gut, dass es dir bei all deinen krassen Moves im Aikido nicht aus dem Ohr fliegt. Von außen sieht's superunauffällig aus, keiner checkt, dass du da gerade die Zukunft liest.«

Er tippte mit dem Finger an sein Ohr. »Im Inneren ist das Ding aber der Hammer: Da ist ein mikroskopisch kleiner, vollwertiger Computer drin, nicht mal einen halben Millimeter groß. Neueste Erfindung von den Yankees. Dafür habe ich ein Programm geschrieben, das alles Mögliche über deinen Gegner in Echtzeit aufnimmt und verarbeitet. Das Mikrofon scannt sogar seinen Atem, die Sensoren checken seine Herzfrequenz, Mikroexpressionen und die Zelltemperatur und in welche Richtung er sich bewegt. All diese Infos gehen direkt an die KI. Die kann damit Muster erkennen und gibt sie dir in Echtzeit weiter.« Kaito ließ eine Hand über seinem Kopf kreisen. »Das Teil ist voll vernetzt und kann sich mit Deinem Smartphone oder Laptop verbinden, kriegt automatische Updates und Daten und läuft ewig durch speziell angepasste, redundante Micro-Photovoltaik.« Er rutschte aufgeregt auf seinem Stuhl hin und her. »Und jetzt kommt der Clou: Diese KI kann die Emotionen und die nächsten Moves Deines Gegners voraussagen.«

»Moment – Emotionen? Genau in der Richtung habe ich auch gearbeitet.« Matteo war erstaunt.

»Bro, letztendlich kann dir die KI aufgrund der gesammelten Daten nur die wahrscheinlich nächste emotionale Regung Deines Gegners voraussagen, aber sie kann nicht das ersetzen, was wir zwischenmenschliche Chemie nennen. Das geht nur, wenn Du Haut und Haare hast. Comprende? Okay, als Nächstes versuche ich, eine digitale Plug-in-Seele zu programmieren«, scherzte er, »da bist du als mitarbeitende geistliche Koryphäe ganz vorne dabei.« Er musste herzlich lachen.

Matteo nickte amüsiert mit weit geöffneten Augen.

Kaito fuhr fort: »Über einen speziellen Speaker, der den Sound durch Deine Knochen direkt ins Ohr leitet (kein Witz, das ist Science-Fiction-Stuff), sagt dir die KI dann, was als Nächstes passieren wird. Du hörst das alles, ohne dass es jemand mitkriegt.« Mit fast triumphalen Blick meinte er feierlich: »Kurz gesagt, mit diesem Ohrstöpsel bist du der absolute Boss im Ring. Du weißt immer ziemlich genau, was dein Gegner gleich vorhat, und kannst dementsprechend reagieren. Echt krasses Teil! Die Firma meines Vaters baut solche ultrakleinen Hörgeräte. Ich habe die einfach umgebaut. Hat funktioniert.«

»Hast du schon mal drüber nachgedacht, was passiert, wenn das dem Militär oder irgendeinem dubiosen Geheimdienst in die Hände fällt?« Matteo schaute Kaito besorgt an. »Nicht auszudenken, was die damit anrichten könnten.«

»Da hast du wohl recht«, erwiderte Kaito, »aber noch weiß niemand davon. So sollte es auch vorerst bleiben.«

Matteo war sichtlich beeindruckt und hatte sofort Ideen, wie man so was mit entsprechenden Modifikationen für seine Mission verwenden könnte. Er fragte gespannt: »Und wann kann man deinen Seelenstöpsel sehen?« Kaito zog ein kleines Etui aus der Tasche, öffnete es und präsentierte den schwarzen Ohrhörer mit erwartungsvoller Mimik wie einen Verlobungsring beim Heiratsantrag. »Voilà, Monsieur – Aikido 2.0, Emotionen pur. Ich nenne sie ›Emo-Pluggs‹ oder ›EPs‹.« Matteo staunte nicht schlecht, als er das winzige Etwas sah. »Funktioniert es auch?«, fragte er ungläubig.

»Das, mein Freund, wirst du im Ring erleben, bei unserer nächsten Trainingseinheit«, scherzte Kaito mir einem breiten Grinsen.

Am nächsten Morgen, als die Nonnen die Kinder zum Frühstück riefen, hielt sich Tomaso unauffällig im Hintergrund. Mit seinen Blicken suchte er den Raum ab – nicht nach den Erwachsenen, sondern nach einer Waffe. Der große Messerblock in der spartanisch schlichten Küche des Waisenhauses fiel ihm ins Auge.

In einem unbeobachteten Moment schlich er hinein, als die anderen Kinder beim Frühstück saßen und die Nonnen sich unterhielten. Vorsichtig zog er eines der größeren Messer aus dem Block. Es war fast zu schwer für seine kleinen Finger, aber er hielt es fest. Sein Herz raste, als er das kalte Metall spürte. Schnell steckte er es unter seine Jacke und kehrte unauffällig zurück, als wäre nichts geschehen.

Die folgenden zwei Tage vergingen quälend langsam. Tomaso konnte kaum schlafen, sein Herz war andauernd von einem dröhnenden Pochen erfüllt. Ständig erwartete er, dass der Pater wiederkommen würde. Aber erst am zweiten Abend, gerade als es dunkel wurde, nahm er das verhasste, gefürchtete Geräusch der Schritte auf dem Flur wahr.

Ricardo war zurück.

Tomaso war vorbereitet. Er wusste, dass der Pater nicht sofort zu ihm kommen würde. Zuerst würde er die Schlafsäle durchqueren, leise wie ein Jäger auf der Suche nach seiner Beute. Aber diesmal sollte Ricardo der Gejagte sein. Der Junge versteckte sich in der hintersten Ecke des Flurs, gleich hinter der Tür des Schlafsaals. Er war stark für sein Alter, und das wusste er. Das Messer hielt er fest und entschlossen in seiner Hand und all die Muskeln in seinem Körper waren angespannt.

Ricardos Schritte kamen näher, seine Silhouette zeichnete sich im schummrigen Licht des Flurs ab. Tomaso hielt den Atem an, als der Pater – nicht ahnend, dass der kleine Junge auf ihn lauerte – vorbeiging. Der Moment schien sich endlos zu dehnen, als Tomaso einen tiefen Atemzug nahm. Sein Herz schlug so laut, dass er dachte, Ricardo könnte es hören. Doch dann tat er es.

Mit all der Kraft, die er aufbringen konnte, sprang der kleine Mann aus seinem Versteck hervor. Das Messer hielt er schon fest in der Hand, und bevor Ricardo reagieren konnte, stach Tomaso ihm mitten in den Rücken. Der Pater stieß einen erstickten Laut aus, eine Mischung aus Überraschung und Schmerz. Er taumelte, das Messer tief in seinem Fleisch und probierte sich zu drehen, um zu sehen, wer ihn attackiert hatte.

Für kurze Zeit konnte Tomaso nicht glauben, was er getan hatte. Er rührte sich nicht und stand da, die Augen weit aufgerissen vor Schock und Angst. Ricardos Hände schnappten nach ihm, doch er entzog sich dem Griff und rannte los – blind, ohne Ziel, einzig getrieben von der Panik, die in seinem Innern tobte. Ricardo sackte gegen die Wand und rutschte keuchend zu Boden. Er bemühte sich, das Messer herauszuziehen, griff aber ins Leere. »Verfluchter Dreckskerl«, röchelte er.

Tomaso hörte nicht auf zu rennen, denn Ricardo durfte ihn nicht finden, falls er überlebte. Der Junge stolperte ziellos durch die langen Gänge des Heims. Nur weg von hier, dachte er. Kurz darauf gelangte er zum Speisesaal, wo er sich zitternd in eine dunkle Ecke setzte und allmählich zur Ruhe kam. Eine halbe Stunde später war das Adrenalin abgebaut und er schlief ein. Irgendwann, mitten in der Nacht, wurde er wieder wach und schlich unentdeckt zu seinem Bett im Schlafsaal, wo die Müdigkeit sofort ihren Tribut forderte.

Ricardo versuchte indes, sich aufzurichten, mit aller Kraft, die er noch aufbringen konnte. Panik stieg in ihm hoch, als er realisierte, dass er ernsthaft verletzt war. Jede Bewegung schmerzte, doch er musste Hilfe holen.

Niemand durfte wissen, was wirklich passiert war. Das könnte sein Ende bedeuten – sowohl in der Kirche als auch in den Kreisen, in denen er sich bewegte. Es musste wie ein Unfall aussehen, ein tragisches Missverständnis, um den Jungen aus der Sache herauszuhalten. Er konnte nicht zulassen, dass Fragen gestellt wurden.

Langsam schleppte er sich den Flur entlang, die Wunde pochend bei jedem Schritt. Als er das Büro der Mutter Oberin erreichte, klopfte er schwach gegen die Tür. Die alte Frau öffnete. Ihre Augen weiteten sich vor Schock, als sie den blutverschmierten Priester sah.

»Pater Ricardo, was ist passiert?«, fragte sie mit zittriger

Stimme, während sie ihn stützte und mit viel Körpereinsatz ins Büro führte.

»Es – es war ein Unfall«, brachte er keuchend hervor. »Ein Junge – ich wollte ihm helfen, aber er hat Angst bekommen.« Er hielt die Fassade aufrecht, als die Nonne hektisch nach einem Arzt rief. Niemand durfte die Wahrheit erfahren. Nicht der Kardinal – und schon gar nicht die Polizei.

Ricardo wusste, dass er ein paar Tage lang vorsichtig sein würde. Während er auf die Rettung wartete, dachte er bereits über das weitere Vorgehen nach. Tomaso musste verschwinden, bevor er zu einer Gefahr werden konnte – nicht nur für ihn, sondern für das ganze Netzwerk, das er seit Jahren im Verborgenen führte.

Noch während seine Wunde behandelt wurde, schlich sich ein Gedanke in seinen Kopf: *Dieser Junge hatte Mut. Er war nicht wie die anderen, die aus Furcht den Mund hielten, und er war eine Gefahr.*

21

Eines Nachmittags, als er mit Kaito bei einem Tee in der Kantine relaxte, fing Matteo an, leise vor sich hin zu reden: »Ich habe einen Plan. Du kennst doch sicher Kardinal Folliero«, meinte er, ohne aufzusehen. »Ja, flüchtig, warum?«

»Weißt du auch, was der so treibt?«

Kaito wurde aufmerksam: »Was meinst du?«

»Folliero ist ein Meister der Täuschung und seine Position hilft ihm dabei, sehr glaubhaft rüberzukommen. Egal was er sagt und tut, er hat nur ein Ziel, nämlich seine Macht auszuweiten. Ich denke, er will Papst werden und er wird alles daran setzen, das zu erreichen. Er hat viele Freunde bei der Mafia, betreibt Kinderhandel, Geldwäsche, korrumpiert die römische Polizei, vergewaltigt selbst Kinder und erpresst hochrangige Regierungsmitglieder.

Diese Bande weiß ganz genau, was ein korrupter Papst, der auf ihrer Seite ist, ausrichten kann. Die haben einen unseligen Pakt geschlossen, um Follieros Ziel zu erreichen.«

Kaito war neugierig geworden: »Was hat das alles mit dir zu tun?«

Matteo fielen die Worte schwer: »Ich war eines dieser Kinder. Damals in meiner Waisenhauszeit wurde ich von ihm und seinen Freunden unzählige Male missbraucht – ich war sechs Jahre alt. Das ging, bis ich zehn war.«

»Oh Gott, das tut mir unendlich leid.« Kaito war sichtlich betroffen. »Konnte man ihn nicht dafür belangen?«

Matteo lächelte resigniert: »Die schweigenden Mauern des Vatikans garantieren Immunität – auf Teufel komm raus, und das im wahrsten Sinne des Wortes. Wer sollte ihn anklagen? Den römischen Polizeichef hat er in der Tasche. Folliero kennt alle schmutzigen Geheimnisse seiner Gegner und nutzt das schamlos aus. Er hat einfach zu viel Macht. Der Klerus hält dicht, selbst der Heilige Vater wird keinen Ton verlauten lassen, der das Ansehen der Kirche in irgendeiner Weise schädigen könnte.« Matteo atmete schwer. »Und noch was: Mein Geburtsname ist eigentlich Marco. Den Ordensnamen Matteo habe ich beim Eintritt ins Kloster angenommen, hauptsächlich als Schutz vor Zugriffen von Folliero. Marco gibt es seitdem nicht mehr.« Mit geballter Faust fuhr er fort: »Dieser Albtraum muss jetzt ein Ende haben. Er wird zur Rechenschaft gezogen werden.« »Aber wie willst du das machen?«, fragte Kaito mit ratloser Mimik, »der Typ sitzt im Vatikan und du draußen.«

»Klar«, erwiderte Matteo, »ich muss da rein und habe auch schon eine Idee, wie ich's anstelle.«

Sensei Satoshi Yusuke verkörperte eine stille Autorität, die keiner großen Worte bedurfte. Sein Dojo, versteckt in einer unscheinbaren Ecke der Stadt, strahlte eine Ruhe aus, die von tiefem Respekt und Tradition getragen wurde. Die schlichte, fast spartanische Einrichtung ließ keine Ablenkung zu. Die Holzdielen knarrten leise unter den Füßen der Schüler, während das Licht durch die schmalen Fenster drang und den Raum in ein sanftes, beruhigendes Dämmerlicht hüllte. Hier ging es um die Essenz des Trainings – Disziplin, innere Ruhe und die Verbindung von Körper und Geist, die diesen Ort zu einer heiligen Stätte der Konzentration machten.

Kaito nutzte die Stille des Dojos, um seine eigene Symbiose mit der KI weiter zu verfeinern. Die EmoPluggs, die er fast unauffällig trug, waren der Schlüssel zu einer Art hyper-menschlichen Wahrnehmung, in der die Technologie seine instinktiven Bewegungen erweiterte, berechnete und perfektionierte. In der Ruhe des Dojos testete er die Grenzen dieser Verschmelzung zwischen Mensch und Maschine. Jeder Schlag, jeder Griff, jeder noch so kleine Move, der im Training ausgeführt wurde, erfuhr durch die KI eine blitzschnelle Analyse. Für Kaito bedeutete dies eine nahezu übermenschliche Präzision, die ihm in brenzligen Situationen einen entscheidenden Vorteil verschaffte. Aber trotz der technischen Überlegenheit, die ihm dadurch zuteilwurde, war ihm eines klar: Der wahre Kern des Aikido durfte nicht verloren gehen. Kaito und Matteo saßen zusammen, während sie über diesen Kampfsport und seine Bedeutung sprachen. Kaito lehnte sich zurück und begann, ernst zu werden.

»Weißt du«, sagte er, »Aikido ist nicht nur Technik oder so 'n Kampfkram. Es geht um viel mehr als das.«

Matteo runzelte die Stirn und nickte. »Was genau meinst du?«

»Es ist 'ne Kunst«, erklärte Kaito, »und die Idee dahinter ist Gewaltlosigkeit. Klar, du lernst, wie du dich verteidigst, aber der wahre Trick ist, deinen eigenen Stolz zu überwinden. Du musst im Angriff nicht nur 'nen Feind sehen, sondern auch 'ne Chance.«

»'Ne Chance? Für was?«, fragte Matteo neugierig.

Kaito grinste leicht. »Für Harmonie, Mann. Aikido lehrt dich, dass es nicht immer um Konfrontation geht. Es geht darum, wie du den Moment nutzt, um Frieden zu schaffen – in dir selbst und mit der Welt um dich herum.«

Matteo dachte einen Moment nach. »Also mehr um den inneren Frieden als um die Technik?«

»Ganz genau«, sagte Kaito ernst. »Die hilft zwar, aber sie ist nicht alles. Aikido bringt dir bei, dass der echte Kampf innen stattfindet, nicht außen. Und wenn du diesen Frieden findest, dann kannst du jede äußere Gefahr ganz anders angehen. Egal, was passiert, du bleibst ruhig.«

Matteo lächelte leicht. »Das klingt – tief.«

Kaito lachte und klopfte ihm auf die Schulter. »Ja, Mann, ist es auch. Deswegen sag ich dir, vergiss nie, worauf es ankommt. Technik, KI, das ist alles cool, aber am Ende gehts darum, mit dir selbst klarzukommen. Aikido hilft dabei.«

Matteo hingegen befand sich auf einer ganz anderen Reise. Als er anfing, mit Kaito zu trainieren, war seine Mission noch von Zorn und Rachegedanken getrieben. Der Kardinal war nicht nur ein Symbol des Missbrauchs, sondern auch das Ziel einer tiefen inneren Wut, die Matteo kaum bändigen konnte. In seinen Gedanken malte er sich aus, wie er dieses Monster schnell und effizient zur Strecke bringen würde, wie die Macht des Glaubens und der körperlichen Stärke Folliero zur Rechenschaft ziehen könnte. Doch das Training mit Kaito änderte ihn.

Kaito und Matteo standen auf der Trainingsmatte. Kaito führte den Pater durch eine Aikido-Bewegung, während er sprach.

»Schau mal«, begann er, »die Bewegungen im Aikido sehen fließend und sanft aus, oder? Aber da steckt mehr dahinter als nur Technik.«

Matteo versuchte, einen Wurf nachzumachen, doch er wirkte etwas steif. »Was meinst du damit?«

»Es geht um Disziplin, Selbstkontrolle und Klarheit im Kopf«, erklärte Kaito und korrigierte Matteos Haltung. »Du kämpfst nicht, um den Gegner zu zerstören. Du lenkst seine Energie und entschärfst damit den Konflikt.«

»Also nicht einfach draufhauen?«, fragte Matteo mit

einem leichten Schmunzeln.

Kaito lachte. »Genau, Mann. Jeder Wurf, jeder Hebel, den du lernst, bringt dir mehr als nur die Fähigkeit, dich zu verteidigen. Es geht um Kontrolle – über deinen Körper und über dich selbst. Und versteh mich nicht falsch, ein Kampf ist mehr als nur ein paar Schläge hin und her.«

Matteo nickte langsam, als er den Wurf erneut versuchte. »Also so was wie eine nonverbale Kommunikation?«

»Genau das«, sagte Kaito und zeigte ihm die nächste Bewegung. »Und die wichtigste Regel: Gewalt ist immer der letzte Ausweg. Wenn du die Energie des anderen lenken kannst, brauchst du die Härte gar nicht erst.«

Matteo hielt inne und dachte nach. »Das macht Sinn. Es fühlt sich auch – richtiger an.«

»Ja«, sagte Kaito lächelnd, »das ist der Weg.«

»Lass Deine Energie fließen, Matteo«, erklärte Kaito eines Nachmittags, als sie die Technik »Ikkyo« durchgingen. Er sprach ruhig, während seine Bewegungen fließend und kontrolliert waren. »Dein Ziel ist es, dass der Gegner das Gefühl hat, ins Leere zu greifen. In dem Moment, in dem du direkt gegen ihn ankämpfst, hast du bereits den entscheidenden Fehler gemacht.«

Matteo spürte, wie seine Faust Kaitos Arm streifte, doch statt auf Widerstand zu stoßen, glitt seine Hand ins Leere. Es war, als ob Kaitos Körper sich im Angriff auflöste, geschickt ausweichend, ohne Härte oder Kraftaufwand – und im nächsten Moment fand sich Matteo sanft auf der

Matte wieder – unversehrt – doch überwältigt. Diese mühelose Eleganz beeindruckte ihn zutiefst. Kaito verteidigte sich, ohne zu verletzen, und allmählich dämmerte es Matteo: Wahre Stärke lag nicht in der Gewalt, sondern in der Kunst, ihr auszuweichen.

Die EmoPluggs, die sie gelegentlich benutzten, verliehen den beiden beinahe übermenschliche Präzision. Die KI konnte die Bewegungen des anderen vorhersagen, noch bevor dieser sie selbst realisierte. Jeder der Angriffe wurde spielend leicht abgewehrt, die Moves mühelos gekontert.

Matteo spürte die Macht, die in dieser Technologie steckte, doch Kaito bestand darauf, dass die Maschine nur ein Werkzeug war – die eigentliche Kraft kam aus der inneren Ruhe, aus dem Gleichgewicht zwischen Körper und Geist. Es war diese Balance, die Matteo mehr und mehr anzog, und die seine ursprünglichen Pläne infrage stellte.

Mit jedem Tag im Dojo spürte der Pater, wie sich seine Denkweise verschob. Am Anfang war sein Plan, den Kardinal schnell und brutal zu beseitigen. Doch jetzt, mit der zunehmenden Meisterung der Aikido-Techniken und dem Verständnis der Philosophie dahinter, erkannte er, dass Folliero nicht durch Gewalt zu Fall gebracht werden sollte. Es gab subtilere, klügere Wege, ihn zur Rechenschaft zu ziehen. Folliero war kein einfacher Gegner, und brutale Kraft würde nur zu einem weiteren Kreislauf der Zerstörung führen.

Kaito beobachtete diese Veränderung in Matteo und

begrüßte diese Wendung anerkennend. Sein Freund, den er scherzhaft den »Kampfmönch« nannte, fand langsam zu einer tieferen Form der Stärke, einer, die weit über den physischen Kampf hinausging. Und so wurde das Training im Dojo zu mehr als nur einer körperlichen Übung – es war eine Reise zu innerem Frieden und klaren Entscheidungen, intensiver als er je in seiner spirituellen Mönchswelt erfahren hatte. Matteo lernte, dass der Schlüssel zu einem wirklichen Sieg darin lag, den Konflikt auf eine Ebene zu heben, auf der Gewalt keine Macht hatte.

Als sie nach Stunden des Trainings auf der Matte saßen und die Stille des Dojos sie umgab, spürte Matteo, wie sich etwas in ihm verändert hatte. Der Zorn war noch da, doch er brannte nicht mehr wie ein loderndes Feuer, stattdessen war er zu einem kontrollierten, kalkulierten Funken geworden. Kaito war ein Lehrer, aber auch ein Verbündeter in diesem inneren Krieg, und zusammen würden sie einen Weg finden, Folliero zu stellen – nicht durch Gewalt, sondern durch die Kraft der Erkenntnis und des Geistes. Durch seinen Einfluss begann Matteo, das Potenzial der Technologie für sein Vorhaben, die Entführung Kardinal Follieros in einem neuen Licht zu sehen. Kaito demonstrierte ihm, wie sie mit der fortschrittlichen KI-Software präzise und unauffällige Methoden entwickeln können, anstatt rohe Gewalt anzuwenden. Wenn es darum ging, die Grenzen zu erweitern und Wege zu finden, die weniger offensichtlich, aber genauso wirksam waren, bestätigte sich sein Freund als wahrer Künstler.

»Ey, Matteo, ich sag's dir, wir müssen das richtig smart angehen«, begann Kaito und zog dabei eine seiner typischen Grimassen, während er seine KI-Software durchscrollte. »Du willst Folliero nicht verletzen, klar. Aber das heißt nicht, dass wir nicht genauso effektiv sein können, checkst du?«

Matteo schüttelte den Kopf und lächelte leicht. »Kaito, du weißt, ich bin Pater. Gewalt ist echt nicht mein Stil. Da muss es 'nen Weg geben, das Ganze so sauber und gewaltfrei wie möglich zu machen.«

Sie experimentierten mit verschiedenen Szenarien und Techniken. Sie loteten unterschiedliche Betäubungsmittel aus, um die effizienteste und sicherste Methode zu finden, den Kardinal aus dem Spiel zu bringen, ohne ihm dauerhaften Schaden zuzufügen.

Kaito grinste. »Guck mal, mit der richtigen Technik kannst du Folliero ausknocken, ohne dass er auch nur 'ne Schramme abkriegt. Glaub mir, das wird wie Schach – keine Gewalt, nur Köpfchen.« Er lehnte sich vor und zeigte Matteo eine Simulation. »Hier – check das mal. Das ist sein Tagesablauf. Die KI analysiert jede seiner Bewegungen – wann er pennt, wann er betet, wann er allein ist. Wir müssen nur den perfekten Moment erwischen, dann setzen wir sanfte Mittel ein. Keine bleibenden Schäden, kein Stress.«

»Ich versteh schon, was du meinst«, sagte Matteo nachdenklich und strich sich übers Kinn. »Aber selbst so'n Zeug kann gefährlich sein, wenn man nicht aufpasst.«

»Genau deshalb berechnen wir alles haarklein«, erwiderte Kaito und klopfte beruhigend auf das Tablet. »Dosierung, Timing – das ganze Paket. Wir wollen ihn ja nur kurz ausschalten. Der Kardinal wird aufwachen und nicht mal checken, dass was passiert ist.«

Sie erprobten, wie man Follieros Bewegungsmuster und Schwachstellen mit Hilfe der KI erkennen kann, um ihre Handlungen genau zu planen und durchzuführen.

Mit der Zeit entwickelte Matteo eine tiefgehende Wertschätzung für die Philosophie der Gewaltlosigkeit. Ihm wurde bewusst, dass ein präzise durchdachtes und sorgfältig umgesetztes Vorgehen sowohl für ihn und Kaito als auch für den Kardinal weniger Risiken barg.

Diese Erkenntnis veränderte seinen Blickwinkel zur geplanten Mission ganz entscheidend. Anstelle herkömmlicher Methoden, die häufig mit einer hohen Gefahr und Unvorhersehbarkeit einhergingen, wählte er eine überlegte und strategische Herangehensweise, die auf Genauigkeit und Intelligenz beruhte.

»So läuft das.« Matteo blickte aus dem Fenster, die Sonne schien warm auf seine Haut. »Es gibt immer 'nen Weg, was zu erreichen, ohne jemanden zu verletzen. Genau das ist die Herausforderung.«

»Okay, dann ziehen wir's durch«, nickte Kaito. »Vertrau mir, Bro. Es zählt nicht nur, was wir machen, sondern wie wir es angehen. Wir setzen den Verstand ein, nicht die Fäuste. Ich bin echt der Letzte, der Schaden anrichten will.«

»Ja, das hab ich gecheckt«, grinste Matteo. »Du hast 'nen kreativen Kopf, und ich muss zugeben, ich fang echt an, deinen Stil zu feiern. Früher hätte ich nie gedacht, dass Technik so viel bewirken kann, aber jetzt – macht alles Sinn.«

»Technik ist der Schlüssel, Mann«, sagte Kaito und klopfte Matteo auf die Schulter. »Und wenn du erst mal drin bist in der Denkweise, läuft das wie von selbst. Gewaltlos, smart und mit Respekt vor der ganzen Situation.«

Matteo lächelte jetzt breiter. »Das gefällt mir. Gewalt hat nie zum Ziel geführt, das weiß ich als Pater. Aber wenn man mit Köpfchen rangeht, kann man Dinge verändern – auf die richtige Weise.«

Kaito nickte. »Genau das. Du hast das Herz, ich hab den Plan. Zusammen sind wir unstoppable, Bruder.«

Kaitos Einfluss war entscheidend für diese Veränderung. Matteo wurde von der für ihn neuartigen Denkweise und der außergewöhnlichen Gabe zur Lösung komplexer Probleme inspiriert und auf einen unbekannten Weg geführt. Sie korrigierten ihre Pläne gemeinsam, probierten verschiedene Szenarien und verfeinerten ihre Methoden. Jeder Tag brachte neue Erkenntnisse mit sich und verbesserte ihre Fähigkeiten. So entwickelten sie schließlich eine nahezu perfekte Vorgehensweise, um den Kardinal ohne Gewalt zu entführen. Matteo war begeistert vom Teamwork mit Kaito.

Er war sich darüber im Klaren, dass ihre Zusammenarbeit und die Suche nach gewaltfreien Lösungen nicht nur die Mission sicherer, sondern auch erfolgreicher gestalten würde. Mit der Technologie und den neuartigen Ideen, die Kaito eingebracht hatte, konnten sie die Entführung auf eine Art und Weise vollbringen, die gleichermaßen effektiv und menschlich war.

Diejenigen, die ihn besser kannten, schätzten Kaitos Entschlossenheit und seine Fähigkeit, auch in den herausforderndsten Situationen ruhig zu bleiben.

Aufgrund seiner Unverfrorenheit und seines Charmes war er ein unverzichtbarer Bestandteil in Matteos Team, und seine technische Brillanz würde ihrem Projekt eine besondere Schärfe geben.

Aber das Leben hält sich nicht ans Drehbuch.

23

Tomaso rannte durch den Flur des Waisenhauses, seine kleinen Füße klapperten über das alte Holz. Die Luft war stickig, und die Nachmittagswärme drückte auf seinen Kopf. Er hatte gehofft, dass der Tag ruhig verlaufen würde – vielleicht ein Nachmittag im Hof, fernab von den anderen Kindern, die ihn nie richtig mochten. Aber stattdessen hatte ihn der Hausmeister zu sich gerufen.

Angelo war ein stiller Mann, der die Gänge des Waisenhauses beinahe unsichtbar durchschlich. Immer beschäftigt, meistens mit einem Schraubenschlüssel oder Besen in der Hand. Die Kinder sprachen kaum mit ihm, und er redete fast nie. Doch als Tomaso in die Küche lief, hatte Angelo ihn abgefangen.

»Tomaso, komm mal her«, hatte der Hausmeister gesagt. Seine Stimme klang leise, aber bestimmt. »Ich brauche deine Hilfe. Geh ins obere Stockwerk und mach das Fenster zu. Es zieht da durch, und die Schwestern beschweren sich schon seit Tagen.«

Tomaso nickte, unsicher was er davon halten sollte. Er wollte Angelo keinen Gefallen tun, aber die anderen Kinder waren gerade draußen, und das Waisenhaus wirkte fast gespenstisch leer. Der Hausmeister zwang sich ein Lächeln ins Gesicht: »Den Schlüssel brauchst du nicht, es ist offen.« Der Junge stapfte die vielen Treppen nach oben.

Dann hatte er aber was gut bei Angelo, dachte er bei sich.

Je höher er kam, desto drückender wurde die Luft. Der Flur im obersten Stockwerk war kaum genutzt. Staub wirbelte auf, als er die alten Holzdielen betrat, und die Fensterläden klapperten leicht im Wind. Tomaso fühlte sich nicht wohl hier, aber er wollte die Aufgabe schnell hinter sich bringen.

Als er die Tür zum Dachboden erreichte, stieß er sie vorsichtig auf. Die verstaubten Scheiben ließen nur wenig Licht hinein, doch am anderen Ende des Raums erkannte er das gesuchte Fenster. Es stand weit offen, der Rahmen sah morsch und abgenutzt aus, der Wind zog leise durch die alten Holzbalken.

Tomaso ging langsam darauf zu. Der Boden unter seinen Füßen knarrte, und ein seltsamer Geruch lag in der Luft. Es war nicht nur der modrige Duft des verwitterten Gebäudes. Es war etwas anderes – etwas Süßliches, Stechendes, das Tomaso nicht sofort einordnen konnte. Als er das Fenster schließen wollte, stieß er mit dem Kopf an ein weiches, trockenes Gebilde. Es hing direkt hinter der Glasscheibe, versteckt im Schatten der Ecke. Er hörte ein unheilvolles Brummen und schaute genauer hin. Tomaso blieb wie angewurzelt stehen, als er das riesige Hornissennest sah.

Angelo war ihm gefolgt, wartete verdeckt hinter der Tür, bereit, einzugreifen, wenn nötig und beobachtete das Geschehen mit einem neutralen Ausdruck.

Tomasos Herz setzte einen Schlag aus. Das Nest

vibrierte, ein unheilvolles Summen erfüllte die Luft, als Dutzende Hornissen drumherum schwirrten. Er war höchstens einen halben Meter weg und stand wie erstarrt da. Warum hatte Angelo nichts davon gesagt? Der Gedanke schoss ihm blitzartig durch den Kopf. Das war doch kein Zufall. Oder war es?

Tomaso wollte sich gerade umdrehen, um zurück in den Flur zu flüchten, als eine der Hornissen gegen seinen Kopf prallte. Sie flog einen Kreis und schien seine Anwesenheit zu registrieren, bevor sie in einem schnellen Schwung auf ihn zuflog. Tomaso spürte einen stechenden Schmerz an seiner Wange. Er schlug nach dem Insekt, doch es war zu spät. Der Angriff hatte den Schwarm alarmiert.

Innerhalb von Sekunden brach die Hölle los. Hornissen strömten aus dem Nest, und Tomaso spürte die ersten Stiche auf seinem Arm und Nacken. Panik überkam ihn, und er stolperte rückwärts. Einige Insekten verfingen sich in seinen Haaren und stachen panisch immer wieder zu.

Er wollte nur noch weg vom Fenster, doch er drehte sich dauernd im Kreis und versuchte die Tiere wild um sich schlagend abzuwehren, während sie unerbittlich weiter zustachen. Sein Gesicht begann schon anzuschwellen und das Gift brannte auf der Haut. Er bekam zwei Stiche in die Schläfe und konnte fast nichts mehr sehen. Sein Atem ging stoßweise, und seine Hände griffen verzweifelt ins Leere, als er das Gleichgewicht verlor.

Und dann fiel er.

Es war ein Moment völliger Stille. Tomaso fühlte, wie die

Welt unter ihm verschwand. Die Zeit schien für einen Augenblick stillzustehen, als er durch das offene Fenster in die Leere stürzte. Seine Augen erhaschten einen flüchtigen Blick auf den Himmel, bevor die rasende Geschwindigkeit des Sturzes alles um ihn herum in ein verschwommenes Nichts verwandelte.

Der Aufprall auf dem harten Pflaster war brutal und endgültig.

Unten hörten die Kinder das dumpfe Geräusch. Ein Moment der Verwirrung folgte, bis ein entsetzter Schrei die Luft durchschnitt. Nonnen und Betreuer liefen zum Innenhof, wo Tomaso reglos auf den kalten Steinen lag, mit Hornissen in den Haaren. Blut sickerte langsam aus einer klaffenden Wunde an seinem Kopf, und es dauerte nur Sekunden, bis der Schock die Anwesenden erfasste.

Der Hausmeister rannte gleich die Treppen runter. Abseits im Schatten der Hauswand blieb er stehen und wusste, dass er keine Fragen fürchten musste. Niemand würde Tomaso vermissen, und der Unfall war zu perfekt inszeniert.

Die Szene war herzzerreißend und für die Anwesenden eine Tragödie – ein Kind, das beim Versuch, das Fenster zu schließen, unglücklich gestürzt war.

Während die Nonnen verzweifelt versuchten, Hilfe zu rufen, drehte sich Angelo um und verschwand lautlos in den Fluren des Waisenhauses. Der Tod war gekommen, unsichtbar und ohne Verdacht zu erregen, wie es ihm befohlen wurde.

24

In einer eindrucksvollen Villa in Monte Mario, einem der angesehensten Viertel hoch über Rom, wuchs Ariella in einem privilegierten Umfeld auf. Carlo und Mona Salvani, obwohl sie sie adoptiert hatten, behandelten sie stets wie ihr eigenes Kind. Ihr Haus war ein stilvoller Ort des Wohlstands, an dem jede Ecke eine gepflegte Traditionsgeschichte erzählte. Um die Villa herum befand sich ein ausgedehnter Garten, der im Frühjahr voller Blüte war und die Luft mit Jasmin- und Rosengeruch erfüllte.

Auf der Terrasse konnte man eine beeindruckende Aussicht auf die Stadt genießen, die sich unter ihnen wie ein lebendiges Gemälde erstreckte. Im Sonnenlicht glänzten die goldenen Kuppeln und die historischen Gebäude, und in diesen stillen Augenblicken hatte Ariella das Gefühl, die Zeit zu stoppen. Hier oben, abseits vom geschäftigen Treiben Roms, schien die Ewigkeit greifbar nah. Es war ein Anblick, der sie oft zum Nachdenken brachte – über ihre Träume, ihre Wünsche und das Leben, das sie sich selbst erschaffen wollte.

Ariella war das einzige Kind im Haus – ein Umstand, der ihre Bindung zu ihren Eltern nur vertiefte. Sie genoss eine Kindheit, die wie aus einem Bilderbuch schien: erfüllt von Liebe, Geborgenheit und endlosen Möglichkeiten.

Ihre Mutter Mona war eine Frau von unerschöpflicher

Energie und Sensibilität. Sie erkannte früh, dass Ariella eine besondere Begabung für Kunst und Kreativität besaß. So förderte sie sie, wann immer sie konnte. Sie nahm sie mit in Galerien, Theatervorstellungen und Ballettstunden. Eines Tages, Ariella war gerade neun Jahre alt, brachte ihre Mutter sie in ein renommiertes Ballettstudio. Das Studio selbst war ein Raum der Disziplin und Eleganz, doch die größte Offenbarung war der Moment, als sie zum ersten Mal diesen Boden berührte. Ihre kleinen Füße fanden sofort den Rhythmus, ihre Bewegungen wurden von der Musik getragen, und ihre Augen leuchteten vor Glück. Ihre Mutter beobachtete sie still, mit einem warmen Lächeln, wissend, dass ihr dies mehr bedeutete als ein Hobby. Es war Ariellas Weg, sich auszudrücken, frei von Worten und Begrenzungen.

Ariella saß in der großen Bibliothek der Familie, das alte Buch auf ihren Knien. Sie hatte heimlich in Augustinus Bekenntnissen gelesen und konnte eine Frage nicht mehr zurückhalten. Als ihr Vater Carlo hereinkam, zögerte sie kurz, doch dann fragte sie mutig: »Papa, was ist eigentlich die Erbsünde?«

Carlo lächelte, als hätte er dieses Thema erwartet. Er setzte sich neben sie und sah sie liebevoll an. »Ah, die Erbsünde – das ist keine einfache Frage, mein Mädchen.«

Ariella legte den Kopf schief. »Aber es steht hier, dass wir alle damit geboren werden. Warum? Das ist doch unfair, oder?«

Carlo lachte leise und strich ihr durchs Haar. »Unfair?

Vielleicht auf den ersten Blick. Aber es geht weniger darum, dass wir bestraft werden. Es ist mehr eine Metapher dafür, dass wir Menschen fehlerhaft sind und aus dem, was vor uns war, lernen müssen. Es zeigt, dass wir von Natur aus nicht perfekt sind.«

Ariella runzelte die Stirn. »Also, weil Adam und Eva Mist gebaut haben, sind wir alle dran?«

»Es ist eine Art Geschichte, um uns etwas über uns selbst beizubringen«, erklärte ihr Vater. »Es geht darum, dass wir Verantwortung übernehmen müssen. Nicht nur für unsere eigenen Taten, sondern auch für die Welt, in die wir hineingeboren werden.«

Ariella kaute auf ihrer Unterlippe und dachte nach. »Und was sollen wir tun? Wie kommen wir da wieder raus?«

Carlo legte ihr sanft eine Hand auf die Schulter. »Indem wir nachdenken, Antworten suchen und uns selbst verstehen. Genau das tust du doch gerade. Philosophie hilft uns, diese großen Fragen zu stellen – und vielleicht sogar ein paar Lösungen zu finden.«

Ariella sah zu ihm auf, ihre Augen leuchteten vor Neugier. »Dann will ich mehr darüber lernen. Mehr über diese ganzen großen Fragen.«

Carlo nickte zufrieden. »Und das wirst du auch, mein Schatz. Das ist erst der Anfang. Die Welt der Philosophie ist unglaublich und voller Wunder. Wenn du neugierig bleibst, wird sie dir ihre Geheimnisse nach und nach zeigen.«

Dieser Moment war der Beginn eines Weges, der sie später an die Päpstliche Universität Gregoriana führen sollte, wo sie Kirchengeschichte und Philosophie studierte.

Ihre akademische Karriere verlief glänzend, doch in Ariella brannte eine ungestillte Neugier – die Suche nach Antworten, die sie nicht in Büchern finden konnte. Sie machte ihren Abschluss und wurde gleich danach Dozentin für Ethik an der Päpstlichen Lateranuniversität. Hier, zwischen den alten Mauern und den tiefgründigen Gesprächen über Moral und Glaube, fand sie eine faszinierende Dualität. Die katholische Kirche, in ihrer mystischen Schönheit gefangen, sprach Ariella auf einer tieferen Ebene an. Gleichzeitig erkannte sie, dass sie oft geistig erstickt wurde durch Regeln und Dogmen, die das freie Denken einengten.

Diese Zerrissenheit zwischen der Freiheit ihrer Kindheit und den strengen Gesetzen der Kirche prägte sie. Ihre Vorlesungen in Ethik drehten sich oft um die großen moralischen Fragen der Gegenwart: Wo zieht man die Grenze zwischen Recht und Unrecht in einer Welt, die sich wahnsinnig schnell verändert? Doch trotz ihres Erfolges blieb sie oft in Gedanken versunken, als suche sie nach etwas, das ihr immer wieder entglitt.

Es waren die stillen Abende, an denen sie auf einer weißen Bank im Garten ihrer Eltern saß, die ihr die meiste Klarheit brachten. Die Anlage war makellos, der Rasen perfekt gestutzt, die Blumen in Reih und Glied gepflanzt. Von hier aus konnte sie Rom sehen, ruhig und still, als wäre die Stadt nur ein Bild in der Ferne. In diesen Momenten der Ruhe, mit dem sanften Wind, der durch die Bäume streifte, dachte Ariella oft über ihr Leben nach. Sie fragte sich, wer sie wirklich war, jenseits all der Titel und Erwartungen, die an sie gestellt wurden.

Mit achtzehn hatte sie erfahren, dass sie adoptiert war. Ihre Eltern hatten es ihr behutsam erklärt, ohne Drama, aber die Nachricht hatte sie tief erschüttert. Es war nicht der Fakt der Adoption selbst, der sie traf – es war das Unbekannte, das sie quälte. Ihre leibliche Mutter hatte sich geweigert, ihre Identität preiszugeben, nur den Namen Ariella hatte sie für das Kind hinterlassen, ein Name, der Heldin Gottes bedeutet. Seitdem trug sie dieses Wissen in sich, wie eine stille Last, die sie nie ganz ablegen konnte. Sie fragte sich, wer ihre Mutter war, warum sie sie weggegeben hatte und ob sie jemals Antworten auf diese Fragen erhalten würde.

Doch trotz dieser Unsicherheit gab es einen tiefen Frieden, den Ariella in ihrer Arbeit und ihrem Leben fand. Ihre Eltern schenkten ihr eine bedingungslose Liebe und erlaubten ihr, die Welt auf ihre Weise zu erforschen. Oft saß sie in ihrem Garten, der im Sonnenlicht glitzerte, und schaute sich die Stadt an, die sich unter ihr wie ein lebendiges Wesen schlängelte. Sie fragte sich, wohin ihre Reise als Nächstes gehen würde, in diesen ruhigen Momenten, in denen sie nur noch das sanfte Rauschen der Blätter und das Zwitschern der Vögel hörte. Sie hatte zwar gelegentlich

Zweifel, doch ihre innere Stärke ermutigte sie, die erforderlichen Antworten zu finden. Diese Augenblicke der Reflexion waren vergleichbar mit einem Anker, den sie über der Welt ausgeworfen hatte und ihr sicheren Halt gab. Was hätte sie wohl alles erlebt, mit ihrer echten Mutter oder dem ›Biovater‹? Sie überlegte, ob es womöglich ein Abenteuer geworden wäre, mit all den Sorgen und Ängsten eines in Armut lebenden Kindes oder hätte sie vielleicht in Überfluss, Saus und Braus gelebt? Warum fühlte sie sich so zur Kirche hingezogen, obwohl sie mit ihrer weltlichen Logik die meisten nicht beweisbaren Glaubensfragen der Kirche zurechtstutzen konnte? Warum hatte sie in Kirchengeschichte promoviert? Allein der Geruch des Weihwassers und ihre nicht stoffliche Abhängigkeit von Kirchengebäuden triggerten ihre innersten Emotionen. Familie Salvani war sogar als alteingesessene römische Oberschicht nicht besonders religiös. Für Ariella deutete all dies auf eine genetisch relevante Ursache hin. Ihre richtigen Eltern mussten mitten in einem Wald aus Weihrauch und Myrrhe leben oder gelebt haben, darin war sie sich sicher. In ihr keimte der Wille auf, sie zu finden, die ihr diese wunderbare Welt der Engel, Geister und Teufel vererbt haben. Je mehr sie darüber nachdachte, desto intensiver wurde der Drang, Nachforschungen anzustellen. Aber wo wollte sie anfangen? Sie ahnte, dass es schwer werden würde, eine anonyme Adoption offenzulegen.

Ariella wusste, dass sie in Rom geboren wurde. Das Amt hatte dies den Salvanis mündlich mitgeteilt. Deshalb recherchierte sie als Erstes alle Kinder mit Namen Ariella in Rom, die 1993 auf die Welt gekommen waren. Als honorige Person der vatikanischen Universität bereitete es ihr keine großen Schwierigkeiten, die Anmeldungen im Geburtenregister zu sichten. Es waren sieben passende Einträge zu finden. Der Name Ariella gehörte nicht zu den häufigsten Vornamen, was die Suche enorm erleichterte. Allerdings alle ohne Adoption. Das ergab keinen Sinn. Sie suchte trotzdem die Ärzte, Hebammen und Krankenhäuser auf.

Nach vier erfolglosen Konsultationen saß sie in der Praxis von Dr. Tommaso A. Bianchi. Er hatte auch keine Adoptionen anzubieten, aber Ariella versuchte ihr Glück: »Dr. Bianchi, wir im päpstlichen Institut für Genealogie betreiben Untersuchungen über genetische Prädisposition von Muttermalen bei Neugeborenen. Ist Ihnen 1993 bei der Geburt von Ariella, die zur anonymen Adoption freigegeben wurde, das Muttermal an der rechten Schulter aufgefallen?«

»Woher wissen sie davon?« Dr. Bianchi wirkte unsicher.

Das war schon die positive Antwort, die Ariella hören wollte.

Sie gab sich selbstsicher und forsch: »Die Geburt steht im Geburtenregister und das Muttermal ist als besonderes Merkmal aufgeführt.«

»Das Amt hatte die Anonymität zugesichert, weil es sich um ein heikles Verwandtschaftsverhältnis handelt.« Der

Arzt realisierte mit Schrecken, dass er sich verraten hatte. Die Katze war aus dem Sack, und Dr. Bianchi fühlte sich in die Ecke gedrängt. Er stand kurz vor der Rente und wollte keinen Ärger mehr bekommen. Andererseits konnte es ihm nach so langer Zeit egal sein, wenn schon der Sozialdienst so freizügig mit geheimen Infos umging.

»Ich habe damals kein Muttermal bemerkt, weder bei Mutter noch bei Kind. Es ist aber auch nicht üblich, bei Geburten danach zu suchen.«

Ariella reagierte prompt: »Wir haben bereits mehrere Gene identifiziert, die mit der Entstehung und Anzahl von Muttermalen in Verbindung stehen. Ich müsste deshalb unbedingt die Mutter fragen. Es ist immens wichtig für unsere Krebsforschung.« Seine Praxis war voll mit Dutzenden wartenden Patienten und der Arzt wurde ungeduldig. Er fühlte sich unwohl und wollte das Gespräch beenden. Nach einigen Tastenklicks an seinem Rechner konnte er erleichtert berichten: »Rosaria Sabbatini. Das ist ihr Name und sie ist Nonne im Waisenhaus Santa Lucia. Das haben sie aber nicht von mir und mehr kann ich auch nicht für sie tun.« Hatte das Amt tatsächlich bereits eine Datenschutzverletzung begangen und dabei die Anonymität preisgegeben, konnte er beruhigt seine Hände in Unschuld waschen. Das waren Bianchis Gedanken, mit denen er diese unliebsame Situation für sich abschloss.

Ein Schauer lief über Ariellas Rücken. Eine Nonne als Mutter erklärte natürlich einiges. Ariella war nur teilweise überrascht. Ein eigentümliches Gefühl hatte ihr so was schon geflüstert. Hauptsache, ihre List beim Arzt war auf-gegangen. Gut gelaunt und aufgeregt fuhr sie nach Hause. Ihr Herz pochte. Noch war nichts sicher, aber im tiefsten Innern wusste sie, dass sie bald ihre leibliche Mutter treffen würde.

25

Kardinal Folliero rief Pater Ricardo in sein Amtszimmer. Der spürte, wie sich sein Magen verkrampfte, als er dem Blick seines Vorgesetzten begegnete. Die kühle Distanz in dessen Augen ließ keinen Zweifel daran, dass dies mehr als nur eine routinemäßige Zurechtweisung war. Die Wände des Amtszimmers schienen sich enger um Ricardo zu schließen, während die Luft vor Spannung knisterte. Mit einem unmerklichen Kopfnicken deutete Folliero auf den Stuhl. »Setzen sie sich, Pater Ricardo«, sagte er in einer Tonlage, die nichts Gutes versprach. Ricardo ließ sich auf den Stuhl sinken, die Knie weich, seine Hände klamm vor Nervosität. Der Kardinal saß hinter dem massiven Schreibtisch wie ein Richter auf der Anklagebank. Auf seinem Gesicht lag keine Regung, doch seine Stimme, als er weitersprach, war messerscharf.

»Mir ist zu Ohren gekommen, dass eines der Kinder im Waisenhaus fehlt. Sein Name war Tomaso.«

Folliero machte eine bedeutungsschwere Pause, die den Raum mit einer fast unerträglichen Stille füllte. Ricardo wollte sprechen, doch sein Herz hämmerte, die Panik schoss ihm in die Glieder und die Worte blieben ihm im Hals stecken.

»Was können sie mir dazu sagen?«, fuhr Folliero fort. »Und lügen sie mich nicht an.«

Ricardo schluckte – seine Gedanken rasten. Wie hatte Folliero das so schnell herausgefunden? Er war sicher gewesen, alle Spuren verwischt zu haben. Der Unfall war perfekt inszeniert gewesen – Tomaso war von den Hornissen gestochen worden, hatte das Gleichgewicht verloren und war aus dem Fenster gestürzt, und niemand hatte Verdacht geschöpft. Zumindest hatte er das geglaubt.

»Ich habe auch von dem Unfall gehört, Eminenz«, stammelte Ricardo, seine Stimme brüchig und zittrig.

Folliero lehnte sich zurück, seine Finger auf der Tischplatte trommelnd. Ein eisiges Lächeln breitete sich auf seinem Gesicht aus, ohne die geringste Wärme.

»Unfall, sagen sie?« Follieros Stimme hatte nun einen bedrohlichen Unterton. »Sie wildern in meinem Revier, Ricardo.«

Ricardos Atem stockte, und er fühlte, wie ihm die Kälte über den Rücken kroch. Er versuchte, Follieros Worte zu verstehen, aber der Satz prallte in seinem Hirn hin und her, bis es plötzlich klickte.

»Dieser Junge«, fuhr der Kardinal fort, »war Georgiy Vasiliev, meinem Freund und russischen Oligarchen versprochen. Ein mächtiger Mann, dessen Investitionen in unsere kleinen – Projekte von nicht unerheblichem Wert sind. Durch den Tod des Jungen habe ich eine Menge Geld verloren.«

Folliero beugte sich nun nach vorne, seine Augen funkelten wie Eiskristalle. »Wie wollen sie das wieder gutmachen, Pater?«

Ricardo war wie gelähmt. Er versuchte, nichts zu entschuldigen. Wenn er gewusst hätte, dass der kleine Tomaso Teil eines solchen Deals gewesen war, hätte er die Finger davon gelassen. Er wusste auch, dass es nicht um Moral oder Schuld ging. Folliero dachte nur ans Geschäft, an seine Verbindungen und an die Macht, die er über Leben und Tod ausübte – und Ricardo hatte sich in diesem Netz verfangen.

»Eminenz – ich – ich wusste nicht –« begann Ricardo, doch Folliero ließ ihn nicht ausreden.

»Hören sie, Pater«, schnitt Folliero ihm das Wort ab, »Sie haben sich in Dinge eingemischt, die sie nicht verstehen. Wenn sie so was noch einmal tun, schicke ich Ihnen Venturi als ihren Erlöser.«

Der Name ließ Ricardo erschauern. Venturi, der Sohn des Don, war eine menschliche Bestie, ein Mann, der mit den schmutzigsten und tödlichsten Aufträgen beauftragt wurde. Ricardo hatte die Lektion gelernt: Noch so eine Eskapade und sein Leben würde auf äußerst schmerzhafte Weise enden.

Ricardo fühlte, wie sein ganzer Körper zu zittern begann, doch er versuchte, Fassung zu bewahren. »Ich – ich werde es wiedergutmachen, Eminenz. Ich schwöre es.«

Folliero ließ sich zurücklehnen, sein Blick hart und berechnend. »Das hoffe ich. Denn das nächste Mal gibt es keine zweite Chance.«

Die Stille im Raum wurde drückend. Ricardos Leben hing an einem seidenen Faden und dieser Faden lag in den

Händen des Kardinals. »Sie können gehen«, sagte Folliero schließlich und machte eine abweisende Handbewegung. »Aber vergessen sie nicht, Pater Ricardo – ich habe immer ein Auge auf sie.«

Ricardo stand langsam auf, seine Beine zitterten. Das aufgeschobene Todesurteil verursachte einen Wirbelsturm in seinen Kopf und er verließ, ohne ein Wort zu sagen, das Zimmer, die Tür schloss sich leise hinter ihm.

Die kleine Kamera, hoch oben in der Ecke lief weiter, unsichtbar und unbestechlich.

26

An einem Sonntagnachmittag stattete Kaito seinem Freund Matteo im Kloster einen Besuch ab. Dieser empfing ihn mit Freude und bat ihn herzlich herein in sein bescheidenes Reich.

»Willst du Mönch werden? Wir brauchen hier noch ein paar Sushi-Köche.«

»Klar doch.« Kaito blieb todernst »Habt ihr denn Kugelfische in Rom und scharfe Samuraischwerter? Das wäre die Voraussetzung und – das Weihwasser müsste gegen Sake ausgetauscht werden – allerdings Geishas braucht ihr hier ja nicht, da ihr selbst singen könnt.«

Matteo lachte herzlich über Kaitos komödiantisches Talent.

»Kaito, willst du irgendwas Besonderes, weil du den weiten Weg gemacht hast?«, fragte der Pater neugierig.

»Nein, ich wollte nur mal deine krasse Villa und dein Personal sehen.«

Matteo servierte ihm Mineralwasser mit tiefer japanischer Verbeugung.

»Arigatou gozaimasu.« Kaito zeigte seine Wurzeln und konnte bei der Verbeugung fast seine Knie küssen.

»Und was sagst du zu meinem Personal?«, wollte Matteo wissen.

»Schöne Livreés, blau wie der Himmel. Passt irgendwie.«

Matteo wurde nachdenklich. »Wie du weißt, bin ich ja damals aus der Kneipe entführt worden, bevor sie mich ins Waisenhaus gesteckt haben. Ich möchte wissen, was aus meinen Eltern geworden ist. In der alten Wohnung sind sie nicht mehr – unbekannt verzogen, meinte der Vermieter. Die Kneipe würde ich mir gerne mal anschauen und nach meiner Mutter fragen, aber ich habe keine Ahnung, ob mich nicht der ein oder andere wiedererkennt. Das wäre sehr unschön.«

»Mich kennt da keiner, ich mach das.« Kaito sagte das in seiner widerspruchsfreien Art und Matteo konnte in der Tat nichts entgegenhalten.

»Okay, ich weiß nicht, ob sie überhaupt noch dort arbeitet, aber ich denke, das wäre das kleinste Problem. Vielleicht weiß ja der ›Maître d'hôtel‹ oder der ›Concierge‹ Bescheid«, flötete Matteo mit adlig vornehmem Gesicht.

Kaito war ungeduldig: »Lass uns das angehen, die haben bestimmt jetzt geöffnet.«

»Du weißt ja, man spricht davon, dass La Caverna der Mafia gehört. Also Vorsicht ist geboten«, gab Matteo zu bedenken.

Die beiden fuhren kurzerhand mit Kaitos Fiat zur Kneipe. Matteo blieb im Wagen, während sein japanischer Freund schnurstracks durch die Eingangstür stapfte. Der Raum war verraucht und stickig, aber gut besetzt. Die 30er-Jahre-Einrichtung erinnerte an einen Al Capone Film, also Thema getroffen. Nur die breitkrempigen Fedora-Hüte der damaligen Protagonisten fehlten heute. Kaito musste flach atmen und ging zur Theke, wo er sich auf einen wackligen Barhocker setzte. Der stämmige Barmann um die fünfzig mit grauem Oberlippenbart und Lederschürze kam direkt auf ihn zu: »Was darf ich bringen?«

»Einen Caffè Corretto mit Grappa bitte.«

»Kommt sofort«, erwiderte er und machte sich zwei Meter weiter an die Arbeit.

»Eine Frage hätte ich.« Kaito musste etwas lauter reden. Der Barmann hob den Kopf: »Ja?«.

Kaito fing an: »Ich bin Seemann und wir liegen mit unserem Schiff in Civitavecchia. Mein Kollege war früher, also vor längerer Zeit, schon mal hier und hat mir La Caverna empfohlen. Coole Kneipe hat er gesagt und er hat mir aufgetragen, der hübschen blonden Bedienung mit dem Pony einen Gruß von Yoshihara auszurichten. Ist sie überhaupt noch hier? Ich habe den Namen vergessen, Joline oder so ähnlich.«

»Meinen sie Jolanda?«

Kaito zuckte mit den Schultern und schüttelte zweifelnd den Kopf. »Ich glaube, ja.«

»Die ist schon seit vielleicht fünfzehn Jahren nicht mehr da.«

Kaito nippte am Espresso. »Da ist ja ordentlich Grappa drin, alter Schwede«, er lachte, »nun weiß ich, warum Yoshihara immer hier war.«

Jetzt musste auch der Kellner schmunzeln. »Na ja, geizig waren wir hier noch nie ...«

»Ich muss zwar gleich weg, aber ich komme wieder. Gefällt mir hier.« Kaito zahlte mit ordentlich Tipp. Beim Aufstehen drehte er sich noch mal um wie früher Inspektor Columbo: »Übrigens«, sinnierte er mit Griff an den Kopf, »wissen sie eventuell, ob ich die Blonde irgendwo finden kann? Ich glaube, Yoshihara hatte da was am Laufen mit ihr.«

»Wenn ich mich recht erinnere, wollte sie nach Lido di Ostia ziehen, weil sie dort am Strand in einem Café mit Einliegerwohnung für Angestellte angefangen hat. Sie war nett. Gute Bedienung. Hatte Pech mit ihrem Alten, habe ich gehört. Zu viel Grappa!« Er schmunzelte.

Kaito bedankte sich und verließ das Lokal.

»Alla prossima.«

27

Am Tag darauf fuhr Matteo nach Lido di Ostia. Offiziell war die Adresse nicht so leicht zu beschaffen. Es gab zu viele Datenschutzregelungen. In der Nacht ließ er seine KI unbemerkt auf das nationale Register der ansässigen Bevölkerung, genannt ANPR, los. Damit war es einfach, Jolanda Arcuri zu finden. Ort: Ostia, Straße: Via delle Baleniere 4/4, Datum der Ummeldung: 12.11.2004, Familienstand: verwitwet.

Es traf ihn unvorbereitet. Sollte Davide bereits gestorben sein? Er war ihm nie so nah wie seiner Mutter – aber er war sein Vater. Für Matteo war es immer eine enttäuschte Liebe zu ihm. Der Alkohol, sein sichtbarer Zerfall – das konnte der kleine Marco nicht verstehen. Der Papa war doch Doktor. Warum konnte er sich nicht selbst helfen? Davide hatte nie Antworten auf all seine Fragen.

Matteo erinnerte sich an die Zeiten, als er noch klein war, vielleicht sechs Jahre alt. Die Tage, an denen sein Vater nüchtern war, waren seltene Schätze. In diesen Momenten war Davide ein Held. Marco saß dann oft in seinem Zimmer und hörte, wie sein Vater durch die Wohnung schritt, mit der Autorität eines Mannes, der Leben retten konnte. Aber diese Zeiten verblassten schnell, und die Schatten des Alkoholismus fielen wieder über die Familie.

Als kleiner Junge versuchte Marco oft, die Welt der

Erwachsenen zu verstehen. In seinem kindlichen Verstand formten sich Fragen, die nie beantwortet wurden. Warum trank sein Papa? Warum schrie er manchmal, obwohl Mama doch nur helfen wollte? Die Flasche war ein ständiger Begleiter seines Vaters, wie ein böser Freund, der ihn von der Familie wegzog.

Eines Abends, als Marco im Bett lag und sich an seinen Teddy klammerte, hörte er das Poltern und die gedämpften Schreie aus dem Wohnzimmer. Er schloss fest die Augen in der Hoffnung, dass die Dunkelheit ihn schützen würde. Er wünschte sich, dass sein Papa einfach wieder der starke Doktor wäre, den er in seinen Kinderbüchern gesehen hatte – derjenige, der alle Krankheiten heilen konnte. Aber die Realität war anders, grausam und unbarmherzig. Marco verstand es nicht, konnte es nicht begreifen.

Er hatte oft von seiner Mutter gehört, wie großartig sein Vater früher war, bevor der Alkohol alles zerstörte. Doch diese Geschichten wurden für ihn zu Märchen, die nichts mit der kalten Wirklichkeit zu tun hatten. Marco wünschte sich, dass diese wahr wären, dass sein Vater die Kraft hätte, sich selbst zu retten.

Nun, als Erwachsener, stand Matteo an der Schwelle zu einer anderen Realität.

Die Vergangenheit hatte Narben hinterlassen, aber auch eine vage Hoffnung, dass es doch einen Weg zurück geben könnte. Die Vorstellung, dass sein Vater gestorben war, ließ eine Flut von Erinnerungen und Gefühlen aufsteigen. Maßlos enttäuschte Liebe mischte sich mit der Sehnsucht nach Antworten, die er nie bekommen wird. Die Fragen des kleinen Marco waren noch immer präsent, jetzt jedoch in den Gedanken von Matteo, eines Mannes, der versuchte, seinen eigenen Weg zu finden – weg von den Schatten der Vergangenheit, hin zu einem neuen Licht.

Es half nichts. Matteo zog seinen schwarzen Anzug mit priesterlichem Kollarhemd an und fuhr zur Wohnung seiner Mutter. Es war ein etwas heruntergekommenes Mietshaus in einer belebten Straße. Auf dem verblassten Klingelschild stand mit rotem Kugelschreiber Arcuri.

Matteo klingelte und bald hörte er das Klicken aus der Gegensprechanlage: »Ja, bitte?« Die vertraute Stimme schenkte ihm schon jetzt diese wohlige Wärme, wie sie nur eine Mutter spenden konnte.

»Ich bin's, Marco«, sagte er. Sie wusste ja nichts von seinem Ordensnamen.

»Marco, ja aber ...«

»Kann ich reinkommen?«, unterbrach er sie gleich.

Die völlig überforderte Jolanda drückte den Türöffner.

»Aber ja, zweiter Stock.«

Matteo hastete die Stufen hoch, drei auf einmal. Oben stand seine Mutter in der Tür und brach in Tränen aus, als sie ihn sah. Die wortlose Umarmung dauerte lange, aber die Vertrautheit hatte mehr als zwanzig Jahre überdauert.

Jolanda drückte ihn von sich weg, soweit ihre Arme reichten, um ihn anschauen zu können. Dabei ließ sie seine Schultern nicht los und sah in seine verschmitzten Augen. Das war ihr kleiner Junge, der ihr damals weggenommen wurde. »Marco, ich kann es noch nicht glauben, aber du bist es wirklich – und – du bist Priester?«

»Ja, komm, lass uns reingehen, es gibt viel zu erzählen«, sagte Matteo und drängte sie ganz sanft in die Wohnung.

Sie saßen am Küchentisch aus Holz mit gedrechselten Beinen. Eine knallbunte Wachstuch-Tischdecke war sorgsam darauf ausgerichtet und mit vier Tischdeckenklammern befestigt. Matteo hatte ein Déjà-vu und musste kurz schmunzeln, bevor er wieder ernst wurde.

»Was ist mit Papa passiert?«, wollte er wissen.

Jolanda antwortete mit feuchten Augen: »Er ist vor fünfzehn Jahren im Krankenhaus gestorben. Die Ärzte sagten, es sei der Alkohol, aber ich glaube, auch die Sorgen um unsere Existenz und die Angst um dich haben seinen Lebenswillen gebrochen.«

Matteo zeigte aufrichtiges Mitgefühl. Er griff über den Tisch und nahm ihre Hände. »Es tut mir unendlich leid, was du durchmachen musstest.« Jolanda nickte dankbar.

Matteo fuhr fort: »Aber ihr hattet doch ein Auskommen, wenn ich mich richtig erinnere. Ich jedenfalls hatte alles, was ich mir damals wünschen konnte.«

»Ja, aber du warst weg und wir durften keinen Kontakt mehr zu dir aufnehmen.«

»Wie bitte? Wer hat das gesagt?« Matteo wurde nervös.

»Er kam zu uns nach Hause und legte die Pistole auf den Tisch. Wir hatten entsetzliche Angst.«

»Wer?«

»Massimo Venturi!« Ihr Tonfall wurde ärgerlich.

»Jetzt wird mir einiges klar«, sagte Matteo nachdenklich.

»Wieso – kennst du ihn?« Jetzt wurde Jolanda hellhörig.

Matteo holte aus und erzählte seiner Mutter die ganze Geschichte und was er vorhatte. Er berichtete vom Waisenhaus, von Kardinal Folliero, vom Don, Schwester Rosaria, Kaito, vom Vatikan und von seiner Ausbildung und dass er ein fast zufriedener Mönch sei.

»Ganz zufrieden bin ich erst, wenn du nicht mehr in Gefahr bist. Aber es weiß ja niemand, dass ich heute hier bin, und bald ist das auch alles vorbei. Ich verspreche es dir.«

Jolanda hatte mit großen Augen zugehört. »Na ja«, sagte sie schnippisch, während ein schelmisches Lächeln ihr Gesicht erhellte, »ich habe ja heute mit Pater Matteo gesprochen, nicht mit Marco.«

Bevor er ging, hielt er sie nicht enden wollend in seinen Armen. Lange genug hatte er das vermisst. Ein Stück Leben war wieder zurückgekehrt.

28

Francesco Venturi saß in dem großen, holzgetäfelten Büro seines Vaters, die Fensterläden halb geschlossen, sodass nur ein schmaler Lichtstrahl den dunklen Raum erhellte. Die antiken Ledersessel knarrten unter der Last der Geschichte, die sie trugen. An den Wänden hingen alte Porträts von Don Massimos Vorfahren, ihre starren Blicke schienen jeden Gast zu durchbohren. Doch heute fanden sie nur Francesco und seinen Vater Don Massimo Venturi.

»Francesco«, begann der Don mit seiner rauen, aber eindringlichen Stimme, »die Zeiten ändern sich. Früher reichten ein scharfes Messer und ein paar loyale Männer, um sich Respekt zu verschaffen.« Er lehnte sich zurück und betrachtete seinen Sohn, der ihm gegenüber am schweren Eichentisch saß. »Aber heute – heute ist es anders. Und du weißt das.«

Francesco hob den Blick, seine Augen wirkten kalt und berechnend. »Gewalt allein ist nicht mehr ausreichend, um Kriege zu gewinnen, Vater. Sie ist nur noch eine von vielen Optionen. Derjenige, der die Systeme versteht, gewinnt.« Seine Sprache war ruhig und beinahe gelassen, aber Don Massimo fiel die Schärfe in seiner Stimme auf.

Der alte Mafiaboss nickte, während er nachdenklich auf die Kanten seines schweren goldenen Rings schaute. »Ich wusste stets, dass du dich von den anderen unterscheidest.«

Er hielt inne und sah seinen Sohn an, der sich nicht bewegte. »Das Leben, das ich dir gebe, ist ein Erbe. Und es umfasst mehr als nur Zahlen.«

Francesco erhob sich, ging zur Bar und füllte sich ein Glas Rotwein ein. »Glaubst du, ich kann das nicht nachvollziehen?« Er wandte sich seinem Vater zu. Don Massimo lachte trocken. »Und was willst du tun? Unsere Leute durch Computer ersetzen?« Sein Lachen verklang, und er wurde wieder ernst. »Versteh mich nicht falsch, mein Sohn. Ich weiß, dass du klug bist. Klüger als ich. Aber manchmal frage ich mich, ob du bereit bist, wirklich zu führen.«

Francesco trat näher, setzte sich wieder und beugte sich vor. »Die Männer da draußen – sie respektieren dich, weil du sie auf deine Weise anführst. Aber sie sind zu dumm, um zu sehen, dass die Welt sich verändert. Du hast es erkannt, deshalb hast du mich so erzogen. Ich werde diese Organisation weiterführen, aber nicht mit Blut und Angst. Mit Kontrolle über Informationen, mit Strategien, die diese alten Methoden überflüssig machen.«

Don Massimo hob eine Augenbraue, interessiert, aber auch misstrauisch. »Was, wenn du falschliegst? Wenn deine Welt der Zahlen zusammenbricht, weil jemand einfach vor deiner Tür steht und dich zur Verantwortung zieht?«

Francesco lehnte sich zurück und nahm einen Schluck Wein. »Das wird nicht passieren. Nicht, wenn wir die richtigen Hebel in der Hand haben. Die Politik, die Wirtschaft, die Technik – alles ist miteinander verbunden und die

Kontrolle darüber gibt uns Macht, ohne dass wir jemals wieder unsere Hände schmutzig machen müssen.« Er hielt kurz inne und fügte hinzu: »Aber ich weiß auch, wann Gewalt notwendig ist. Manchmal ist ein Messer immer noch das effektivste Argument.«

Don Massimo schmunzelte und zog eine Zigarre aus seiner Schublade. »Ich sehe, du hast doch etwas von mir geerbt.« Er zündete die Zigarre an, nahm einen tiefen Zug und blies den Rauch langsam in die Luft. »Aber vergiss nicht, Francesco, Loyalität ist das Einzige, worauf du dich immer verlassen kannst. Die Männer da draußen mögen dumm sein, aber sie sind loyal. Du wirst es brauchen, wenn deine schönen Strategien scheitern.«

Francesco sah seinen Vater fest an – seine Stimme nun leise, aber eindringlich. »Sie werden nicht scheitern. Und wenn doch, werde ich immer wissen, wie man sich verteidigt. Ich habe von dir gelernt, Vater – aber ich werde deine Lektionen auf meine Weise anwenden.«

Don Massimo lachte leise, die Zigarre zwischen seinen Lippen. »Gut, mein Sohn. Dann zeig mir, was du kannst. Die Welt gehört denjenigen, die bereit sind, sie zu nehmen.«

Francesco wurde in die angesehensten Schulen Italiens geschickt, wo er sich rasant als einer der brillantesten Köpfe seiner Generation etablierte. Doch das genügte Don Massimo nicht. Er wollte, dass sein Sohn in den besten Institutionen der Welt ausgebildet wurde. Also schickte er ihn in die USA, wo er die renommiertesten Universitäten besuchte, wobei die großzügigen Spenden aus Rom äußerst hilfreich und gerne gesehen waren. In Harvard vertiefte sich Francesco in Betriebswirtschaft, an der Stanford University verlieh er seinem Verständnis von Informatik den letzten Schliff, und in Yale absolvierte er sein Jurastudium. Jede dieser Fachrichtungen sollte ihm die Werkzeuge an die Hand geben, um die Organisation seines Vaters in die Zukunft zu führen. Die kriminelle Energie dafür war ihm angeboren. Sein Vater nahm dies wohlwollend zur Kenntnis.

Während seiner Zeit in den USA lernte Francesco, die Welt mit anderen Augen zu sehen. Er begriff die Möglichkeiten, die sich aus dem Zusammenspiel von Technologie, Recht und Geschäft boten, und er erkannte, dass die alten Wege seines Vaters an ihre Grenzen stießen. Er wusste, dass die Zukunft der Venturi-Familie in der Kontrolle von Informationen und im Verständnis der globalen Märkte lag. Sein Geist war nun gestärkt, aber der Körper gehorchte nicht seinen anspruchsvollen Befehlen. Als Perfektionist, der er war, konnte er das nicht akzeptieren.

Einer der Leibwächter seines Vaters hatte ihm einmal von einer Kampfkunst erzählt, die der israelische Mossad anwendet, effektiv und tödlich. Das klang sehr interessant für ihn und war vermutlich genau das, was er suchte, nämlich ein unsichtbares Schwert mit der schärfsten Klinge, die man sich vorstellen kann.

Kurz darauf betrat Francesco die Tore des angesehenen

Wingate Institute, ein Trainingszentrum von legendärem Ruf, das unweit von Netanya, Israel, lag. Krav Maga, die Kampfsportart, die hier gelehrt wurde, war eine Technik des Überlebens und hatte keinen Platz für Traditionen oder Ehre, sondern war erbarmungslos und auf Effizienz getrimmt. Jede Bewegung zielte auf den schnellen Sieg ab, ohne Rücksicht auf Regeln.

Schon am ersten Tag spürte Francesco die Härte des Trainings. Die Ausbilder, allesamt Veteranen aus den Eliteeinheiten Israels, führten ihn an seine Grenzen. Sie forderten nicht nur körperliche Stärke, sondern auch mentale Widerstandskraft. Doch während andere an der Belastung zerbrachen, wuchs Francesco über sich hinaus. Man könnte meinen, er hätte die Instinkte eines Kämpfers bereits in sich getragen, lange bevor er hier angekommen war.

Am ersten Tag des Trainings betrat Francesco die Halle, als einer der Ausbilder, ein kantiger Mann mit tiefen Narben auf den Armen auf ihn zukam.

»Du bist neu hier«, stellte er trocken fest, während er ihn von oben bis unten musterte.

Francesco nickte. »Ja. Ich will lernen.«

Der Ausbilder grinste – aber ohne jede Wärme. »Lernen? Hier lernst du nicht einfach. Hier kämpfst du, bis du entweder gewinnst oder am Boden liegst.«

Francesco blickte ihm fest in die Augen. »Ich werde nicht am Boden liegen.«

Der Ausbilder schnaubte. »Das werden wir noch sehen.«

Krav Maga nutzte alle Schwächen des menschlichen Körpers gnadenlos aus – eine tödliche Kunst. Francesco lernte, wie man mit einem gezielten Schlag die Atmung eines Gegners unterbrach oder mit einem Handgriff dessen Gelenke zermalmte. Doch es war nicht nur das technische Können, das ihn auszeichnete. Seine Entschlossenheit und Kälte ließen ihn zu einem der furchterregendsten Kämpfer des Instituts werden.

Während eines besonders harten Trainings setzte Francesco einen Schlag gegen einen der erfahreneren Teilnehmer, der sofort zusammensackte, nach Luft schnappend. Einer der anderen Kämpfer kam näher und flüsterte: »Hey, mach mal langsam. Willst du den Typen umbringen?«

Francesco wischte sich den Schweiß von der Stirn und sah ihm mit kaltem Blick entgegen. »Wer hier herkommt, weiß, worauf er sich einlässt. Das ist kein Spiel.«

Der andere schüttelte den Kopf. »Sicher, aber du gehst ran, als ob dein Leben davon abhängt.«

Francesco zog eine Augenbraue hoch. »Vielleicht tut es das auch.«

Die Ausbilder sahen in Francesco etwas, dem sie selten begegneten: einen Mann, dessen Potenzial über das normale Maß hinausging. Doch sie warnten ihn auch.

Später, in der Kantine des Trainingszentrums, setzte sich einer der Lehrer, ein ehemaliger Mossad-Agent, neben Francesco.

»Du bist anders«, begann er ohne Umschweife. »Die

anderen wollen sich verteidigen. Du willst angreifen.«

Francesco sah nicht von seinem Teller auf. »Verteidigen ist für Verlierer. Wenn man den ersten Schlag setzt, gewinnt man.«

Der Ausbilder nickte langsam. »Stimmt schon. Aber hör zu – Krav Maga in den falschen Händen ist wie Dynamit, das darauf wartet, zu explodieren. Du musst wissen, wann du es einsetzen solltest.«

Francesco legte die Gabel beiseite und sah ihn an. »Ich weiß, wann es nötig ist. Glaub mir.«

Der Ausbilder hielt seinem Blick stand. »Ich hoffe, du weißt auch, wann es nicht nötig ist.«

Als seine Zeit am Wingate Institute zu Ende ging, war Francesco nicht mehr derselbe Mann. Die Techniken, die er gelernt hatte, waren nicht nur Wissen, sie waren Teil seines Wesens geworden. Er verließ das Zentrum als einer der besten Kämpfer, der je durch seine Hallen gegangen war – bereit, seine Fähigkeiten einzusetzen, wann immer es nötig war.

Am Ende des Trainings, als er sich auf die Abreise vorbereitete, trat der Leiter des Instituts auf ihn zu.

»Du hast dich als einer der besten erwiesen, die je hier waren«, sagte er, seine Augen aufmerksam auf Francesco gerichtet.

»Danke«, erwiderte dieser knapp, während er seine Tasche schulterte.

»Aber«, fuhr der Leiter fort, »es gibt eine Sache, die du verstehen musst: Krav Maga ist nicht nur eine Waffe. Es ist ein Werkzeug. In den falschen Händen wird es zur Gefahr, sogar für dich selbst.« Francesco hielt kurz inne und sah ihm direkt in die Augen. »Ich bin mir meiner Hände bewusst. Sie sind alles andere als falsch.«

Francesco saß in einem luxuriösen Penthouse in Mailand, die Skyline der Stadt funkelte durch die bodentiefen Fenster. Vor ihm auf dem Bildschirm lief ein Code über den Monitor – das Herz seines neuen digitalen Imperiums. Die Tür hinter ihm öffnete sich leise, und sein Vater Don Massimo trat ein. Er bewegte sich mit der schweren Entschlossenheit eines Mannes, der es gewohnt war, dass man ihm gehorchte. Doch diesmal lag etwas Ungewohntes in der Luft – eine Mischung aus Neugier und Skepsis.

»Francesco«, begann Don Massimo, seine rauchige Stimme füllte den Raum, »was machst du da? Ich habe das Gefühl, ich verstehe dich immer weniger. Diese – Hacker und Computer – das ist nicht unsere Welt.«

Francesco drehte sich langsam um, seine Augen funkelten kühl im schwachen Licht des Bildschirms. »Nicht unsere Welt, Vater? Darüber haben wir uns doch schon einmal unterhalten.« Er stand auf, ging zum Fenster und schaute auf die Stadt hinunter. »Diese Stadt – sie lebt in einer anderen Realität. Die Kriege, die du geführt hast, wurden mit Blut und Stahl ausgetragen. Aber die Kriege von heute – die finden hier statt.« Er klopfte sich leicht gegen die Schläfe.

Don Massimo zog eine Augenbraue hoch und zog tief an

seiner Zigarre. »Du willst mir also sagen, dass deine Codes mächtiger sind als eine Pistole an der Stirn?«

Francesco drehte sich um, ein kühles Lächeln auf seinen Lippen. »Eine Pistole tötet einen Mann. Aber ein Code – ein Code kann ein ganzes Land lahmlegen.« Er machte eine kurze Pause und trat näher an seinen Vater heran. »Es geht nicht nur darum, Männer auf der Straße zu haben, die Befehle ausführen. Es geht darum, die Welt zu kontrollieren, ohne dass sie es überhaupt merkt.«

Don Massimo schnaubte, aber es war kein völliges Missfallen. »Kontrolle, hm? Und wie soll das funktionieren? Glaubst du, diese reiche Gesellschaft da draußen kümmert sich um uns? Die sitzen in ihren Büros, trinken ihren teuren Kaffee und kümmern sich einen Dreck um Machtspiele auf den Straßen.«

»Genau.« Francesco legte die Hände auf den Schreibtisch und sah seinem Vater fest in die Augen. »Und deshalb müssen wir sie dort treffen, wo sie am verwundbarsten sind. Ihre Daten. Ihre Geheimnisse. Ihre Netzwerke.« Er trat einen Schritt zurück und zeigte auf den Monitor. »Ich baue hier ein Imperium auf, das größer ist als alles, was du je erreicht hast. Es gibt keine Straßen, die wir erobern müssen. Keine Männer, die wir einschüchtern müssen. Alles, was wir brauchen, sind die richtigen Informationen – und die Macht liegt in unseren Händen.«

Don Massimo schaute lange auf seinen Sohn, bevor er schließlich die Zigarre ausdrückte. »Du bist klug, Francesco. Vielleicht zu klug.« Er trat näher und legte seinem

Sohn eine Hand auf die Schulter. »Aber vergiss nie, woher du kommst. Die Macht auf der Straße kann dir alles nehmen, wenn du nicht aufpasst. Diese Männer, sie respektieren dich, weil du mein Sohn bist. Aber sie werden dich nur fürchten, wenn sie wissen, dass du genauso hart zuschlagen kannst wie ich.«

Francesco lächelte leicht, doch seine Augen blieben kühl. »Ich habe keine Angst davor, zuzuschlagen, wenn es nötig ist. Aber meine Waffe ist subtiler, effizienter. Meine Straßengang besteht aus den besten Hackern, die du für Geld kriegen kannst. Du hast uns hierher gebracht, Vater. Jetzt werde ich uns in die Zukunft führen.«

Don Massimo lachte leise, fast stolz. »Dann zeig mir, wie weit deine Zukunft uns bringt. Aber vergiss nicht, mein Sohn – Blut bleibt immer Blut.«

29

Ariella klingelte am Tor des Waisenhauses Santa Lucia. Es dauerte eine Minute, bis sich von innen jemand am Schloss zu schaffen machte. Die Tür öffnete sich. Eine Schwester stand da und musterte sie von oben bis unten: »Guten Tag.«

»Hallo, ich möchte gerne mit Schwester Rosaria sprechen.« Sie fiel absichtlich mit der Tür ins Haus.

»Sie ist in ihrem Zimmer, ich kann sie gerne dorthin begleiten«, antwortete die Nonne überrascht. Ariella lächelte: »Das wäre sehr freundlich, danke.«

Sie gingen über den Innenhof, wo einige Kinder spielten. Ariella fiel auf, dass die Kleinen unnatürlich ruhig waren, machte sich aber weiter keine Gedanken, weil vermutlich gleich ihr Leben auf den Kopf gestellt würde.

Sie waren angekommen. Die Nonne klopfte an Rosarias Tür. »Schwester Rosaria, sie haben Besuch«, rief sie und zur Besucherin gewandt: »Kann ich Ihnen noch irgendwie helfen?«

»Nein, danke.« Ariella musste tief durchatmen. Ihr Herz machte Luftsprünge und ihre Gedanken waren diffus und verworren. Ein schnelles »Ja, herein!«, hörten sie aus dem Raum, worauf sich die Empfangsdame entfernte.

Rosaria war gerade im Halbschlaf, stand aber auf, um den Besuch zu empfangen.

Der Raum schien kleiner zu werden, als sich die Tür öffnete. Rosaria wusste sofort, wer vor ihr stand. Die Natur spielte ihr zu und gab ohne jeden Zweifel ihre Tochter zu erkennen. Dazu bedurfte es keiner Worte.

Zwei Leben, die seit so vielen Jahren getrennt waren, trafen aufeinander. Ein leises Knarren des Fußbodens, das Rauschen in den Ohren, und da stand sie – die Tochter, deren Gesicht sie so oft in Träumen zu sehen geglaubt hatte. Die leibliche Mutter, die nun nach fünfundzwanzig Jahren ihrem Kind gegenüberstand, fühlte, wie ihr Herz gegen ihre Rippen pochte – als wollte es sie zwingen, etwas zu sagen, zu tun. Doch die Worte blieben in ihrem Hals stecken, schwer wie ein Stein, unmöglich hervorzurollen.

Ihre Hände zitterten, während sie versuchte, sie zur Ruhe zu zwingen – die Finger ineinander verschränkt, als müsste sie sich an etwas festklammern.

So oft hatte sie sich diesen Moment vorgestellt, ihn in Gedanken durchlebt – und doch war er jetzt zu viel, zu überwältigend. Ihr Blick wanderte über das Gesicht der jungen Frau, die sie kaum wiedererkannte und die ihr dennoch irgendwie vertraut war. Sie hatte ihre Augen und ihre Wangenknochen. Wie oft hatte sie sich gefragt, wie sie wohl aussehen würde, was aus ihr geworden war – und nun war sie hier – so real, dass es fast schmerzte.

Rosaria wollte sprechen, doch alles in ihr war taub, wie unter einer schweren Decke erstickt. Was sagt man in einem solchen Moment? Wie erklärt man Jahre der Abwesenheit? Stattdessen blieb sie stumm, fühlte, wie ihr

Atem stockte, die Stille zwischen ihnen vibrierte.

Auf der anderen Seite des Raumes stand Ariella. Ihre Haltung war fest, vielleicht zu fest, die Schultern straff, als hätte sie sich schon wochenlang auf diesen Augenblick vorbereitet. Doch unter der Oberfläche brodelte etwas, das sie selbst nicht ganz verstand – Wut, Neugier, Schmerz, eventuell sogar eine Spur von Sehnsucht. Sie hatte sich immer gefragt, wie diese Frau wohl sein würde. Die Mutter, die sie zur Welt gebracht und sie dann gehen ließ. Sie hatte sich vorgestellt, stark zu sein, sie wollte bereit sein, aber jetzt fühlte sie, wie ein Knoten in ihrer Kehle wuchs, ihre Brust eng wurde.

Ihre Augen trafen die der Person, die so fremd und doch derart vertraut war. Und da war sie, die leibliche Mutter – etwas gealtert, aber immer noch attraktiv, mit einem Ausdruck von Trauer und Liebe in ihrem Gesicht, den die Tochter nicht erwartet hatte. Plötzlich war die Stärke, die sie sich vorgenommen hatte, fort. Sie fühlte sich wieder wie ein kleines Mädchen. Aber zugleich war da auch etwas anderes – etwas Weicheres, Unerwartetes. Sie sah die Fältchen im Gesicht dieser Frau, die Angst und die Hoffnung darin, und etwas in ihr begann zu zittern.

Die Luft zwischen ihnen war geladen, eine fragile Spannung, die jede von ihnen mit ihren eigenen Gefühlen aufgeladen hatte. Ariella fühlte, wie ihre Schutzmauern ins Wanken gerieten. Ihr ganzer Plan, diesen Moment kontrolliert, als Wissenschaftlerin anzugehen, drohte zu zerbrechen. Sie spürte, wie ihre Kehle brannte. Doch sie wollte nicht die Erste sein, die nachgab.

Rosaria hingegen fühlte, wie ihr all die Jahre in diesem einen Moment auf den Schultern lasteten. Die Fragen, die Träume, die Schuld, die unerzählte Geschichte – all das stand jetzt vor ihr, verkörpert in dieser jungen Frau, ihrer Tochter. Mit einem zittrigen Atemzug, der all die Emotionen in sich trug, die sie nie loslassen konnte, öffnete sie den Mund und flüsterte mit brüchiger Stimme: »Verzeih mir.«

Ariella sah ihre Mutter an, und für einen kurzen Moment fiel jede Maske. Da war nur ein Flimmern von etwas Tiefem und Wahrhaftigem, eine Verbindung, die immer da gewesen war, egal wie weit das Leben sie voneinander getrennt hatte. Die Stille schwoll an, und plötzlich war sie nicht mehr bedrückend, sondern voller Möglichkeiten. »Bitte setz' dich, Ariella.« Rosaria bot ihr einen Stuhl am leeren Holztisch an.

Ihre Tochter nahm Platz und kam frei heraus allen Erklärungen Rosarias zuvor: »Ich kann deinen Entschluss von damals verstehen. Mach' dir keine Sorgen. In deiner Situation hätte ich wahrscheinlich auch so gehandelt.« Sie schaute sich verständnisvoll im Raum um.

Rosaria war erleichtert: »Als Nonne ist es so gut wie unmöglich, mit einem eigenen Kind im Kloster – oder noch schlimmer: im Waisenhaus – zu wohnen, aber das ist nicht der Hauptgrund für meinen Entschluss.«

Ariella wurde hellhörig und konnte sich tatsächlich keine schlimmere Ursache vorstellen.

»Ich werde dir gleich sagen, wer dein Vater ist, aber du musst mir hoch und heilig versprechen, ihn nicht zu kontaktieren. Das wäre sehr gefährlich – für dich und für mich«, sagte Rosaria und schaute betrübt zu Boden. »Er ist ein skrupelloser und einflussreicher Mann.«

Ihre Tochter platzte fast vor Neugier. »Ich verspreche es.«

Rosaria erzählte: »Es ist ein Kardinal im Vatikan, Edoardo Folliero, einer der mächtigsten Männer mit Verbindungen zu allen freilaufenden Verbrechern, insbesondere der Mafia.«

Erschrocken krallte sich Ariella am Stuhl fest. »Mafia?« war das einzige Wort, das sie über die Lippen brachte. »Mein Vater ist also ein gefährlicher Kardinal, der mit der Mafia Geschäfte macht«, bestätigte sie sich selbst und schüttelte leicht den Kopf.

»Ich glaube sogar, dass er uns beiden etwas antun würde, wenn er von deiner Existenz wüsste«, antwortete Rosaria betrübt, »ich konnte die Schwangerschaft gut verbergen. Niemand hier weiß davon – auch nicht die anderen Schwestern. Aber wie hast du mich gefunden? Es war eine anonyme Adoption, hauptsächlich um dich vor seinem Zugriff zu schützen.«

Ariella war noch in Gedanken und antwortete zögerlich: »Es war in der Tat nicht allzu schwer. Dein Arzt war schnell ermittelt und ich habe ihn mehr oder weniger überrumpelt. Der Name Ariella bei römischen Neugeborenen im Jahr 1993 taucht auch nicht allzu oft auf.«

Ihre Mutter flüsterte befreit, indem sie Ariellas Hand nahm: »Ich bin sehr glücklich, dass du mich gefunden hast. Es war all die Jahre über mein Herzenswunsch, dich gesund und wohlauf zu treffen. Du musst mir alles erzählen – was du tust, wo du wohnst, wer deine Adoptiveltern sind, dein ganzes Leben. All das – aber nicht hier. Es ist hier nicht sicher.«

Rosaria brannte darauf, Ariellas Lebensgeschichte zu erfahren, aber das musste warten. Die beiden Frauen trennten sich mit dem Versprechen, aufeinander aufzupassen und immer Kontakt zu halten.

Das Treffen hatte ein Übermaß an Herzenswärme und Zugehörigkeit für beide hinterlassen und sie freuten sich auf ein neues oder zweites Leben.

»Noch einmal«, beteuerte Rosaria, »du musst den Kardinal meiden. Er ist brandgefährlich.«

Ariella nickte nur halbherzig.

30

Matteo hatte immer den gleichen Traum – dunkle Fantasien, die seine Wahrnehmung vernebelten. Alles Gute, woran er glaubte, war darin wie weggewischt. Seine Urinstinkte hatten dann die Oberhand und die Rachegelüste bewarfen seine Menschlichkeit mit Dreck.

Die Bestrafung des Kardinals lief in seinen Träumen ab wie ein schlechter Hollywoodfilm – bis zum unvermeidlichen, traurigen Ende. Dabei war Matteo nur ein stiller Beobachter seines eigenen Handelns.

In den alten Gemäuern der Kirche, wo der Weihrauch in den Gewölben hängt und die Stille von Gebeten erfüllt ist, entfaltet sich ein Ritual von harscher Buße. Hier, wo die Schatten der Vergangenheit durch die zerklüfteten Bögen tanzen, wird die Bestrafung nicht nur durch Worte, sondern durch die rauen Klänge der Züchtigung vollzogen.

Die Luft ist schwanger von Spannung, als der Priester die peinigenden Werkzeuge in den Händen hält – Ketten, die die Buße in ihrer harten Realität verkörpern. Kardinal Folliero, von der Last seiner Sünden gebückt, nur mit einem Lendentuch bekleidet, wartet auf die Erlösung oder den Schmerz.

Die Züchtigung beginnt mit einem schweren Atemzug des Exorzisten, gefolgt von einem präzisen Schnalzen der Ketten.

Der Schlag scheint die Luft zu zerreißen, begleitet von einem Aufschrei des Leidens und der Reue. Der Priester – mit jeder Bewegung – versucht nicht nur die Dämonen auszutreiben, sondern auch die Sünden, die sich tief in die Haut des Mannes eingegraben haben und die er als Kind am eigenen Leib erleben musste.

In diesem schmerzhaften Tanz zwischen Züchtigung und Buße wird die Kirche zum Schauplatz einer kathartischen Reinigung. Die Anwesenden können in ihrer Ambivalenz den Schmerz fühlen, der durch die Luft zischt, und zugleich die Möglichkeit der Vergebung erahnen, die im Echo der Ketten widerhallt.

Am Ende, als die letzten Schläge verklungen sind, liegt der Delinquent zitternd und erschöpft auf dem kalten Steinboden. Sein Körper mag verwundet sein, doch seine Seele hat vielleicht den Weg zur Vergebung gefunden. Die fleischlichen Begierden des Kardinals – seine Männlichkeit, die Quelle seiner Taten, die so vielen Kindern ihren Willen, ihre Menschlichkeit und ihr Leben genommen haben, müssen mit äußerster Konsequenz zunichtegemacht werden. Mit großer Sorgfalt, ohne jede Regung seines Gesichtes macht der Inquisitor den Übeltäter für immer zeugungsunfähig. Die nachfolgende Beschneidung formt aus ihm ein zynisches Zerrbild eines Juden.

Dem Priester ist das nicht genug. Der inzwischen ohnmächtige Täter muss nicht nur leiden wie der Erlöser, sondern er soll auch so aussehen. Folliero wird an ein großes Holzkreuz gebunden. Emotionslos und mit einer brutalen

Geste drapiert der Vollstrecker die bereitliegende Dornenkrone auf dem Haupt des geschundenen Körpers. Der König der Juden hat den Thron bestiegen. Die geöffneten Augen des Opfers, ein Spiegelbild der Angst, reflektieren das Furcht einflößende Bild des martialischen Kopfschmucks. Jeder Atemzug wird von einem stechenden Schmerz begleitet, als würde der Delinquent in der finsteren Nachstellung des Kreuzwegs Christi sein eigenes Golgota durchleben. Die Dornen sind nicht nur physische Peitschen, sondern poetische Verse der Qual, die die unheilvolle Symphonie der Folter untermalen.

So soll der gereinigte Körper drei Stunden lang verbleiben, zur Besiegelung von Demut und Reue – wie einst Jesus.

Die Anwesenden stehen beobachtend in einem starren Schweigen.

Drei Stunden später, währenddessen alle im Gebet verharren, kommt der Priester mit einer Lanze und beendet das Leben des Schuldigen.

Der Kardinal hatte das Monster in Matteo erschaffen – jetzt würde es ihn verschlingen.

31

Matteo betrat die enge, verwinkelte Straße mit Bedacht und ließ seinen Blick beiläufig durch die Auslagen der Cafés und Geschäfte schweifen. Er steuerte ein kleines, unscheinbares Lokal an, das direkt neben dem Hintereingang zum Vatikan lag und sowohl vom Personal als auch von Gelehrten und einflussreichen Gästen frequentiert wurde.

Er setzte sich an einen Tisch in der Ecke. Von hier aus konnte er das gesamte Café überblicken.

Nachdem er sich einen Kaffee bestellt hatte, warf er immer wieder scheinbar beiläufige Blicke auf die Tür, um nicht unnötigerweise das Interesse eines Wachmanns oder einer Überwachungskamera zu wecken. Schließlich tauchte Sandro Mazzanti in der Menge auf, das Priestergewand deutlich zu erkennen – er war oft in diesem Café, weil es unweit seiner Abteilung lag und er war Mitarbeiter der Direktion der Sicherheits- und Zivilschutzdienste im Vatikan unter seinem Chef Gavin Doyle. Matteo brauchte einen solchen Kontakt und hatte in allen greifbaren Datenbanken nach Möglichkeiten gesucht. Die Liste der Angestellten des Sicherheitsbüros zu finden, war für ihn kein Problem und dieser junge Priester fiel ihm sofort auf: Studium in Informatik und Sicherheitstechnik. Matteo musste schmunzeln; das kam ihm bekannt vor. Seit ein paar Tagen hatte er sich auch unauffällig bei seinen Mitbrüdern nach Pater Sandro Mazzanti erkundigt. Einige kannten ihn. Er schien loyal, pflichtbewusst und freundlich zu sein.

Matteo nahm einen Schluck von seinem Kaffee und tat so, als würde er in einem dicken Band theologischer Schriften lesen. Gerade als Sandro vorbeiging, ließ Matteo das Buch beiläufig auf dem Tisch aufschlagen. Die laut vernehmbare Landung des Wälzers überraschte den Neuankömmling.

»Oh, das sieht ja schwer aus«, kommentierte dieser und grinste, als er sich zu Matteo wandte.

»Ach ja, die Theologie lastet oft schwer auf den Schultern, besonders in der alten Druckausgabe«, erwiderte Matteo lächelnd. »Aber sie kann auch ganz spannend sein – ich hoffe jedenfalls.« Die beiden tauschten ein Lächeln, und Matteo wies auf den leeren Stuhl neben sich. »Haben sie eine Pause? Setzen sie sich gern, ich verspreche, nicht zu philosophisch zu werden.«

Sandro zögerte, lachte dann und setzte sich. »Eine kleine Auszeit schadet nie. Besonders, wenn man den halben Tag Bildschirme anstarrt. Ich arbeite drüben im Sicherheitsbüro und – na ja, Theologie ist in der Freizeit selten mein erster Gedanke.«

»Bildschirme? Das hört sich modern an für die heiligen Mauern.« Matteo tat, als wäre ihm das neu, obwohl er genau wusste, dass das Sicherheitsbüro seit kurzem ein Update in Sachen IT-Sicherheit erhalten hatte. »Ich hätte da einige spannende Projekte anzubieten, falls das Security-Team mal an einem intensiven Systemcheck interessiert ist«, fügte er augenzwinkernd hinzu.

Sandro horchte auf. »Interessant! Sie kennen sich damit aus? Ich hätte sie eher für einen Buchstaben- und Textverliebten gehalten.«

»Oh, die Elektronik ist eine Art Hobby von mir.« Matteo stellte den Becher ab. »Ich bin überzeugt, dass spirituelle und digitale Sicherheit Hand in Hand gehen sollten. Das Herz zu bewahren, ist nicht weit entfernt von der Aufgabe, Zugänge und Informationen zu schützen, finden sie nicht auch?«

Sandro nickte nachdenklich und ließ den Blick über das Café schweifen, als ob er die Gewissheit brauchte, dass niemand sie belauschte. »Tatsächlich klingt das spannend. Wir suchen immer nach fähigen Köpfen, die ein paar neue Ideen mitbringen. Vielleicht könnten sie eines Tages reinschauen – natürlich, wenn es sich ergibt.« »Wäre schön, wir sollten unbedingt in Kontakt bleiben.« Matteo schrieb seine Handynummer auf den Rechnungszettel und Sandro gab ihm seine Visitenkarte.

Matteo lächelte nur, sein Plan schien aufzugehen, ohne dass irgendjemand Verdacht schöpfte.

Ein paar Tage später schlug er scheinbar beiläufig ein weiteres Treffen vor – diesmal in einem ruhigeren Teil der Stadt, in einem kleinen Trattoria-Garten, abgeschirmt durch dichte Zitronenbäume. Die Atmosphäre war entspannt, und Matteo wusste, dass dies der perfekte Moment war, um sich noch tiefer in Sandros Netz des Vertrauens einzufädeln. Als sie ihre Pasta genossen, sprach er über sein Leben im Kloster und wie er schon immer ein Interesse für Technik hegte – von Sicherheitssystemen bis hin zu Künstlicher Intelligenz. Er erzählte, wie er in der Abtei eigene Programme zur Verwaltung der Bibliothek geschrieben und eine Verschlüsselungssoftware entwickelt hatte, um vertrauliche Unterlagen abzusichern. Seine Worte waren sorgfältig gewählt, jeder Satz durchdrungen von einer angenehmen Bescheidenheit, während er fast beiläufig komplexe Begriffe wie Zero-Trust-Architektur und KI-basierte Anomalieerkennung einstreute.

Sandro lauschte aufmerksam und nickte, gelegentlich Fragen einwerfend. »Das ist beeindruckend, Pater Matteo.« Mit unverhohlener Bewunderung musterte er den Pater und betonte: »Sie sprechen von dem Kram, als wäre es ein Kinderspiel. Ich muss gestehen, ich hätte niemals gedacht, dass jemand in einem Kloster über so fundierte technische Kenntnisse verfügt.«

Matteo schmunzelte und erwiderte: »Nun, ich bin der festen Überzeugung, dass sich Wissen und Glauben nicht ausschließen müssen. Im Gegenteil, es hilft, unseren Dienst noch sicherer und effizienter zu gestalten. Ich sehe die Technik als eine Möglichkeit, die Schöpfung besser zu verstehen – sie unterstützt, schützt, und manchmal inspiriert sie sogar.«

»Interessant«, sagte Sandro mit nachdenklicher Miene. »Unsere Sicherheitsabteilung könnte genau diese Kombi aus Glauben und technischem Wissen gebrauchen. Sie erwähnten Verschlüsselungssoftware – arbeiten sie auch mit Cloud-Sicherheitsmodellen?«

Matteo beugte sich leicht vor. »Absolut. Ich habe kürzlich an einem Programm gearbeitet, das KI nutzt, um ungewöhnliche Aktivitäten im Netzwerk sofort zu erkennen. Dezentral – versteht sich, damit es keinen zentralen Schwachpunkt gibt. Ich finde, das ist besonders wichtig, wenn sensible Daten von vielen Geräten gleichzeitig angegriffen werden könnten.«

Sandro blinzelte sichtbar beeindruckt. »Das klingt nach einem System, das unsere Sicherheitsabteilung ernsthaft ins Auge fassen sollte. Viele unserer Daten sind schwer abgesichert, aber es fehlt immer ein menschliches Element – eine Art Intuition, die ich bei vielen unserer Entwickler bisher vermisst habe.«

Matteo lehnte sich etwas zurück und erwiderte ruhig: »Intuition ist wohl ein Geschenk des Klosterlebens. Dort lernt man, auf die kleinen, verborgenen Signale zu achten.« Dann lächelte er fast entschuldigend. »Verzeihen Sie, ich will nicht wie ein Lehrer klingen. Aber wenn es das Richtige ist, ergibt sich alles zu seiner Zeit, nicht wahr?«

Sandro lächelte zurück, beinahe verschwörerisch. »Ganz genau, Pater Matteo. Wissen sie, vielleicht lässt sich eine Gelegenheit schaffen, damit sie ihre Fähigkeiten in einem größeren Rahmen einbringen können. Ich habe ein gutes Gefühl dabei.«

Matteo nickte dankbar. »Für diesen Weg bin ich stets

offen. Und falls ich irgendwann eine kleine Führung bekommen könnte, wäre das sicherlich ein großes Privileg für mich.«

»Das lässt sich sicherlich einrichten«, sagte Sandro, nun felsenfest überzeugt, dass er in Matteo eine wertvolle Bereicherung für das Sicherheitsbüro gefunden hatte – so jemandem könnte man gewiss vertrauen.

32

Gavin Doyle hatte in der Sicherheitsbranche einen unbe-
stechlichen Ruf erlangt. Sein makelloses Ansehen hatte ihn
vor fast dreißig Jahren von Wexford im Süden Irlands bis
in die heiligen Hallen des Vatikans geführt, wo er als
Sicherheitchef in der ›Direktion der Sicherheits- und
Zivilschutzdienste‹ die Kontrolle über eines der sensi-
belsten Gebiete der Welt übernommen hatte. Doyle war
bekannt für seinen scharfen Verstand und seine unnach-
giebige Haltung gegenüber allem, was auch nur ansatzweise
eine Bedrohung darstellen konnte.

Sein tief verwurzeltes Misstrauen in standardisierte
Überwachungssysteme führte dazu, dass er eine nahezu
obsessive Sammlung von Technologien aus aller Welt
anhäufte. Jede Kamera, jedes Mikrofon und jeder Sensor
spiegelten seine jahrelange Erfahrung und akribische
Arbeitsweise wider. Unter seiner Leitung war der Vatikan
zu einem Labyrinth aus alter und neuer Ausstattung
geworden. Diese wurde oft zu seinen eigenen Zwecken
modifiziert und angepasst.

Sein simpler Ansatz: Vielfalt war der Schlüssel. Wenn
ein System versagte, sollte ein anderes nahtlos einspringen
können. Doyle hatte winzige Überwachungskameras
installiert, die in die kleinsten Ritzen passten. Sensoren
erfassten selbst die leisesten Schritte in den alten

Gemäuern. Hoch entwickelte Kontaktmikrofone zeichneten Gespräche durch die dicken Mauern des Vatikans auf. Laser-Abhörgeräte fingen Geräusche hinter Glaswänden ein, und Richtmikrofone überbrückten größere Distanzen.

Ganz stolz war er auf seine uralten, analogen Camcorder mit Bandaufzeichnung, ohne Funk oder Netzwerkkabel, die an einem eigenen, geschützten Stromnetz angeschlossen waren. Einige davon waren an richtig heiklen Orten in Amts- und privaten Zimmern von Kardinälen, in den Privatgemächern des Papstes und sogar in dem einen oder anderen Beichtstuhl installiert. Diese Kameras waren seine letzte Instanz bei Versagen der Digitaltechnik und die Aufnahmen waren so gut wie fälschungssicher. Jede war zusätzlich durch einen Faradayschen Käfig, der elektrische Felder abschirmt, geschützt. Doyle konnte über verschiedene versteckte Stromschalter in seinem Büro alle auf einmal oder jede einzeln an- und ausschalten. Die Geräte waren so eingestellt, dass sie sofort aufnahmen, sobald sie Strom hatten. Diese Ausrüstung bescherte ihm viel Arbeit, aber das war es ihm wert, denn jegliche Digitaltechnik war hier machtlos und niemand außer ihm wusste davon. Er hatte nicht nur Angriffe abzuwehren, sondern auch so manche Intrige aufzuklären, wenn es notwendig war. Allerdings hielt er sich bei Letzteren eher bedeckt, hatte aber die Gewissheit, im Ernstfall darauf zurückgreifen zu können. Sein Netzwerk war so dicht, dass es für einen Außenstehenden nahezu unmöglich war, alle seine Komponenten zu verstehen oder gar zu überlisten. Selbst die Vatikan-Mitarbeiter wussten oft nicht, welche Teile der Anlagen aktiv waren und welche nur zur Abschreckung dienten. Das machte den Vatikan zu einer Festung, deren Mauern weit über das Physische hinausgingen.

Es klopfte. Doyle saß an seinem Schreibtisch und schaute konzentriert auf seinen Bildschirm. »Herein!«, mürrisch blickte er zur Tür, »*und mögen alle Ziegen in Gorey dich zur Hölle jagen*«, fluchte er auf Gälisch in Gedanken hinterher. Sandro Mazzanti, einer seiner jungen, vielversprechenden Mitarbeiter, trat ein, sichtbar nervös, aber fest entschlossen. Doyle hob den Blick.

»Entschuldigen sie die Störung, Sir. Aber ich glaube, ich habe jemanden getroffen, der eine echte Bereicherung für unser Team sein könnte.« Der Titel »Sir« hatte sich bei seinen Mitarbeitern aufgrund seiner irischen Herkunft – ursprünglich als Spaß gedacht – etabliert. Doyle war wie erwartet leicht skeptisch. »Ach ja? Und wer soll das sein?«

»Ein Mönch, Sir. Sein Name ist Pater Matteo. Er hat Informatik und Sicherheitstechnik studiert und lebt jetzt im Kloster Convento dei Frati Minori dell'Immacolata Concezione.«

»Viele Menschen studieren das.« Der Chef war ungehalten wie immer, wenn er gestört wurde.

»Ich habe ihm ein paar Fragen gestellt, und –«, der junge Mann zögerte, »na ja, er scheint ein echtes Talent zu sein. Programmieren, Wissen über Sicherheitstechnik – und das auf einem krassen Niveau. Ich glaube, er wäre ein echter Gewinn.«

Doyle konnte solche Experten wirklich brauchen. Er musterte den Mitarbeiter einen Moment lang, dann lehnte er sich in seinem Stuhl zurück. »Ein Mönch mit krassen Programmierfähigkeiten, sagst du? Interessant. Lass' ihn mal antanzen. Ich möchte mit ihm sprechen.«

33

Schwester Rosaria war immer noch unermüdlich in ihrer Tätigkeit im Waisenhaus. Die lange Zeit, in der sie von Kardinal Folliero nicht mehr überfallen wurde, erfüllte sie mit einer tiefen Erleichterung, obgleich das Geschäft mit den Kindern ununterbrochen weiter lief. Doch ihre Gedanken kehrten oft zu Marco zurück. Die quälende Ungewissheit über sein Schicksal ließ ihr keine Ruhe, und das nagende Schuldgefühl wegen der Leiden, die der arme Junge als Kind erdulden musste, begleitete sie seit jenen dunklen Tagen.

Eines Abends, als sie allein in der Kapelle saß, verfiel sie erneut in ihre Grübeleien. Die Erinnerungen an jene finsteren Zeiten wollten nicht verblassen, trotz der Zufriedenheit und des Trostes, den sie in ihrer gegenwärtigen Arbeit mit den Kindern fand. Ein Schatten blieb in ihrem Herzen zurück, der die Sorge um Marco nicht loslassen konnte.

Plötzlich wurde sie aus ihren Gedanken gerissen, als die Tür langsam geöffnet wurde. Eine Person im grauen, hellblau schimmernden Mönchsgewand trat ein, sein Gesicht vertraut und doch in den Jahren gereift. Es war Matteo, dessen Lächeln die Erlebnisse und die Stärke eines Mannes widerspiegelte, der einiges durchgemacht hatte.

»Schwester Rosaria«, begann er sanft, »es ist lange her.«

Rosaria war überwältigt von einer Mischung aus Freude

und Erleichterung. Tränen stiegen ihr in die Augen, als sie auf ihn zuging und ihn umarmte. »Marco, es tut so gut, dich zu sehen. Ich habe mir so viele Sorgen gemacht.«

Matteo erwiderte die Umarmung und sagte: »Es geht mir gut, Schwester. Ich bin hier, weil ich Frieden finden und mit der Vergangenheit abschließen möchte. Mein Ordensname ist jetzt Matteo. Der kleine Marco ist Vergangenheit.« Rosaria nickte gutheißend.

In der mäßig erleuchteten Kapelle saßen sie zusammen und unterhielten sich lange über die letzten Jahre. Der Pater berichtete von seinen Abenteuern, seinen Auseinandersetzungen und seiner unermüdlichen Hingabe an Gerechtigkeit. Während sie sich in dem Wissen bestärkte, dass Matteo einen Weg gefunden hatte, der sowohl ihm als auch anderen Hoffnung gab, registrierte Schwester Rosaria, wie die Last der Schuld von ihr abfiel.

»Kardinal Folliero soll nicht ungestraft davonkommen«, erklärte Matteo nach einer Weile des Schweigens, als der Kerzenschein in der Kapelle sanft flimmerte, erneut und enthüllte den wahren Grund seines Kommens, »er muss sich dafür verantworten, was er mit uns gemacht hat, und mit so vielen anderen. Ich habe einen Plan, aber ich benötige noch Mitstreiter, die sich bereit erklären, die Grenzen auszuloten.«

Schwester Rosaria blickte ihn ernst an, ihre Augen erkannten die Entschlossenheit in seinen. »Matteo, du weißt, dass ich immer an Deiner Seite stehen werde. Aber dieser Weg, den du einschlagen willst, ist gefährlich. Was genau hast du vor?«

Matteos Stimme war fest, doch ein Hauch von Besorgnis lag in seinen Worten. »Ich habe Beweise gesammelt, die Folliero unweigerlich stürzen werden. Aber es reicht nicht, ihn bloßzustellen. Wir müssen ein Netzwerk von Mitstreitern aufbauen, die bereit sind, dieses bigotte Pack zur Rechenschaft zu ziehen und dafür zu sorgen, dass Gerechtigkeit nicht nur ein Wort bleibt. Es wird gefährlich sein, weil es außerhalb des Rechtsstaates passieren muss, und es wird Opfer verlangen, doch es ist die einzige Möglichkeit, um das Unrecht zu sühnen und die Seelen der Leidtragenden zu befreien.«

Schwester Rosaria nickte langsam, die Schwere der Aufgabe drang in ihre Gedanken. Aber sie spürte auch Hoffnung, dass durch diesen Plan ein neues Kapitel der Gerechtigkeit und des Friedens beginnen könnte. »Ich stehe hinter dir, Matteo«, sagte sie schließlich, »lass uns dafür sorgen, dass die Wahrheit rauskommt und die Schuldigen kriegen, was sie verdienen!«

34

Pater Matteo trat in Doyles Büro ein. Er hatte einen ruhigen, fast gelassenen Ausdruck im Gesicht. Doyle stand auf, um ihn zu begrüßen, mit einem kurzen Lächeln: »Pater Matteo, setzen sie sich doch. Mazzanti hat sie schon angekündigt. Ich habe also bereits von ihren – außergewöhnlichen Fähigkeiten gehört.«

Matteo nahm Platz und nickte: »Vielen Dank, Signore Doyle. Es freut mich, hier zu sein.«

»Erzählen sie mir ein wenig über ihre Erfahrung. Wie kommt es, dass ein Mann Gottes sich so gut in der IT- und Sicherheitstechnik auskennt?« Doyle war in der Tat interessiert.

»Vor meiner Zeit im Kloster habe ich bei einer großen IT-Firma als Softwareentwickler gearbeitet, spezialisiert auf Sicherheitsprotokolle und Netzwerksicherheit«, erwiderte Matteo.

»Ich hatte immer Spaß daran, effiziente und sichere Systeme zu entwerfen. Die Programmierarbeiten habe ich während meiner Zeit im Kloster fortgesetzt und dort viele praktische Erfahrungen gesammelt.«

»Und was hat sie dazu bewogen, ins Kloster einzutreten?«

Matteo wurde ernst: »Durch mein Theologiestudium habe ich die große Gedankentiefe und Spiritualität des

Glaubens kennengelernt. Es war ein innerer Ruf, den ich nicht ignorieren konnte. Aber mein Interesse und meine Fähigkeiten in der Technologie habe ich nie abgelegt. Im Kloster habe ich weiterhin geforscht und gelernt. Zudem konnte ich dort auch künstliche Intelligenz anwenden und dadurch viele Arbeitsschritte in der Verwaltung erleichtern. Allerdings alles mit einer neuen Perspektive: Die Sicherheit des Glaubens und der Menschen, die ihn praktizieren, ist ebenso wichtig wie die Sicherheit eines Netzwerks.«

»Das mag ja sein, aber wenn sie mit der KI arbeiten, können sie doch nur teilweise kontrollieren, was passiert«, erwiderte Doyle, »wenn die im System werkelt, wissen wir doch gar nicht, was sie tut – oder?«

Matteo faltete die Hände, als ob er beten wollte: »Signore Doyle, wenn ich Ihnen eine kleine Geschichte erzählen dürfte?«

Der gläubige Ire nickte ungläubig: »Nur zu.«

»Ich habe einmal eine Pilgerfahrt nach Jerusalem gemacht. Dort traf ich einen interessanten, vollvernetzten Rabbi mit erstaunlichen Computerkenntnissen und sehr KI-affin, der mir dieses hier schenkte.« Matteo griff in seine Tasche und holte ein winziges Röllchen heraus, mit einem blauen Band zusammengebunden. »Ich trage es seitdem immer bei mir.« Nachdem er das Band abgezogen hatte, rollte er das Papier auf und wirkte dabei wie ein mittelalterlicher Herold auf dem Marktplatz. Andächtig trug er vor:

»Man muss sich den Himmel vorstellen wie eine große, undurchdringliche Blackbox, ein Mysterium, dessen inneres Funktionieren sich unserem Verständnis entzieht. Er ist das endgültige Ziel der Sehnsüchte, Hoffnungen und Ängste der Menschheit, ein Ort, der das Unbekannte verkörpert und uns gleichzeitig mit dem Versprechen der Vollkommenheit lockt. Man kann sich vorstellen, dass dort ein universeller Plan abläuft, verborgen hinter dicken Mauern aus Unwissenheit. Die Menschen vertrauen auf dieses verborgene System, darauf, dass es gut, gerecht und vollkommen ist, aber niemand weiß genau, wie es funktioniert. Die Antworten bleiben verborgen – ein Glaubenssprung ins Dunkle, der keine unmittelbare Erklärung bietet, nur Vertrauen und die Hoffnung, dass am Ende alles einen Sinn ergibt.« Matteo hielt inne und war sich nicht sicher, ob er Doyles Interesse geweckt hatte. Der aber saß da wie ein Kind in der Märchenstunde.

»Ähnlich verhält es sich mit der Blackbox in der künstlichen Intelligenz. Die Maschine nimmt Daten auf, verarbeitet sie nach Algorithmen, die der menschliche Geist vielleicht selbst erschaffen, aber nicht mehr gänzlich durchdringen kann. Wir füttern sie mit Fragen, mit Problemen, die uns zu komplex erscheinen, und erwarten, dass sie auf wundersame Weise eine Lösung präsentiert – und oft tut sie das auch. Aber wie genau sie zu dieser Antwort kommt, bleibt hinter einer undurchsichtigen Wand verborgen, einem Labyrinth aus mathematischen Berechnungen und Mustern, die wir nicht mehr vollständig verstehen.«

»Sehen sie, genau das macht mir eine Höllenangst«, warf Doyle ein.

Matteo nickte verständnisvoll und fuhr fort: »Beide Blackboxes – die himmlische und die der KI – fordern uns auf, zu vertrauen. In das Unbekannte, in das Unsichtbare. Aber während der Himmel das Versprechen von Erlösung, Frieden und ewiger Weisheit mit sich bringt, birgt die Blackbox der KI das Potenzial für Macht, Fortschritt – und Unheil. Doch beide stellen uns vor dieselbe Herausforderung: Wie viel Kontrolle sind wir bereit, abzugeben, wie viel Vertrauen können wir in etwas setzen, das wir nicht ganz durchschauen? Der Himmel ist wie eine göttliche Blackbox, die uns den Glauben abverlangt, dass das Unsichtbare wohlwollend ist. Die KI ist eine menschliche Blackbox, die uns zwingt, zu hoffen, dass das von uns Geschaffene nicht außer Kontrolle gerät.

In beiden Fällen bleibt die eigentliche Frage dieselbe: Werden wir je in der Lage sein, das Innenleben dieser Blackboxes zu entschlüsseln – oder müssen wir uns damit abfinden, dass manche Dinge im Leben und in der Technologie für immer hinter dem Schleier des Geheimnisses bleiben?

In der Hoffnung, dass die Menschen das Richtige tun, sollten wir zu all unseren Göttern beten, auf dass sie uns ein Stück der Weisheit Salomons gewähren.«

Matteo musste durchatmen und rollte das Papier sorgsam wieder zusammen, bevor er lächelnd fortfuhr: »Sie können versichert sein, dass ich meine KI in der Tat als

›künstlich‹ ansehe und die Kontrolle behalte. So viel Retro habe ich mir bewahrt.«

Der Sicherheitschef war gefangen von der geistigen Virtuosität und Weitsicht des jungen Mannes. Er stellte noch ein paar komplexe Fachfragen, die Matteo bravourös beantwortete und sogar mit einigen kreativen Ideen ergänzte.

Die fundierten Antworten des Paters beeindruckten Doyle: »Ihre Kenntnisse könnten wir hier gut gebrauchen. Leider finden wir immer wieder Schwachstellen im System, die uns das Leben schwer machen, obwohl die Sicherheitsprotokolle auf dem neuesten Stand sind. Ihre Aufgabe wäre es, alles zu prüfen, Verbesserungen vorzuschlagen und zu realisieren und unsere Mitarbeiter in die neuen Technologien einzuweisen. Hätten sie Lust, die Aufgabe zu übernehmen?«

Matteo zeigte wieder ein leichtes Lächeln: »Das klingt nach viel Arbeit, aber ich nehme die Verantwortung gerne an.«

»Gut. Ich werde Ihnen alle nötigen Zugänge und Ressourcen bereitstellen. Und Pater – wir haben hier einen heiligen Ort zu schützen. Diskretion ist von größter Bedeutung.«

»Das ist ganz in meinem Sinne, Signore Doyle. Sir, I'll do my very best!« Matteo klopfte sich imaginär auf die Schulter: »Ich habe noch eine Bitte.« Doyle nickte und hob fragend die Hand. »Ich könnte noch etwas Hilfe gebrauchen«, Matteo zögerte kurz, »und würde gern einen guten Freund

und genialen Programmierer empfehlen, dem ich voll vertraue. Er wohnt auch in Rom und sucht gerade eine neue Herausforderung. Sein Name ist Kaito Takemoto.«

Doyle ließ sich Zeit: »Ich würde auf Japan tippen. Stimmt's?«

»In der Tat, ein japanischer Italiener kann man sagen«, Matteo lachte.

»Er kam mit zwei Jahren nach Rom, hat hier studiert und ist außerdem ein Meister im Kampfsport, insbesondere Aikido.«

»Aikido? Das ist doch dieses vegane Karate, bei dem sich der Gegner selbst verhaut, oder? Hat er auch Erfahrungen in Sicherheitstechnik?« Doyle zeigte sich amüsiert.

»Ja, darin sind wir auf einem Level, würde ich behaupten und er wäre mir eine große Hilfe als Assistent und Berater. Ich lege für ihn meine Hand ins Feuer.«

Doyle nickte zustimmend: »Okay, er bekommt vorerst eine Daueraufenthaltsgenehmigung und dann sehen wir weiter. Sie sind für ihn verantwortlich, damit wir uns verstehen.«

Der Sicherheitschef stand auf, und die beiden Männer schüttelten sich die Hände, bevor Matteo das Büro verließ. Er hatte genau das erreicht, was er wollte. Eine Anstellung im Vatikan. Noch dazu im hochsensiblen Sicherheitsbereich – die Mission rückte in greifbare Nähe.

35

Matteo und Kaito konnten ihre technischen Skills endlich in einem komplett neuen Umfeld einbringen – und zur Sicherheit des Vatikans beitragen. Für beide fühlte sich das wie eine echte Ehre an, aber es war ihnen auch klar: Dieser Job war der Schlüssel zu ihrer wahren Mission. Mit ihren detaillierten Kenntnissen in Cybersicherheit und dem klaren Verständnis für die spezifischen Anforderungen des Vatikans durchschauten sie rasch die Schwächen im Netzwerk. Schon bald hatten sie die Sicherheitslücken der aktuellen Systeme entdeckt.

»Ey Kaito, die CCTV-Systeme hier haben so viele Schlupflöcher, die würden 'nem Blinden auffallen«, lachte Matteo.

Kaito schnaubte: »Ehrlich, ich hab schon Amateurhacker gesehen, die das besser hinkriegen. Los, das polieren wir denen mal ordentlich auf.«

Sie legten los: prüften Kameras, verbesserten digitale Sicherheitsmaßnahmen und führten aktuelle Protokolle ein, um mögliche Bedrohungen direkt abzuwehren.

Matteo übernahm zusätzlich das Training des Sicherheitspersonals und brachte ihnen bei, wie sie neue Software und Hardware praktisch einsetzen konnten. Seine lockere und hilfsbereite Art machte ihn mehr als glaubhaft. Nach und nach wurde die Sicherheitsumgebung robuster und reaktionsfähiger als je zuvor – und Matteo gewann zunehmend Vertrauen bei den Verantwortlichen.

»Junge, mittlerweile könnte ich hier mit 'nem selbst gebastelten Passierschein in jeden Raum marschieren«, sagte der Pater grinsend zu Kaito, als sie nach einem weiteren erfolgreichen Update dastanden und die verbesserte Sicherheitslage begutachteten.

Doch ihre wahre Mission war kniffliger. Die beiden brauchten Zugriff auf bestimmte, streng vertrauliche Bereiche – und das ohne Passwörter oder offizielle Berechtigungen. Die Herausforderung erforderte nicht nur ihre Technikkenntnisse, sondern auch ein tiefes Verständnis der internen Systeme und der Strukturen des Vatikans.

»Also, Matteo«, meinte Kaito mit einem Schmunzeln, »Social Engineering oder Hacking?«

»Beides«, antwortete Matteo. »Wir müssen so geschmeidig vorgehen, dass die uns hinterher noch danken, dass wir sie ausgetrickst haben.«

Mit ihrer Ausbildung und Erfahrung entwickelten sie eine raffinierte Strategie. Verschlüsselte Netzwerke wurden von ihnen unter die Lupe genommen, Schwachstellen ausgenutzt, und mit fortschrittlichen Hacking-Methoden hatten sie bald Zugriff auf Systeme, die ihnen bis dahin komplett verwehrt waren. Dabei achteten sie stets darauf, die Integrität im Netz zu wahren und nichts zu zerstören.

»Pass auf, keine Spuren. Wir wollen nur rein, Daten holen und wieder raus«, erinnerte Matteo, als sie kurz davorstanden, auf eine vertrauliche Datei zuzugreifen.

»Ja, ja, Captain Obvious«, erwiderte Kaito, »wird gemacht, Sir.«

Sie blieben unauffällig und waren immer einen Schritt voraus. Jede unvorsichtige Aktion hätte ihre Mission gefährden und verheerende Konsequenzen haben können – aber Matteo und Kaito gingen äußerst bedacht vor und arbeiteten sich Stück für Stück durch die Systeme. Beide wussten, dass Diskretion und Effektivität hier das A und O waren, und nahmen jedes Hindernis mit einer stoischen Ruhe.

Dennoch – und das spürten sie – gab es im Vatikan wachsame Augen, die ihre Aktivitäten verfolgten. Wer auch immer sie beobachtete, machte das auf leisen Sohlen, ohne sich zu verraten. Kaito und Matteo behielten ihre Schritte im Visier und waren auf alles vorbereitet.

»Ey Matteo«, flüsterte Kaito, als sie wieder mal einen Raum unauffällig verlassen hatten, »hast du auch das Gefühl, dass die wissen, was wir hier abziehen?«

Matteo zuckte die Schultern. »Kann sein, aber wir sind ja die Guten. Wenn wir fertig sind, werden sie uns dankbar sein.«

36

Gavin Doyle war ein Meister der Beobachtung; er hatte ein Talent dafür, das Unauffällige wahrzunehmen – das subtile Zucken eines Augenlids, das unbewusste Streichen über einen Hemdkragen, das unvermittelte Nachsehen in einem Spiegel. Er wusste, wie er die Dynamik im Vatikan lesen konnte, und seine scharfen Augen hatten Matteo bereits im Visier.

Als dieser mit Kaitos Hilfe begann, die Sicherheitsvorkehrungen etwas zu flott zu verbessern, schürte das Doyles Misstrauen. Während andere die Veränderungen Matteos als fortschrittlich und notwendig betrachteten, schloss Doyle darin eine potenzielle Gefahr nicht aus. Wer war dieser junge Mönch, dem er so schnell derart großzügige Freiheiten eingeräumt hatte? Weshalb schien er sich mit jenen Systemen schon jetzt genauestens auszukennen, die Doyle wie seine Westentasche kannte? Die Fragen quälten ihn, und sein professioneller Instinkt ließ ihn nicht ruhen.

Doyle begann, Matteo genau zu beobachten. Er verfolgte ihn virtuell durch die Hallen des Vatikans, durch das Labyrinth aus Büros und Kirchenräumen und dokumentierte jede seiner Bewegungen. Die Art und Weise, wie Matteo mit den Sicherheitsmitarbeitern sprach – freundlich, fast familiär – weckte Doyles Verdacht.

Eines Nachmittags, als die Sonne durch die kleinen

Fenster der Sicherheitszentrale fiel, entdeckte Doyle etwas Merkwürdiges auf den Überwachungsmonitoren. Matteo war allein im Serverraum, umgeben von blinkenden Lichtern und dem ruhigen Summen der Maschinen. Der Ire schaltete den Ton ein und hörte, wie Matteo leise mit sich selbst sprach, als würde er an einem Plan arbeiten. Seine Finger flogen über die Tastatur, und Doyle fühlte, wie sich ein unangenehmes Gefühl in seiner Magengegend festsetzte.

»Er hat etwas vor«, dachte er, während er sich weiter auf den Bildschirm konzentrierte. »Das hat aber mit der Verbesserung der Sicherheit nichts mehr zu tun.«

Die Überwachung der Kamera war nicht nur eine Routineüberprüfung; es war der Beginn eines Schachspiels zwischen den beiden Männern. Doyle wusste, dass er jetzt die Kontrolle übernehmen musste. Er begann, seine eigenen Nachforschungen über Matteo anzustellen, durchsuchte Datenbanken, sprach mit ehemaligen Kollegen, die den Mönch kannten. Dabei erfuhr er auch, dass dieser in Wahrheit Marco hieß und Pater Matteo nur der Ordensname ist. Es war die Frage nach der Loyalität seines neuen Mitarbeiters, die ihm Sorgen bereitete, nicht die Technik. Wer war dieser junge Mönch wirklich? Was trieb ihn an?

In einer ruhigen Nacht entschied sich Doyle, eine riskante Maßnahme zu ergreifen. Er schlich sich in den Serverraum und loggte sich am Terminal ein, um zu sehen, was Matteo genau tat. Die Finger glitten über die Tastatur und Doyle erkannte, dass der Pater tief in verschlüsselten

Datenbanken gearbeitet hatte – Informationen, die niemand außer ihm einsehen sollte. Vertrauliche Berichte, Sicherheitsprotokolle, persönliche Daten, die er als sensibel und potenziell gefährlich betrachtete, seine Log-Dateien sagten immer die Wahrheit.

Das Herz schlug ihm bis zum Hals, als er erkannte, dass Matteo womöglich dabei war, die Grenzen seiner Autorität zu überschreiten. Der Gedanke daran, dass dieser junge Mönch unter Umständen in der Lage war, interne Systeme zu kompromittieren, ließ Doyle das Blut in den Adern gefrieren.

»Ich muss das aufhalten«, murmelte er entschlossen. Doch wie? Wie würde er sich gegen jemanden stellen, der so klug und kalkulierend war? Doyle war sich bewusst, dass er die Regeln einhalten musste und dass er Beweise benötigte, bevor er etwas unternehmen konnte. Seine Erfahrungen im Vatikan haben ihm verdeutlicht, dass insbesondere im Hinblick auf die Sicherheit und das Vertrauen der Institution Vorsicht geboten ist. In den kommenden Tagen widmete er sich einer stillen Beobachtung, legte eine ausführliche Akte über Matteo an und wartete auf den idealen Moment, um zuzuschlagen. Doyle war sich bewusst, dass der Mönch einen riskanten Weg eingeschlagen hatte und war entschlossen, die Geheimnisse des Vatikans zu beschützen – auch wenn es darauf hinauslief, sich gegen einen Kollegen zu stellen.

Im Gegensatz dazu setzte Matteo seine Arbeit fort und war immer einen Schritt voraus. Er war davon überzeugt, dass er die Integrität des Systems nicht nur zum Schutz, sondern auch für seine eigenen Interessen nutzen kann. Der junge Mönch war in einem gefährlichen Spiel gefangen, und die wachsamen Augen von Gavin Doyle waren auf ihn gerichtet.

Der jedoch wusste noch nicht, was er von all dem halten sollte, und entschied sich daher, zunächst lediglich weiter zu beobachten und die Sache auf sich beruhen zu lassen. Immerhin war Matteo ein Mönch und Priester, der ein Gelübde abgelegt hatte – und Kaito nur sein Gehilfe.

37

Kaito war in Gedanken versunken, als er den Flur der IT-Abteilung im Vatikan entlangging. Die neuen Sicherheitsprotokolle waren anspruchsvoll, und es gab noch viele Details zu klären. Als er um die Ecke bog, prallte er fast mit Gavin Doyle zusammen, der lässig gegen die Wand gelehnt war.

»Kaito, sie habe ich gesucht«, begann sein Chef mit einem schiefen Lächeln.

»Probleme mit dem Server?«, fragte Kaito in der Erwartung, dass der Chef ihn wieder um Hilfe bei irgendeiner technischen Bagatelle bitten würde.

»Nein, nichts Technisches diesmal. Ich brauche sie für etwas anderes.« Doyle legte eine Pause ein, als wolle er sicherstellen, dass er Kaitos volle Aufmerksamkeit hatte. »Kennen sie Ariella Salvani? Sie ist Dozentin für Ethik an der Lateranuniversität.«

Kaito runzelte die Stirn. »Nein, aber ich hab den Namen mal gehört. Warum fragen sie?«

»Ich kenne Ariella von verschiedenen Vorträgen und meiner Arbeit dort, wo ich einige Sicherheitsüberprüfungen durchgeführt habe. Sie ist mir gleich aufgefallen durch ihre nachvollziehbaren Thesen über KI. Ich fände es gut, wenn ihr Euch mal kennenlernen würdet. Sie hält demnächst einen Vortrag über ethische Fragen im

Zusammenhang mit künstlicher Intelligenz und dem Schutz persönlicher Daten. Sie sind doch der Mann, wenn es um IT-Sicherheit geht.«

Kaito hob eine Augenbraue. »Sie meinen, Sie wollen, dass ich mir diesen Vortrag anhöre?«

Doyle grinste. »Mehr als das. Sie sucht jemanden, der ihre Thesen auf Praxistauglichkeit prüft. Ich dachte, sie wären der perfekte Mann für den Job.«

Kaito zuckte mit den Schultern, er konnte schlecht ablehnen. »Okay, klingt interessant. Wann ist der Vortrag?«

»Morgen Nachmittag. Ich stelle den Kontakt her«, sagte Doyle, der sich sichtlich freute, dass sein Plan aufzugehen schien.

Am nächsten Tag saß Kaito tatsächlich im Auditorium der Lateranuniversität. Als Ariella mit ihrem Vortrag begann, war er überrascht, wie fesselnd sie über Ethik und KI sprach. Sie verstand es, die schwierigen moralischen Fragen zu stellen, die oft in der IT-Sicherheitswelt vernachlässigt wurden. Noch dazu war sie eine wunderschöne Frau, entgegen allen Professorenklischees. Nach der Präsentation stand Gavin Doyle plötzlich neben ihm.

»Das war beeindruckend, oder?«, fragte der Ire grinsend, während die Menge den Raum verließ.

»Definitiv«, stimmte Kaito lächelnd zu. »Alles an ihr ist beeindruckend.«

Doyle winkte in Ariellas Richtung, und sie kam auf die beiden zu. »Ariella, das ist Kaito, der Mann, von dem ich dir erzählt habe. Er ist IT-Experte mit Spezialgebiet IT-Sicherheit und er könnte dir sicher ein paar interessante Einblicke in deine Thesen geben.«

Ariella lächelte freundlich und reichte Kaito die Hand. »Freut mich, sie kennenzulernen. Ich habe schon einiges über ihre Arbeit gehört.«

Kaito erwiderte das Lächeln. »Ich bin gespannt, mehr über ihre Gedanken zur Ethik und KI zu erfahren. Wann sollen wir uns mal zusammensetzen?«

»Übermorgen Abend um sechs – hier – wäre schön«, sagte Ariella und Kaito bestätigte: »Sehr gern, ich werde da sein. – Übrigens, meine ethische KI hat sich heute Nachmittag im Büro als Orakel aufgespielt und mir mitgeteilt, dass wir uns auf Anhieb duzen werden. Ich dachte, ich erwähne das mal.«

Ariella musste herzlich lachen: »Klar, wenn das so ist – dann sollten wir auf das Orakel hören.«

Doyle trat amüsiert zur Seite. Seine Arbeit war getan – der erste Schritt war gemacht. Er wollte Ariella gerne als Mitarbeiterin gewinnen, zumindest aber als offizielle Beraterin in den heiklen Fragen der Ethik im Datenschutz bei Sicherheitssystemen. Dabei dachte er unter anderem an seine ›unsichtbaren‹ Kameras, die er überall installiert hatte. Immerhin befanden sich diese an heiligen, höchst intimen und privaten Orten.

Zwei Tage später saßen Kaito und Ariella auf einer alten Steinbank im Innenhof der Lateranuniversität.

»Weißt du«, begann Kaito nachdenklich, »ich frage mich

manchmal, ob wir mit diesem ganzen KI-Zeug nicht ein bisschen zu weit gegangen sind. Die Maschinen lernen, die entscheiden – irgendwann machen die unseren Job besser als wir. Aber was passiert, wenn die Mist bauen? Wer ist dann der Depp?«

Ariella grinste und schob sich eine Haarsträhne aus dem Gesicht. »Na, ganz einfach: du natürlich. Immerhin bist du der Typ, der an der KI herumbastelt! Ich seh's schon kommen: Du im Anzug vor Gericht, wie du sagst: Tut mir leid, Euer Ehren, aber der Algorithmus hatte einen schlechten Tag.«

Er lachte. »Hey, ich rede hier von echten Problemen! Ich entwickle diese Algorithmen, die angeblich klüger sind als wir. Aber wenn eine KI Mist baut und jemanden diskriminiert, krieg ich dann die Schuld? Oder verklagen die den Computer?«

»Vielleicht verklagen sie die Steckdose, die ihn am Strom hält«, zuckte Ariella mit den Schultern und schmunzelte, »aber im Ernst – das ist genau der Punkt. Wir stecken unser Vertrauen in Maschinen, die wir selbst kaum noch verstehen. Die sogenannte ›Blackbox‹. Die KI macht da drin, was sie will. Wir sehen nur das Ergebnis, wissen aber nicht, warum. Irgendwann ist das wie ein Glücksspiel.«

Kaito verschränkte die Arme. »Glücksspiel ist wenigstens spannend. Das hier? Das ist wie ein Autopilot, der plötzlich beschließt, auf der Autobahn Schlangenlinien zu fahren, weil es ihm langweilig ist.«

»Ach komm, so schlimm ist es doch nicht«, kicherte

Ariella, »aber ja, diese Dinger treffen Entscheidungen, die wir nicht mal nachvollziehen können. Das ist schon ein bisschen gruselig. Wo bleibt da die Transparenz?«

»Ja, Transparenz«, wiederholte Kaito und seufzte. »Aber was passiert, wenn die KI schlauer ist als wir? Ich meine, du kannst nicht einfach in den Quellcode gucken und sagen: Ah, hier ist der Fehler, der hat nur die Montagslaune.«

Ariella lachte laut. »Stell dir das mal vor: Sorry, der Algorithmus ist montags wie ich vor dem ersten Kaffee – unberechenbar.«

»Das Problem ist, wenn es darum geht, echte Menschen zu überwachen oder Entscheidungen über ihr Leben zu treffen«, sagte Kaito und zog die Augenbrauen hoch, »sobald es um Daten und Privatsphäre geht, wirds ernst.«

Ariella nickte und wurde ebenfalls ernster. »Genau. KI kann super sein, aber wo ziehen wir die Grenze? Die Menschen müssen im Mittelpunkt stehen, nicht die Maschinen. Und Ethik ist kein einfaches Add-on wie ein Handy-Upgrade.«

Kaito lehnte sich zurück und grinste. »Okay, also brauch ich mehr Ethik in meinem Leben – und vielleicht auch mehr von dir?«

Sie sah ihn an, dann brach sie in Gelächter aus. »Oh bitte! Lass uns erst mal die Welt retten, bevor du dir die nächste Herausforderung suchst!«

»Klingt nach einem Plan.« Kaito zwinkerte. »Erst die Welt sicherer machen, dann schauen wir mal, was sich noch ergibt.«

Ariella nickte, noch immer lachend. »Deal.«

Er strich sich durch die Haare und mit einem schelmischen Blick fragte er: »Okay, aber mal im Ernst, was macht eine Ethik-Dozentin wie du in ihrer Freizeit? Noch mehr Bücher lesen?«

»Manchmal.« Ariella schmunzelte. »Aber ich mache auch andere Dinge. Man kann nicht ständig nur über das Richtige nachdenken. Und du? Immer nur Technik, Kaito?«

Er grinste in seiner einnehmend frechen Art: »Na ja, ich hab da ein paar Hobbys – aber ich denke, ich sollte dir das bei einem Kaffee erzählen. Oder vielleicht einem Glas Wein?«

»Ein Glas Wein klingt gut. Aber denk dran, Ethik ist überall – auch in deinem Freizeitverhalten.« Ariella lächelte schelmisch. Kaito prustete lachend: »Oh, dann muss ich ja echt gut aufpassen.«

Der nächste Tag gehörte den beiden. Sie vertrauten sich schnell, als wären sie schon jahrelang zusammen. Trotzdem knisterte es gehörig und man konnte sehen, dass zwei Menschen eine besondere Verbindung zueinander aufgebaut hatten.

Als typische Italienerin hatte sie diese unwiderstehliche Ausstrahlung, den unnachahmlich geschmeidigen Gang und die warme Stimme, die sofort jedermanns Herz umschloss. Schwarze, lange Haare und eine schlanke Figur, betonten ihre natürliche Eleganz. Kaito war von ihrer anmutigen Erscheinung fasziniert. Ihre Gespräche waren offen und ehrlich, sie lachten viel und genossen die gemeinsame Zeit. Es war, als hätten sie stillschweigend beschlossen, einander zu verstehen und füreinander da zu sein. Blicke und Lächeln sagten oft mehr als Worte.

Die Spannung zwischen ihnen war spürbar, aber es war eine Mischung aus Vertrautheit und dem aufregenden Prickeln einer neuen Entdeckung. Zwei Menschen, die das Gefühl hatten, im anderen etwas Besonderes gefunden zu haben, das sie nicht loslassen wollten.

Eines Abends fragte er sie, was eigentlich ihr Name bedeute. »Ariella«, lachte sie, »die Heldin Gottes« und schaute in Richtung Petersdom. Kaito war sich nicht sicher, ob das ein gutes oder schlechtes Omen war.

38

Auf Anweisung seines Vaters, Don Massimo, sollte Francesco Venturi Kardinal Folliero unterstützen und sicherstellen, dass dessen Vorhaben reibungslos verlaufen. Folliero vertraute dem jungen Mann aufgrund seiner Loyalität und Fähigkeiten, die Pläne in die Tat umzusetzen.

Mit dem Dauerbesucherausweis, den Folliero ihm persönlich ausgehändigt hatte, war Francesco ein regelmäßiger Gast im Vatikan. Der Ausweis öffnete ihm die Türen zu nahezu jedem Bereich des heiligen Stadtstaates, und niemand stellte seine Anwesenheit infrage. Doch es war nicht die physische Präsenz, die Francesco wirklich interessierte. Er konnte sich Zugang zu den hochsicheren Systemen verschaffen, indem er sich über den Computer des Kardinals in das interne Netzwerk des Vatikans einloggte.

Nur einige wenige konnten diese Vielzahl von verschlüsselten Sicherheitsprotokollen, Überwachungskameras und Kommunikationswegen überwinden – Francesco war einer von ihnen. Er war ein Spezialist in Cyber-Infiltration, und das wusste Folliero. Mit jeder Sitzung vor dem Computer des Kardinals lernte Venturi mehr über die Sicherheitslücken des Vatikans, über die Geheimnisse, die hinter den dicken Mauern verborgen waren, und über die Schwächen der Männer, die diese Institution leiteten.

Er nutzte seine Zugriffsrechte, um Folliero mit Informationen zu versorgen, die diesem einen strategischen Vorteil verschafften. So konnte er beispielsweise herausfinden, welche Kardinäle besonders anfällig für Erpressung waren, welche Nonnen oder Priester in Skandale verwickelt waren, die vertuscht worden waren, und welche Sicherheitsmaßnahmen vor wichtigen Treffen ergriffen wurden. Nichts blieb ihm verborgen.

Doch Francesco war nicht nur ein Werkzeug für Follieros Pläne. Seine eigenen Beweggründe waren für seine Verstrickung in die Machenschaften des Vatikans verantwortlich. Das Erlangen von Macht, Kontrolle und Wissen durch den Zugang zum Netzwerk war für ihn wie ein Rausch. Jeden Tag darin hatte er das Gefühl, unverzichtbarer und unentbehrlicher zu sein. Er wusste jedoch, dass er vorsichtig sein musste. Obwohl die Überwachungssysteme des Vatikans aus seiner Sicht nicht die allerbesten waren, ging er mit äußerster Sorgfalt vor, benutzte Dutzende von Proxys, verschlüsselte jede seiner digitalen Aktivitäten und löschte alle verräterischen Log-Dateien. Jede unvorsichtige Bewegung oder zu neugieriges Eindringen in das System konnte ihn verraten.

In der Zwischenzeit bemühte er sich, Follieros Vertrauen weiter zu festigen. Er war sich sicher, dass er von dem Kardinal benötigt wurde, damit er die letzten Hindernisse auf dem Weg zum Thron des Papstes überwinden konnte. Jeder der beiden Männer wusste, dass der andere genauso gefährlich wie nützlich sein konnte – sie waren in einer stillen Allianz vereint. Und beide durften sich keinen Fehler in diesem Spiel leisten, das die Kontrolle über die mächtigste religiöse Institution der Welt beinhaltete.

Francesco saß dem Kardinal gegenüber in dessen Amtszimmer, das schon so viele Tragödien erlebt hatte. Die sündenbehaftete Atmosphäre wollte nicht entweichen. Folliero fühlte sich wohl darin.

»Signore Venturi, wie sieht es aus mit unserem Vorhaben? Warum dauert das so lange?«

»Eminenz, wir haben da 'nen Störenfried im Vatikan. Ein Mönch, der uns echt gefährlich werden könnte. Sein Name ist Matteo, Pater Matteo.«

Folliero hörte zu. »Inwiefern könnte er das? Ist er der Grund, warum es nicht weitergeht?«

»Er ist 'n echt guter Hacker, keine Frage, und er hat schon ein paar Mal versucht, meine kleinen Online-Aktionen zu crashen – aber ohne Erfolg.«

»Wenn sie sagen, er war erfolglos, muss ich mir ja offensichtlich keine Sorgen machen – oder?« Folliero war aufmerksam, aber absolut ruhig und entspannt.

Venturi schaute verstohlen auf den ausladenden Ring an der Hand des Kardinals, das Symbol der Autorität und Ziel vieler heuchlerischer Küsse seiner Anhänger.

»Nee, so krass ist er jetzt auch wieder nicht. Klar, er hat 'nen japanischen Kumpel am Start, der ein bisschen Plan von IT hat, aber das Problem der beiden ist echt ihre ganze Moral-Nummer. Die labern dauernd von Ethik und diesem

Gutmensch-Gehabe – das blockiert die halt andauernd.«

»Signore Venturi, der Heilige Stuhl muss geräumt werden. Warten sie nicht mehr zu lange.« Follieros Ton wurde dominanter. »Sie wissen, was zu tun ist, also lassen Sie sich nicht ewig bitten. Auch ihr Vater ist schon ungeduldig.«

»Eminenz, alles ist startklar. In einer Woche gehts los. Am besten halten sie sich dann schön raus, bis der Staub sich gelegt hat. Nutzen sie die Zeit für ein paar Beichten und Vaterunser, wenn's Ihnen hilft«, grinsend stand er auf und verließ grußlos den Raum.

Kardinal Folliero schaute ihm grübelnd nach. Er wusste, dass er einen Pakt mit dem Teufel geschlossen hatte, aber damit befand er sich ja in bester Gesellschaft.

Beim Spaziergang durch die scheinbar unendlichen Gänge des Vatikans beobachtete, lauschte und plante Francesco. Er wusste, dass er morgen seine volle Kraft brauchte, um Follieros Ziel zu verwirklichen und dass die Karten jederzeit neu gemischt werden konnten – und dass es am Ende darum ging, das Spiel nicht nur zu spielen, sondern auch um jeden Preis zu gewinnen.

39

Gavin Doyle war sich sicher, dass die größte Bedrohung nicht von außen kam, sondern von innen. Kardinal Folliero war ihm schon seit einiger Zeit ein Dorn im Auge. Der Kardinal war charmant, intelligent und sehr einflussreich. Gerade wegen dieser Eigenschaften schätzte Doyle ihn als äußerst gefährlich ein. Es waren nicht die üblichen Verdächtigen, die ihn nachts wach hielten, sondern die, die sich im Herzen des Systems einnisteten, und Folliero gehörte zweifellos zu dieser Kategorie.

Doyle wusste um die politische Dimension seiner Position und um die Tatsache, dass es Grenzen gab, die er nicht überschreiten durfte. Doch er war ein Mensch, der auf sein Bauchgefühl hörte, und dieses sagte ihm, dass etwas mit Folliero nicht stimmte. Er hatte seine Kameras schon vor Jahren überall in der Umgebung des Kardinals installiert und diskret eigene Nachforschungen angestellt. Dank Matteos Überwachungstrojanern war er kürzlich auf eine Reihe verdächtiger Vorgänge gestoßen, die alle eine gemeinsame Spur aufwiesen: Francesco Venturi.

Dieser war nicht der erste Besucher mit einem solch weitreichenden Besucherausweis, doch Doyle fand es bemerkenswert, wie oft der junge Mann in den heiligen Hallen des Vatikans auftauchte, ohne dass ein klarer Grund ersichtlich war. Es war auch nicht unbemerkt geblieben, dass Venturi vermehrt in der Nähe von Folliero gesehen wurde, und zwar in Momenten, in denen der Kardinal eigentlich keinen Besuch erwartete.

Mit seinem ausgeprägten Gespür für Bedrohungen und Unregelmäßigkeiten begann Doyle ein Muster zu erkennen. Etwas Größeres war im Gange. Er musste es durchschauen, bevor es eskalierte. Sein sorgfältig aufgebautes Netzwerk würde ihm dabei helfen.

Er aktivierte einige der unauffälligeren Sensoren und Kameras in den Bereichen, in denen Venturi sich aufhielt, und begann, jede Bewegung des jungen Mannes zu verfolgen.

Dazu brauchte er Matteos Hilfe und bat ihn zu sich. Der Pater fühlte sich wohl in der gedämpften Atmosphäre von Doyles Büros. Die Holzmöbel strahlten Seriosität aus, während die dicken Vorhänge den Raum in schummriges Licht tauchten. Matteo saß ruhig auf einem der Ledersessel gegenüber von Gavin Doyle, der sich auf seinem Schreibtischstuhl zurückgelehnt hatte. Die Spannung war greifbar, als sie sich stumm musterten, bevor der Ire das Schweigen brach.

»Sie wissen, Pater, dass das hier gefährlich ist, oder?« Doyles Stimme war leise, fast ein Flüstern, aber sie trug das Gewicht der Bedeutung in sich.

Pater Matteo nickte langsam, seine Hände im Schoß gefaltet, während er Doyle mit festem Blick ansah. »Gefährlich, ja. Aber sie und ich wissen beide, dass im Vatikan immer im Verborgenen gespielt wird. Nur dieses Mal scheinen die Einsätze höher zu sein.«

Doyle zog die Augenbrauen hoch und lehnte sich vor. »Höher, als sie vielleicht denken. Kardinal Folliero –« Er hielt inne, als ob er die Worte sorgfältig abwägte. »Er ist mehr als nur ein charismatischer Kirchenmann. Er ist gefährlich. Und ich habe Grund zur Annahme, dass er sich mit Francesco Venturi einlässt.«

Matteos Miene veränderte sich unmerklich, doch seine Augen verengten sich leicht. »Francesco Venturi? Der Sohn von Don Massimo Venturi?«

Doyle nickte und zog eine Akte aus der Schublade seines Schreibtisches, die er vor Matteo auf den Tisch legte. »Genau der. Venturi taucht immer wieder im Vatikan auf. Und nicht zufällig in der Nähe von Folliero. Niemand weiß genau, warum er hier ist. Aber ich habe ihn beobachtet. Zu oft.«

Matteo zog die Akte zu sich heran und blätterte durch die Seiten. Fotos von Venturi, überwiegend verschwommen, doch immer in den schattigen Fluren des Vatikans. »Und sie glauben, dass Folliero und Venturi gemeinsame Sache machen?«

»Es gibt keine handfesten Beweise – noch nicht.« Doyles Stimme war angespannt, seine Hände ruhten auf der Tischkante. »Aber mein Bauchgefühl sagt mir, dass hier etwas Großes im Gange ist. Folliero häuft zu viel Macht an, und Venturi – der Mann ist zu oft da, um nur ein Zufallsbesucher zu sein. Er hat Zugang zu Bereichen, die für Außenstehende normalerweise gesperrt sind.«

Matteo lehnte sich zurück und legte die Akte vorsichtig beiseite. »Sie riskieren viel mit diesen Anschuldigungen. Wenn sie sich irren, könnten sie alles verlieren, Gavin.«

Doyle schüttelte den Kopf. »Ich irre mich nicht.« Seine Stimme war fest, aber leise. »Folliero ist nicht der, für den er sich ausgibt. Und Venturi – der Kerl ist ein Schatten. Er hat Verbindungen zu IT-Unternehmen in ganz Europa. Er ist in der Lage, das digitale Fundament des Vatikans zu manipulieren, und wenn Folliero ihn unterstützt, dann reden wir hier nicht nur von Macht, sondern von einer völligen Neuausrichtung der Kontrolle.«

Matteo blieb still, seine Augen fixierten Doyle. »Und was genau erwarten sie von mir, Mr. Doyle?«

Doyle nahm einen tiefen Atemzug, seine Finger trommelten auf die Tischkante. »Ihre Hilfe, Pater. Sie haben mit ihrer KI und als Mann der Kirche Zugang zu Bereichen und Personen, die für mich unzugänglich sind. Sie genießen das Vertrauen der Kirchenmänner, und sie sind in der Lage, tiefer zu graben, ohne Verdacht zu erregen.«

Matteo schwieg einen Moment, sein Blick wanderte zu den Fenstern, die den abendlichen Lärm Roms dämpften. »Und was haben sie bisher herausgefunden? Haben sie konkrete Hinweise?«

Doyle drehte seinen Laptop zu Matteo und klickte auf einige Dateien. »Ich habe Venturi im Auge behalten. Überwachungskameras, versteckte Mikrofone. Es ist alles diskret eingerichtet. Mit ihren Trojanern konnte ich viele seiner verschlüsselten Nachrichten abfangen, aber wir brauchen mehr Zeit, um die Inhalte zu entschlüsseln. Die Verbindungen zwischen ihm und Folliero sind da, wir müssen sie nur offenlegen.«

Matteo betrachtete die Bilder und Überwachungsdaten auf dem Bildschirm. »Das ist heikel. Wenn wir zu weit gehen ...«

»Wenn wir es nicht tun«, unterbrach Doyle scharf, bevor seine Stimme wieder ruhiger wurde, »dann verlieren wir die Kontrolle. Der Vatikan ist ein Ort der Macht, aber die wahre Gefahr kommt von innen. Folliero ist nicht der Einzige, aber er ist der Kopf des Netzwerks.«

Matteo lehnte sich vor, seine Stimme wurde leiser. »Was, wenn sie sich irren? Wenn Folliero unschuldig ist?«

Doyle verschränkte die Arme und sah Matteo durchdringend an. »Das Risiko gehe ich ein. Wir müssen handeln, bevor es zu spät ist.«

Eine lange Stille folgte. Schließlich nickte Matteo langsam. »Gut. Aber seien sie vorsichtig. Wenn Folliero tatsächlich in diese Machenschaften verwickelt ist, dann hat er Verbündete, von denen wir noch nicht einmal wissen und – ich kenne Francescos Vater schon seit meiner Kindheit. Wenn der Sohn nur halb so böse ist wie er, dann ist das Problem noch größer, als wir beide denken.«

Doyle stand auf und streckte Matteo die Hand entgegen. »Cautious is my middle name, Pater.«

Matteo erhob sich ebenfalls und nahm die Hand. »Dann sollten wir uns besser an die Arbeit machen.« Auf einem der weitläufigen Gänge des Gebäudes begegnete Doyle dem Kardinal, grüßte ihn freundlich und wie beiläufig fragte er: »Eminenz, entschuldigen sie bitte. Kennen sie Francesco Venturi?«

Folliero war überrascht »Ja, er ist der Sohn eines Bekannten – warum?«

»Nun ja«, Doyle gab sich nicht wissend, »er ist offensichtlich im Besitz eines Dauerbesucherausweises, den er von Ihnen erhalten hat. Hat das seine Richtigkeit? Es ist andernorts schon viel Schindluder mit diesen Ausweisen getrieben worden.«

»Ja, der junge Mann hilft mir bei etlichen Anlässen, bei Besuchen karitativer Einrichtungen, bei Vorbereitungen von Ansprachen und jeder Menge anderer Dinge. Er ist recht ehrgeizig und ist mir eine große Hilfe. Außerdem bedenkt uns sein Vater mit äußerst großzügigen Spenden, die wir ausschließlich für wohltätige Zwecke verwenden. Wir werden also für diesen Mitarbeiter noch bezahlt.«

»Natürlich, Eminenz, ich habe leider immer die undankbare Aufgabe, solche Dinge zu überprüfen. Bitte entschuldigen sie die kleine Unannehmlichkeit.«

»Signore Doyle, sie tun ihre Pflicht. Das beruhigt mich und gibt mir Sicherheit bei der Verrichtung meiner Arbeit.« Folliero zeigte sein süffisantestes Lächeln und entfernte sich im Bewusstsein seiner Unantastbarkeit.

Doyles Gedanken waren irisch laut in seinem Kopf, während er Folliero länger nachschaute: *Mögest du von einem Juckreiz geplagt sein und keine Nägel zum Kratzen haben!*

Er versuchte, die hartnäckigen Knoten in seinem Kopf zu entwirren. Er wusste, dass Francesco Venturi der Sohn des Don war und frei im Vatikan herumlaufen konnte.

40

Nachdem sie ihren Vortrag in der päpstlichen Lateranuniversität beendet hatte, ging sie rüber zum großen Saal und setzte sie sich in eine der hinteren Reihen.

Kardinal Edoardo Folliero war Gastredner. Sie hatte schon viel von ihm gehört. Nun stand er also am Rednerpult und fesselte die Anwesenden an seine Lippen. Ariellas Blick war starr auf ihn gerichtet. Folliero durchdrang den Raum mit seiner Autorität und seine sonore Stimme füllte jede Ecke des Saales. Mit seinen präzisen und wohlüberlegten Worten zog er die Menge in seinen Bann. Etwas Magisches haftete ihm an. Die Zuhörer waren gefangen von seiner Eloquenz und lauschten aufmerksam.

Ariella musste anerkennen, dass sie selten einen derart auf beängstigende Weise überzeugenden Redner gehört hatte. Sie konnte ihren Blick nicht von ihm lösen, während er die Menge mit scharfsinnigen, zugleich subversiven Gedanken in den Bann zog und dabei das trügerische Bild eines Menschenfreundes projizierte. Die purpurrote Soutane umgab ihn wie ein satanischer Heiligenschein, als er freundlich lächelnd die Gäste begrüßte:

»Geschätzte Kolleginnen und Kollegen, verehrte Geistliche und Studierende, und sie, die gekommen sind, um an einem neuen Denken teilzuhaben, ich danke Ihnen für ihre Anwesenheit. Die Welt steht am Scheideweg – und die alten Antworten sind nichts weiter als verstaubte Reste eines Glaubens, der Menschen klein hält. Die Zeit ist gekommen, in der wir die Schwächen abstreifen und zu dem werden, wozu die Schöpfung uns befähigt hat: Lange Zeit hat man dem Menschen erzählt, er müsse sich bescheiden, sich selbst verleugnen, sich einem größeren Ganzen unterordnen. Doch ich sage Ihnen: Das ist ein Blendwerk. Jeder Mensch ist ein einzigartiges Resultat der Schöpfung – und genau diese Einzigartigkeit ist heilig. Es ist nicht an uns, sie zu dämpfen, sie zu verbergen oder in Scham zu ertränken. Unsere Einzigartigkeit ist kein Stolperstein, sondern das zentrale göttliche Element unserer Existenz! Die heilige Individualität verlangt, dass wir jeden Menschen als Tempel seiner selbst betrachten – und als solche sind wir dazu aufgerufen, das volle Potenzial dieses Tempels zu entfalten. Weg mit der falschen Demut! Wir sind nicht dazu da, unser Licht unter einem Scheffel zu verstecken, sondern um es leuchten zu lassen, um zu zeigen, was wir wirklich sind: die Schöpfung selbst in ihrer reinsten Form.«

Indem er fortfuhr, hob er beide Arme weit nach oben und ließ sie dann langsam auseinander gleiten, die Zeigefinger erhoben, als wollte er die gesamte Menschheit mit einer einzigen Geste ermahnen. Sein Blick schweifte dabei bedeutungsvoll über die Menge und drang in die Seele jedes Einzelnen:

»Sehen sie sich um: Eine Welt voller Schwächlinge, die auf Führung und Erlösung warten, die sich kleinmachen, die ständig klagen und jammern. Und zu welchem Zweck? Ein Leben in Kraftlosigkeit und Mangel führt zu nichts. Ich sage Ihnen: Es ist an der Zeit, den Menschen wieder an die Macht seines eigenen Willens zu erinnern. Stärke – das ist die neue Währung der Menschheit, das ist das Maß unserer Würde. Das Evangelium der Stärke verlangt, dass wir das Dasein als Kampf verstehen und die Herrschaft über uns selbst gewinnen. Wollen wir als Schafe leben, die zur Schlachtbank geführt werden? Oder wollen wir unsere eigene Bestimmung in die Hand nehmen, unseren eigenen Weg gehen und jeder Widrigkeit ins Gesicht lachen? Das ist die wahre Größe des Menschen: der Wille zur Kraft.«

Seine erhobene, geballte Faust betonte das kämpferische Ansinnen.

»Was ich Ihnen sage, ist keine blasse Vision. Es ist der Aufruf zu einer neuen Menschheit, einer neuen Menschheit, die sich nicht länger von schwachen, überholten Idealen des Mitgefühls und der falschen Demut leiten lässt. Die neue Menschheit fordert uns heraus, das alte Menschsein, das wir kennen, hinter uns zu lassen. Die, die nicht folgen wollen, werden zurückgelassen – wir haben nicht die Zeit, alle mit uns zu schleppen. Dies ist kein Weg für die Massen, sondern für jene, die bereit sind, das Alte zu zerschlagen und das Neue zu umarmen. Eine Menschheit, die aus der Kraft und dem Licht in uns selbst erwächst, dass die Erde nicht als Wartesaal des Himmels sieht, sondern als Arena, in der wir uns bewähren, über uns hinauswachsen und unser göttliches Potenzial freisetzen.«

Follieros ganzer Körper bebte und er hatte Mühe, seine aufgestaute Wut zu unterdrücken.

»Der Mensch wurde zu lange in Ketten gehalten, erstickt von Dogmen, die behaupten, die Wahrheit läge außerhalb von ihm. Nichts könnte absurder sein! Die Wahrheit wohnt in uns. Sie ist kein Mysterium, das nur die Auserwählten sehen, keine Belohnung am Ende eines Gehorsams. Sie ist der Mut, uns selbst zu erkennen, sie ist der Mut, der zu uns spricht, wenn wir all das Äußere loslassen. Wer dies erkennt, wird niemandem mehr gehorchen als sich selbst, wird wissen, dass er selbst das Maß der Wahrheit ist und die Kraft hat, sein eigenes Gesetz zu sein.«

Er stützte sich mit beiden Armen auf das Pult, ließ seinen Kopf mit geschlossenen Augen sinken und erzwang so eine aufregende Stille im Raum. Jetzt hatte er die volle Aufmerksamkeit aller Anwesenden und verlieh seinem Schlusssatz dadurch eine eindringliche Bedeutsamkeit. Folliero hob langsam seinen Kopf und verkündete mit lauter Stimme, während er sich aufrichtete:

»So sage ich Ihnen: Genug mit den falschen Bescheidenheiten, genug mit den alten Lügen. Diese Welt braucht keinen Erlöser, sie braucht eine neue Menschheit. Seien sie das Feuer, das das Alte verzehrt. Seien sie der neue Mensch, der keine Fesseln mehr kennt. Lassen sie uns gemeinsam die Flamme der neuen Menschheit entfachen!«

Während Folliero sprach, war Ariellas Geist in Aufruhr. Düstere Wolken überschatteten jeden Satz, der aus seinem Mund kam. Dieser Mann war vielfach in kriminelle

Machenschaften verwickelt. Diese Wahrheit hatte Ariella hart getroffen, als ihr Rosaria gestanden hatte, dass Folliero nicht nur ein einflussreicher Kardinal, sondern auch ihr leiblicher Vater war. Der Gedanke, dass der Mann, der sie gezeugt hatte, seine Macht für dunkle Geschäfte missbrauchte, nagte unaufhörlich an ihr.

Seine Rede erinnerte sie an Nietzsches Werk ›Antichrist‹. Hier ging es nicht um Demut, Reue oder Vergebung, sondern um Autorität, Stolz und Unabhängigkeit.

Während sie in dem Saal saß, war sie sich nicht sicher, wie sie sich fühlen sollte. Die Wärme, die sie für ihn empfand, war da, ebenso wie die Abscheu. Wie konnte sie sich zu einem Mann hingezogen fühlen, den sie verachten sollte? Diese Vorstellung war wie ein Gift, das ihre Seele zersetzte. Ihr Herz schlug schneller, als Folliero zu einem leidenschaftlichen Höhepunkt seiner Rede kam, doch ihre Hände zitterten unkontrolliert, als ihre Gedanken sie wieder in die Realität zurückholten. Er war ein Verbrecher, aber er war auch ihr Vater.

Die Menge applaudierte frenetisch am Ende des Vortrags. Die Leute verließen den Saal, doch Ariella blieb noch sitzen. Sie fühlte sich wie gelähmt, unfähig, sich zu bewegen. Ihr Verstand war ein Chaos aus widersprüchlichen Gefühlen. Sollte sie ihm gegenübertreten? Sollte sie die Wahrheit ansprechen oder ihn weiterhin in Unwissenheit lassen? Sie erinnerte sich an Rosarias eindringliche Warnung.

Während sie diese Fragen in ihrem Kopf wälzte, trat Folliero von seinem Podium herab. Er schritt durch die Reihen, hielt hier und da an, um ein paar Worte mit den Anwesenden zu wechseln. Schließlich fiel sein Blick auf Ariella. Ihre Augen trafen sich, und für einen Moment schien die Zeit stillzustehen. In seinem Blick war keine Spur von Erkennen, doch Ariella spürte eine Verbindung, die tiefer ging, als es ihre Worte je ausdrücken könnten. Ahnte er etwas, fragte sie sich unwillkürlich, doch sie schob den Gedanken beiseite. Es war unwahrscheinlich, dass er von ihr wusste.

»Sie haben sehr aufmerksam zugehört«, sagte Folliero, als er auf sie zutrat. Seine Stimme war warm, fast väterlich, und dennoch trug sie eine gewisse Schärfe in sich, die Ariella beunruhigte. Es war, als hätte er schon vor Ewigkeiten gelernt, mit Worten zu manipulieren.

Ariella zwang sich zu einem Lächeln. »Ja, der Vortrag war sehr aufschlussreich«, antwortete sie. Obwohl ihr Herz raste, machte sie schnippisch weiter: »Nietzsche hätte Freudentänze vollführt.« Wie konnte er so ruhig vor ihr stehen? Dieses Monster hatte ihre Mutter gequält und doch bewunderte sie ihn.

Folliero war in der Tat etwas verwundert wegen dieser gepfefferten Bemerkung, aber wie selbstverständlich fragte er: »Sollten wir unsere Unterhaltung nicht bei einem Kaffee fortsetzen? Ich würde gerne mehr über ihre Ansichten erfahren.«

Ariella zögerte nur kurz, bevor sie nickte. »Ja, gerne.« Die Worte kamen schneller über ihre Lippen, als sie es geplant hatte. Warum willigte sie so schnell ein? Wenig später saßen sie in einem kleinen, ruhigen Café, fernab der geschäftigen Straßen Roms. Die Atmosphäre war entspannt, doch Ariella konnte die innere Anspannung nicht abschütteln. Sie spürte Follieros Blick auf sich ruhen, während er mit sanfter Stimme über seinen Glauben und seine Arbeit sprach. Wie konnte ein Mann, der so viel über Religion, Ethik und Moral redete, in solch dunkle Machenschaften verstrickt sein? Diese Frage brannte in ihr, doch sie sprach sie nicht aus.

»Ihre Tiefgründigkeit fasziniert mich«, bemerkte Folliero und musterte Ariella genauer, »jemanden mit solcher Konzentration und Stille findet man selten.«

Ariella errötete leicht, überrascht von seiner Bemerkung. »Danke«, murmelte sie, und doch wusste sie, dass seine Worte nicht nur schmeichelhaft waren, sondern auch eine gewisse Distanz in ihr verstärkten. *War dies seine Methode, Menschen für sich zu gewinnen?«*, fragte sie sich.

»Was studieren sie?«, erkundigte er sich schließlich und lehnte sich zurück.

»Ich habe Kirchengeschichte und Philosophie studiert«, antwortete Ariella, bemüht, ihre Stimme ruhig zu halten. »Und jetzt unterrichte ich Ethik.«

Folliero hob eine Augenbraue und lächelte. »Ethik, ein sehr anspruchsvolles Fach. Die Welt braucht mehr Menschen wie sie – aufrichtige Menschen, die sich für das

Wahre und Richtige einsetzen.« Es war ein Lob, doch für Ariella klang es hohl. Wie konnte er solche Worte aussprechen, wenn er selbst in Unrecht verwickelt war und das Gegenteil predigte?

Während das Gespräch weiterging, spürte Ariella, wie der innere Druck immer größer wurde. Sollte sie ihm die Wahrheit sagen? Jedes seiner Worte schien ihre Zuneigung zu ihm zu verstärken, wogegen gleichzeitig ihre Abscheu wuchs. Sie wusste nicht, auf welcher Seite sie bei diesem Kampf letztendlich stehen würde.

Der Nachmittag verging schneller, als sie erwartet hatte. Während sie das Café verließen und Folliero ihre Hand ergriff, um sich zu verabschieden, spürte sie erneut diesen seltsamen Funken zwischen ihnen. War es möglich, dass er etwas ahnte?

»Ich hoffe, wir sehen uns bald wieder einmal«, sagte er. Ihre Hand hielt er dabei einen unangenehmen Moment länger als erwartet.

Ariella nickte stumm, unfähig, eine Antwort zu formulieren. Ihre Gedanken waren ein Wirbelsturm aus widersprüchlichen Gefühlen. Hasse ich ihn? Oder liebe ich ihn? Diese Frage würde sie noch lange verfolgen, während sie in der kühlen Abendluft den Weg zurück zur Universität ging. Ariella konnte es nicht erklären. Sie fühlte sich von diesem Mann förmlich eingehüllt, wie von einer unsichtbaren Macht, die sie an sich zog, als ob seine bloße Anwesenheit etwas in ihr freigesetzt hätte. Follieros Aura, seine stille, aber tief verwurzelte Autorität, hatten ihren Verstand in

Aufruhr gebracht. Eine seltsame Mischung aus Bewunderung und Angst durchströmte sie. Es war, als hätte er einen Schleier der Verwirrung über ihr Bewusstsein gelegt, einen Nebel, der sich beständig dichter um sie zog, je mehr sie über ihn nachdachte.

In den Tagen nach dem Vortrag begannen ihre Gedanken sich häufig um Folliero zu drehen. Sie träumte von ihm – seltsame, verworrene Träume, in denen er Macht ausstrahlte und ihr Befehle erteilte, die sie blind ausführte. Es war nicht direkt Zwang, aber eine tiefe innere Verpflichtung, etwas zu tun, das sie nicht erklären konnte. Eine Stimme in ihr sagte, dass dieser Mann, außer dass er ihr Vater war, eine Rolle in ihrem Leben spielte, die sie noch nicht begriff.

Folliero war nach diesem Treffen sofort von Ariellas Anmut und ihrem Intellekt beeindruckt. Doch hinter seinem charmanten Lächeln formte sich schnell ein düsterer Plan. Sein Instinkt hatte sich alarmierend gemeldet. Er hatte schon so viele Menschen manipuliert und kontrolliert, dass es für ihn zu einem kalten, routinierten Spiel geworden war. Und nun war Ariella das nächste Ziel. Um sicherzugehen, dass er sie vollkommen unter seine Kontrolle bringen konnte, beauftragte er seinen Mann für die schmutzigen Arbeiten: Francesco Venturi.

Venturis Fähigkeit, Informationen aufzuspüren, die selbst im tiefsten, dunkelsten Winkel verborgen lagen, waren legendär. Mit seiner kriminellen Raffinesse und detektivischen Spürnase durchsuchte er das Netz und stieß auch auf gut versteckte und verschlüsselte Akten. Er tauchte tiefer in Ariellas Leben ein, als sie es selbst je getan hatte.

In den letzten Stunden seiner Recherche setzte er die Puzzleteile zusammen, eines nach dem anderen. Adoptiert. Leibliche Mutter: Rosaria Sabbatini. Leiblicher Vater: Edoardo Folliero. Venturi musste bei dieser Entdeckung schmunzeln. Sogar mit einem DNA-Test nachgewiesen. *Alle Achtung,* dachte er. *Diese Frau war also Follieros Tochter und er wusste nichts davon.* Ein grausames Lächeln legte sich auf seine Lippen.

41

Matteo plante die Entführung von Kardinal Folliero, bevor dieser noch mehr Schaden anrichten konnte. Alles musste außerhalb jeder Gerichtsbarkeit passieren, um sein straffes Netzwerk von Staats- und Kirchendienern zu umgehen. Mit moderner Technologie und einer klaren Strategie, nämlich der gemeinsamen KI-Software von ihm und Kaito zur Informationsgewinnung über den Kardinal, konnte nichts schiefgehen. Diese Software durchsuchte viele Datenquellen. Städtische Register und Zeitungsartikel gaben Einblicke in Follieros öffentliches Leben. Die KI schaute auch in soziale Medien, um seine Gewohnheiten und Kontakte herauszufinden.

Matteo hatte Zugang zu Kirchenkalendern, um die Termine des Kardinals zu verfolgen. Außerdem hatte er dessen Handy gehackt. So konnte er E-Mails, Chats und Anrufe überwachen. Daten von CCTV-Kameras im Vatikan und GPS-Aufzeichnungen des Handys halfen ihm, die Bewegungen und Sicherheitsroutinen des Kardinals zu analysieren.

Die KI fand Muster und Schwachstellen in Follieros Tagesablauf. Besonders wichtig war die Entdeckung, dass er jeden Mittwochabend allein in seiner Bibliothek betete. Zu dieser Zeit machten die Sicherheitskräfte von 19:00 bis 19:30 Uhr eine Kaffeepause – eine perfekte Gelegenheit.

Für seinen Plan verwendete er Kaitos EmoPluggs, die mit den gesammelten Informationen und speziellen KI-Tools ausgestattet waren. Er bereitete auch ein schnelles, geruchloses Beruhigungsmittel vor. Matteo entschied sich für Midazolam, das schnell wirkt und ein bis zwei Stunden anhält.

Um die Schweizergarde abzulenken, schlug die KI ein Ablenkungsmanöver vor. Matteo installierte ein kleines Gerät im Ostflügel des Vatikans. Diese Vorrichtung konnte Rauch über die Lüftung freisetzen und einen Brandalarm auslösen, um die Sicherheitskräfte zu beschäftigen.

Matteo saß in seinem kleinen Büro, das die Vatikanverwaltung für ihn eingerichtet hatte. Es war ein idealer Ort für seinen Plan, als Kaito klopfte und er ihn hereinließ.

»Was geht, Matt?« Kaito war wie gewohnt energiegeladen.

»Ich bin immer noch am Zweifeln, ob wir das tatsächlich durchziehen sollen«, gab Matteo zu bedenken, »Du bist doch noch dabei – oder?«

»Klar doch, ich habe selten so viel Spaß gehabt. Es ist was anderes, für den Ernstfall zu programmieren, als nur für Eventualitäten«, lachte er, setzte sich hin und sah Matteo an. »Was ist eigentlich mit Schwester Rosaria? Was tut sie dabei?«

»Du weißt, sie kennt Folliero sehr gut und ist das beste Alibi, das uns passieren kann. Außerdem hasst sie ihn genauso wie ich. Rosaria kann sich dem Kardinal nähern, ohne dass jemand Verdacht schöpft.«

Kaito nickte zustimmend. »Perfekt, also alles läuft nach Plan.« Matteo gab zu bedenken, dass sie ohne Kenntnis von Passwörtern in vertrauliche Bereiche gelangen mussten. Dafür benötigten sie neben technischen Fähigkeiten auch ein umfassendes Verständnis der internen Systeme und Strukturen des Vatikans.

Auf der Basis der umfangreichen Ausbildung und der langjährigen Erfahrung im Bereich der Cybersicherheit erarbeiteten Matteo und Kaito innovative und kreative Lösungen. Sie fingen an, verschlüsselte Netzwerke zu verwenden, indem sie Schwachstellen in den vorhandenen Systemen erkannten und ausnutzten. Durch den Einsatz von Social-Engineering-Techniken und fortschrittlichen Hacking-Methoden konnten sie sich ohne Zugangscodes in die internen Dateistrukturen des Vatikans einloggen, für die sie keine Zugangserlaubnis hatten.

»Ey Matt, hast du schon die neuen Protokolle getestet?«, fragte Kaito, während er eine Tasse Kaffee in der Hand hielt.

»Ja, klar. Die laufen wie geschmiert. Aber wir müssen sicherstellen, dass die Jungs hier das auch verstehen«, antwortete Matteo und grinste.

»Kein Problem. Ich mach die alle fit«, sagte Kaito mit einem Augenzwinkern. »Die werden sich wundern, wie cool Cybersicherheit sein kann.«

Immer sorgten sie dafür, dass sie die Integrität der Systeme nicht in Gefahr brachten. Sie nutzten ihr Wissen über die IT-Infrastruktur des Vatikans, um gezielt zu handeln, ohne dass sie dabei entdeckt wurden. Sie wollten sensible Daten, unter anderem für private Bereiche, erhalten, die für ihr Projekt unverzichtbar waren. Matteo und Kaito verhielten sich trotz ihrer riskanten Taten und der potenziellen Entdeckungsgefahr ruhig und konzentriert. Sie wussten, dass jede unvorsichtige Handlung ihr Schicksal gefährden und schwerwiegende Konsequenzen mit sich bringen könnte. Sie durcharbeiteten die Sicherheitssysteme mit Geschick und Präzision und waren immer einen Schritt voraus, um ihre Ziele zu verwirklichen.

»Hey Kaito, hast du gesehen, wie die Wachen auf den Rauchmelder-Probealarm reagiert haben?« Matteo lachte leise.

»Ja, Mann. Das war zu gut. Die haben sich fast in die Hosen gemacht«, erwiderte Kaito kichernd. »Unser kleines Ablenkungsmanöver war ein voller Erfolg.«

»Wir müssen echt aufpassen, dass wir nicht zu viel Lärm machen«, meinte Matteo und sah sich um. »Aber so lange alles nach Plan läuft, sind wir safe.«

Für ihr Ziel waren äußerste Diskretion und Effektivität erforderlich. Sie waren sich der Risiken bewusst, entschieden sich jedoch, ihre Aufgaben zu erledigen, ohne dabei die Sicherheit zu gefährden. Sie näherten sich ihrem Ziel, indem sie jeden Schritt durchdachten und bereit waren, alle Hindernisse zu überwinden, die ihnen im Weg standen – aber trotz ihrer umfassenden Kenntnisse und Fähigkeiten gab es wachsame Augen und Ohren im Vatikan, die sie schon längere Zeit mit äußerster Sorgfalt beobachteten und alle ihre Aktivitäten protokollierten.

»Also, was ist unser nächster Stepp?«, fragte Kaito, als sie sich wieder in Matteos Büro trafen.

»Alter, wir müssen echt gucken, dass wir keine Spuren hinterlassen. Die Sache mit den Überwachungskameras war ziemlich knapp«, sagte Matteo mit ernster Miene.

»Kein Stress. Wir sind die Besten darin, unsichtbar zu bleiben«, meinte Kaito und legte eine Hand auf Matteos Schulter. »Wir rocken das – zusammen.«

»Ja, Mann. Zusammen sind wir unschlagbar«, antwortete Matteo und grinste leicht.

42

Antonia Giordano schien auf den ersten Blick ein normales
Leben zu führen. Sie war eine erfolgreiche Architektin,
hatte sich einen Namen in Rom gemacht und lebte in einer
schicken Wohnung im Stadtteil Monti. Von außen wirkte
ihr Leben perfekt. Sie war blond, attraktiv, eloquent und
schien die Vergangenheit hinter sich gelassen zu haben.
Doch tief in ihr herrschte ein unaufhörlicher Kampf gegen
die Schatten, die sie immer wieder heimsuchten.

1995, als sie erst sieben Jahre alt war, geriet Antonia in
die Fänge von Kardinal Folliero und seinen Komplizen.
Was sie durchmachte, war unaussprechlich und hinterließ
Narben, die niemand sehen konnte, die jedoch tief in ihre
Seele gebrannt waren. Sie verbrachte Jahre im Waisenhaus
Santa Lucia, das von außen wie ein Ort des Schutzes aus-
sah, aber in Wahrheit ein Paradies für das Böse war. Der
Missbrauch hatte sie innerlich zerbrochen, doch irgendwie
hatte sie es geschafft, weiterzumachen.

Antonia baute sich ein neues Leben auf. Sie ging zur
Universität, schloss Freundschaften und begann eine Karriere. Sie hatte sogar eine kurze, aber intensive Beziehung,
doch ihre Dämonen ließen sie nie los. Jede Nacht, wenn sie
die Augen zumachte, kehrten die Bilder zurück – die kalten
Hände, das schäbige Lächeln des Kardinals, das Flüstern in
dunklen Fluren. Ihre Albträume waren kein Zufluchtsort,

sondern ein Spiegel ihrer Vergangenheit, ein grausamer Zirkus, der unaufhörlich lief.

Trotzdem ging sie tapfer zu ihren Geschäftsterminen, zeichnete Pläne und tat so, als wäre nichts geschehen.

Doch ihre Maske begann zu bröckeln. In letzter Zeit häuften sich die Erinnerungen. Sie fühlte sich beobachtet, als ob jemand immer hinter ihr stand, auch wenn niemand da war. Ihr Herzschlag beschleunigte sich in den unerwartetsten Momenten – in Aufzügen, in Cafés oder sogar bei Kundengesprächen. Diese unkontrollierbaren Flashbacks waren wie Dolche, die sich in ihre Psyche bohrten.

Eines Nachts, als der Schlaf sie wieder quälte, erwachte Antonia schweißgebadet und mit einem Schrei, der die Stille durchbrach. Das Bild des Kardinals, sein kaltes Gesicht, tauchte vor ihrem geistigen Auge auf. Sie konnte es nicht mehr ignorieren. Die Vergangenheit forderte ihren Tribut, und sie wusste, dass sie etwas unternehmen musste, bevor sie endgültig daran zerbrach.

Antonia erinnerte sich an Schwester Rosaria, die immer freundlich zu ihr war. Ob sie noch im Waisenhaus war? Das könnte sie leicht herausfinden. Ein Telefonat mit der Heimleitung brachte Gewissheit. Rosaria arbeitete noch dort und Antonia machte direkt einen Besuchstermin am nächsten Tag aus.

Als sie allerdings vor dem Tor des Waisenhauses stand, wuchs ihr Unbehagen. Alle Erinnerungen waren mit einem Schlag wieder da. Der Geruch von Weihrauch ließ sie fast ohnmächtig werden und sie spürte den Griff der dunklen

Mächte, die einst ihre Unschuld genommen hatten. Panikartig drehte sie sich um und fuhr in ein nahe gelegenes Café, von wo sie Rosaria anrief und bat, sich mit ihr dort zu treffen. Diese sagte sofort zu und kam zehn Minuten später an.

»Schwester Rosaria, ich freue mich, dass sie kommen konnten. Ich bin Antonia Giordano«, sagte sie und kam gleich zur Sache. »Sie werden mich nicht mehr kennen, aber ich war auch als Kind im Santa Lucia.«

Rosaria musterte sie einen Augenblick lang und erwiderte: »Ich weiß genau, wer sie sind und was sie durchmachen mussten – wie geht es Ihnen jetzt?«

»Ich habe versucht, etwas aus meinem Leben zu machen. In finanzieller Hinsicht ist es mir auch gelungen, aber die Bilder im Kopf sind nach wie vor da. Die Schmerzen von damals spüre ich heute noch – so richtig körperlich – echt, keine Einbildung. Sogar mit Beziehungen habe ich große Probleme ...«, Antonia ließ ihren Gefühlen freien Lauf. Rosaria war für sie immer noch die freundliche und verständnisvolle Person von damals, die ihre schützenden Flügel über die kleinen verletzten Seelen ausbreitete wie ein gottgesandter Engel. Mit ihr hatte sie jederzeit reden können. Auch jetzt hatte sie so ein befreiendes Gefühl der Seelenheilung. »Kann ich etwas für sie tun, Antonia?«, fragte Rosaria mitfühlend. »Ich – ich weiß selbst nicht, aber ich muss diesen Albtraum beenden.«

Rosaria kam plötzlich ein Gedanke in den Sinn: »Haben Sie noch Kontakt zu anderen Kindern oder besser gesagt

Folliero-Opfern von damals?«

Antonia nickte aufgeregt: »Ja, den meisten geht es ähnlich wie mir. Andauernd Flashbacks und abscheuliches Kopfkino.«

»Könnten sie sich vorstellen, als Zeugen aufzutreten, wenn Folliero vor Gericht steht?«, triumphierte Rosaria mit stolzer Mimik.

»Kriegt er jetzt endlich, was er verdient?« Antonia hätte hüpfen können vor Freude.

»So was Ähnliches«, flunkerte Rosaria, »haben sie die Namen parat?«

Antonia öffnete ihre Telefon-App auf dem Handy und suchte die Namen raus und notierte sie alle auf einem vergilbten Zettel, den Rosaria sofort einsteckte. »Okay«, meinte sie, »ich werde die Leute kontaktieren, wenn es Ihnen recht ist? Wir werden auch noch andere ermitteln. Freunde von mir sind bei solchen Themen sehr einfallsreich.«

»Ja – vielleicht können wir uns dann alle einmal für eine Besprechung vorher treffen?« Antonia nestelte an ihrem Handy herum.

»Das müssen wir sogar – es ist etwas kompliziert«, erwiderte Rosaria, »ich hoffe nur, dass alle mitmachen.«

»Das werden sie – so sicher wie das Amen in der Kirche.« Antonia war sehr zuversichtlich.

43

Pater Matteo stand in der Dunkelheit seiner kleinen Kammer im Kloster, das schwache Licht der alten Glühbirne warf gespenstische Schatten auf die Wände. Sein Atem war ruhig, doch tief in seinen Augen brannte ein Feuer, das niemand kannte. Eines, das seit Jahren loderte, angefacht von den schrecklichen Erinnerungen an seine Kindheit – an das, was der Kardinal ihm angetan hatte.

Folliero. Schon der Name ließ ihm das Blut in den Adern gefrieren, aber gleichzeitig erweckte er etwas in Matteo, das er lange unterdrückt hatte. Eine brennende Wut, die nicht verging, egal wie viele Gebete er sprach, wie oft er Buße tat oder wie sehr er versuchte, den Pfad der Vergebung zu finden.

Doch die Dunkelheit blieb. Und die Wut wuchs.

In den stillen Stunden der Nacht, wenn die Welt um ihn herum schlief und ganz Rom seinen Träumen nachhing, begann Matteo seine heimliche Ritualarbeit. Jeder Schritt war bedacht, jede Handlung geübt. In seinem Versteck, wo niemand jemals nach ihm suchte, sammelte er seit Wochen Dinge, die kein Mensch mit einem Priester in Verbindung bringen würde: dicke Lederriemen, scharfe Klingen, antike Werkzeuge aus Eisen, deren Zweck schon lange vergessen war, und ein eiserner Handbohrer, der vor Jahrhunderten in der Inquisition verwendet worden war. Es war ein altes, längst aufgegebenes Gewölbe tief in den Katakomben des Vatikans, in einem wenig frequentierten Teil des Apostolischen Palastes, das die KI in den historischen Plänen des Gebäudes entdeckt hatte. Der Raum war optimal – abgeschieden, gut verborgen und ohne moderne Überwachung.

Dieser abgelegene Bereich, reich an geschichtsträchtigem Charme und seltener Nutzung, bot die perfekte Tarnung für ein geheimes Versteck. Da er weder Artefakte noch andere wertvolle Gegenstände barg, konnte Matteo sicher sein, dass niemand Interesse an diesem Ort zeigen würde.

Es war ein weitläufiges Gewölbe mit einer majestätisch hohen Decke, die den Raum in eine bedrückende, beinahe ehrfurchtsvolle Atmosphäre tauchte. Ein unscheinbarer Weg führte zu dem verborgenen Kellereingang hinter einer alten, nicht genutzten Kapelle. Dieser Zugang war durch eine massive Holztür verdeckt, die allein mit einem rostigen Schloss gesichert war, um jegliches Interesse zu vermeiden.

Matteo hatte seine vielversprechenden und Qual verheißenden Instrumente mit akribischer Sorgfalt beschafft – von Antiquitätenhändlern auf Flohmärkten, aus versteckten Lagern, die nur wenige kannten. Niemand fragte nach seinem Interesse an diesen düsteren Relikten, weil er es schaffte, die Maske des freundlichen Priesters perfekt aufrechtzuerhalten. Aber tief in seinem Inneren hatte sich ein anderer Matteo manifestiert, der wusste, dass er diese

Werkzeuge eines Tages brauchen würde. Er stellte sich oft vor, wie er den Kardinal in die Kammer schleifen würde. Folliero, der Mann, der ihm in der Kindheit all diese Qualen zugefügt hatte, der sein Vertrauen missbraucht und seine Seele geschändet hatte. Dieser Psychopath, der es verdient hatte, für seine Taten zu büßen. In Matteos Fantasien lag Folliero wehrlos auf dem Boden, seine Hände und Füße festgebunden, während Matteo über ihm stand, ruhig und unerbittlich. Jede Bewegung, jedes Werkzeug, das er anfasste, wurde in diesen dunklen Gedanken zu einem Symbol seiner lang ersehnten Rache.

Die kalte Klinge eines Skalpells, das er vor Kurzem bei einem Chirurgen erstanden hatte, glitt in seiner Vorstellung leise über die Haut des Kardinals. Nicht schnell, nicht brutal – sondern langsam und qualvoll, sodass Folliero jede Sekunde spürte. Matteo sah die Angst in Follieros Augen, hörte die gedämpften Schreie, die das alte Gemäuer des Klosters nie verlassen würden. Aber es war nicht der Schmerz allein, den Matteo genoss – es war die Kontrolle, die er endlich über den Mann gewann, der einst all seine Macht über ihn ausgespielt hatte.

Manchmal, wenn er durch das Kloster ging, blitzten ihm diese Gedanken durch den Kopf. Während er Messen hielt oder den Gemeinden Trost spendete, war der andere Matteo nur knapp unter der Oberfläche verborgen, der Pater, der jeden Moment bereit war, das Versteck im Vatikan aufzusuchen, die alten Folterinstrumente zu inspizieren, zu polieren, sich vorzustellen, wie es wäre, sie zu benutzen.

Follieros schmieriges Lächeln vor seinem geistigen Auge wandelte sich dann schnell zu einem Gesicht voller Angst und Verzweiflung.

Die Zeit kam näher. Matteo spürte es wie ein Jäger, der sein Ziel über Monate beobachtet und auf den perfekten Moment gewartet hatte. Er hatte keine Eile. Alles musste genau richtig sein. Es sollte nicht nur ein Mord sein – es sollte eine Abrechnung werden. Ein Ende, das jede Qual, die er als Kind erlitten hatte, widerspiegelte.

Eines Nachts, als er wieder das Versteck besuchte, öffnete er die schwere Truhe und ließ seine Hand über die glatten, kalten Oberflächen der Folterinstrumente gleiten. Sein Atem wurde schneller, und sein Herz pochte in der Brust, als er den Handbohrer fest anpackte. Er sah es klar vor sich – Follieros Schweiß auf der Stirn, die Panik in seinen Augen, die unkontrollierbaren Schreie, die kein Mensch jemals hören würde.

»Bald«, murmelte Matteo leise zu sich selbst, als er die Truhe wieder verschloss, »bald wird die Gerechtigkeit siegen.«

Er wusste, dass seine Zeit näher rückt. Und wenn es soweit war, würde Folliero für alles bezahlen – nicht nur für die Wunden der Vergangenheit, sondern auch für jede Tat, die er seitdem begangen hatte.

44

Giulia Zani war das Gegenteil dessen, was man sich unter einer klassischen Römerin vorstellte. Keine langen, dunklen Haare, die im Wind flatterten, kein Hauch von Eleganz, der ihren Schritten folgte. Stattdessen trug sie ihre Frisur kurz, kastanienbraun, fast jungenhaft, so als wolle sie bewusst den Erwartungen trotzen. Ihre sportliche Figur, die aus unzähligen Stunden auf dem Fußballplatz und in der Leichtathletik resultierte, verlieh ihr eine natürliche Stärke, die sie selbstbewusst zur Schau stellte.

London war weit entfernt von Rom, doch Giulia hatte sich hier schnell eingelebt. In den Straßen von Camden Town oder den Parks von Hampstead fühlte sie sich freier als zwischen den Marmorstatuen ihrer Heimatstadt. Hier musste sie keine Rolle spielen, keinen Erwartungen entsprechen. Ihre burschikose Art, dieser selbstbewusste, leicht schnippische Ton, den sie fast spielerisch aufsetzte, machte sie in den Augen anderer eigenwillig, aber auch erfrischend.

»Ja, klar, was immer du willst«, sagte sie oft mit einem frechen Lächeln, wenn jemand sie um einen Gefallen bat. Man wusste sofort, dass hinter dem schnellen Spruch immer ihre hilfsbereite Seele steckte.

Gerade in ihrer derzeitigen Aufgabe als Au-pair war Giulia unschlagbar. Die Kleinen liebten sie, weil sie sich nie verstellte. Sie konnte mit ihnen toben, lachen oder unkompliziert ernsthaft mit ihnen sprechen, als wären sie bereits Erwachsene.

Unter dieser rauen Schale lag eine herzliche Offenheit. Ihre ungenierte Fassade war nicht etwa ein Schutzschild, sondern ein Ausdruck ihrer tiefen Selbstsicherheit. Sie wusste, wer sie war, und hatte keine Angst, genau das zu zeigen.

Der Regen prasselte leise gegen die Scheiben, während sie zum Fenster hinausschaute. Die Kinder, die sie betreute, hatte sie vor einer halben Stunde zu Bett gebracht, und das Haus war in eine beruhigende Stille getaucht. In solchen Momenten konnte sie sich entspannen, weit weg von den Sorgen ihres Vaters und der Komplexität seines Lebens als Kammerdiener des Papstes in Rom.

Jemand klingelte an der Haustür. Neugierig stand sie auf und ging zum Eingang. Als sie durch den Türspion schaute, sah sie niemanden. Sie öffnete behutsam, als plötzlich zwei maskierte Männer wie aus dem Nichts auftauchten und sie mit einem kräftigen Griff in den Flur zogen.

»Was zum Teufel ...?«, rief Giulia und versuchte, sich verzweifelt loszureißen, aber die Angreifer waren viel stärker, als sie es erwartet hatte. Der erste Mann hielt sie fest an den Schultern, während der zweite sie mit einem Schal zum Schweigen brachte und ihr eine schwarze Stoffhaube über den Kopf zog.

»Lasst mich los, ihr Schweine!«, schrie sie, aber ihre Worte waren durch den Schal gedämpft. Sie strampelte und kämpfte, aber die Panik lähmte sie. Sie spürte den kalten Regen auf ihrem Gesicht, während sie gewaltsam aus dem Haus gezerrt wurde. Der Sturm in ihrem Kopf war lauter als die Schritte der Männer, die sie in Windeseile in einen wartenden Van verfrachteten. Alles ging sehr schnell und ziemlich leise vor sich. Hier waren Profis am Werk.

Im Inneren des Fahrzeugs, dunkel und nach Öl und Metall riechend, wurde Giulia grob auf den Boden geworfen. Ihre Hände wurden mit einem rauen Seil zusammengebunden, und bevor sie einen klaren Gedanken fassen konnte, klebten die Männer ihr auch den Mund mit einem Streifen Tape zu.

»Was wollt ihr von mir?«, dachte sie, als sie versuchte, durch die Dunkelheit zu blicken, zu verstehen, wo sie war, aber alles war verschwommen, ihre Gedanken wirbelten durcheinander. Die Realität der Situation drang langsam zu ihr durch: Sie war von Profis entführt worden.

Ihre Gedanken wanderten sofort zu ihrem Vater. Er würde wissen, was zu tun war. Aber die Kälte der Angst kroch ihr wie ein Schatten unter die Haut, als sie realisierte, dass dies nicht irgendein zufälliges Verbrechen war. Es war gezielt. Diese Männer wussten, wer sie war und dass sie sich alleine mit den schlafenden Kindern im Haus aufhielt. Giulia war froh, dass die beiden im oberen Stock nichts mitbekommen hatten. Wahrscheinlich wurde sie jetzt als Druckmittel missbraucht, und die Konsequenzen, die dieser Gedanke mit sich brachte, ließen ihren Atem stocken.

Der Van setzte sich in Bewegung, und die Geräusche der Stadt wurden bald durch das monotone Dröhnen des Motors ersetzt. Giulia lag reglos da, während Tränen der Verzweiflung ihre Wangen hinunterliefen. Sie konnte nur raten, was diese Männer von ihr wollten, aber sie wusste eines: Ihr Leben würde nie mehr dasselbe sein.

Die Fahrt schien ewig zu dauern. Jeder Ruck des Wagens ließ Giulia nervös zusammenzucken. Die Angst machte es ihr schwer, klar zu denken.

Nach einer gefühlten Ewigkeit hielt der Van schließlich an. Giulia wurde grob aus dem Fahrzeug gezogen und auf unsicherem Boden abgestellt. Die Haube wurde ihr vom Kopf gerissen, und sie blinzelte gegen das plötzliche Licht. Vor ihr stand ein verlassenes Lagerhaus, dessen Fenster mit Brettern vernagelt waren. Die Umgebung war trostlos und leer – kein Zeichen von Leben weit und breit.

Die Männer führten sie ins Innere des Gebäudes, wo sie in einen kleinen, kargen Raum gebracht wurde. Ein einzelner Stuhl stand in der Mitte des Raumes, und Giulia wurde darauf gestoßen. Ihre Hände blieben gefesselt, aber der Schal wurde entfernt, sodass sie wieder atmen konnte.

»Warum tut ihr das?«, fragte sie mit bebender Stimme. Die Männer antworteten nicht. Stattdessen verließen sie den Raum und ließen Giulia alleine zurück. Sie konnte hören, wie sie die Tür hinter sich abschlossen.

Sie saß da und konnte sich nicht beruhigen. Aber es war ihr klar, dass sie in großer Gefahr schwebte und sie begriff, dass ihr Panik nicht helfen würde. Sie musste einen klaren

Kopf bewahren und einen Weg finden, hier rauszukommen.

Nach einigen Minuten öffnete sich die Tür erneut. Ein Mann trat ein und stellte eine Flasche Mineralwasser neben sie. Er war groß und seine Präsenz war einschüchternd, obwohl sie sein Gesicht nicht sehen konnte. Sie spürte, wie ihre Angst wieder aufflammte. »Giulia Zani«, sagte er mit tiefer Stimme. »Du wirst uns sehr nützlich sein.«

»Wer seid ihr? Was wollt ihr?«, fragte Giulia, versuchte, mutig zu klingen.

»Das wirst du noch früh genug erfahren«, sagte er. »Ruh dich aus, du wirst Kraft brauchen.«

Mit diesen Worten verließ er den Raum und ließ Giulia wieder alleine. Trotz ihrer verzweifelten Situation war sie entschlossen, nicht aufzugeben. Irgendwie musste sie einen Weg finden, hier rauszukommen.

Die Nacht verging langsam. Giulia saß auf dem Stuhl, ihre Gedanken rasten. Sie dachte an ihren Vater, an die Kinder, die sie betreute, und an ihr Leben in London. Sie nahm ihre ganze Kraft zusammen, um das alles zu überstehen. Und sie würde um ihre Freiheit kämpfen – koste es, was es wolle.

45

Rosaria saß nervös in Doyles Büro. Vor ihr lagen elf Namen, geschrieben auf einem vergilbten Stück Papier, das sie von Antonia Giordano erhalten hatte. Außerdem hatte sie ihre Liste aller Kinder, die ins Ferienlager gebracht worden waren. Jeder dieser Namen gehörte zu einem ehemaligen Heimkind – einem Opfer der dunklen Machenschaften, die sie jetzt gemeinsam aufdecken wollten. Sie hatte nicht viel Zeit, also griff sie zum Telefon, ihr Herz klopfte schneller, während ihre Finger die Nummern wählten.

Der erste Anruf verlief ruhig. Die Person am anderen Ende, eine Frau namens Lalia Fiorentino, hörte Rosarias Erklärung zu. »Hallo, vielleicht erinnern sie sich noch an mich – Schwester Rosaria aus dem Waisenhaus Santa Lucia.«

»Natürlich – Schwester, sie sind die einzig gute Erinnerung, die ich von diesem Ort habe. Was kann ich für sie tun?«

»Nun ja«, Rosaria räusperte sich, »Kardinal Folliero soll endlich der Gerechtigkeit zugeführt werden. Wir haben inzwischen zahlreiche Beweise, Dokumente, Videoaufzeichnungen, die Folliero so belasten, dass er da nicht mehr rauskommt.«

»Wer ist wir?« Lalia war neugierig geworden.

»Matteo, er hieß damals Marco.«

»Ja, Marco kenne ich noch, aber wieso heißt er jetzt Matteo?«

Rosaria erklärte: »Er ist jetzt ein Franziskanermönch und Pater Matteo ist sein Ordensname. Den hatte er unter anderem angenommen, damit er sich unerkannt dem Kardinal nähern konnte. Sie müssen wissen – er arbeitet im Sicherheitsbüro des Vatikans und kommt so leichter an Informationen.«

»Verstehe, aber was kann ich dazu beitragen?«, fragte Lalia.

»Ganz einfach, wir brauchen noch Augenzeugen von seinen Untaten.«

Lalia war besorgt: »Muss ich vor Gericht aussagen?«

»Eventuell«, versuchte sie Rosaria zu beruhigen, »aber es wird sich alles intern im Vatikan abspielen, ohne Öffentlichkeit.«

»Aber der Kardinal wird doch auch da sein, oder?«

»Ja, ich denke schon, aber er kann Ihnen nichts tun und sie sind nicht alleine. Wir haben viele Namen ehemaliger Bewohner aus dem Waisenhaus, die hoffentlich alle kommen werden.« Rosaria wandte den geübten Tonfall an, der Kinder normalerweise zum Schlafen brachte. »Alles klar«, meinte Lalia, »Sie können mit mir rechnen.«

»Ich werde sie dann noch mal anrufen, weil wir uns vorher alle treffen wollten. Ist das ok?«

»Selbstverständlich. Tschau, bis dahin.« Lalia legte auf und Rosaria hatte die erste Hürde hinter sich.

Doch nicht alle Gespräche liefen so glatt. Einige ehemalige Heimkinder reagierten schockiert oder wollten nichts mehr mit der Vergangenheit zu tun haben. »Ich habe mein Leben weitergeführt, Schwester. Bitte – lasst mich in Ruhe.« Eine dunkle Stille legte sich jedes Mal nach solchen Absagen über den Raum, doch Rosaria ließ sich nicht entmutigen. Für jede Absage gab es auch eine Zustimmung, einen Hoffnungsschimmer, dass die Gerechtigkeit doch noch siegen könnte.

Währenddessen saß Matteo in einer Ecke seines Büros, umgeben von flackernden Bildschirmen. Sein Gesicht war vom bläulichen Licht der Monitore erhellt, während seine Finger schnell über die Tastatur glitten. Gemeinsam mit Gavin Doyle setzte er jedes verfügbare technische Mittel ein. Der Sicherheitschef hatte genug brisantes Material zusammengetragen, um – wenn es darauf ankam – eine ganze Revolution in Gang zu setzen. Besonders die Videos von den Partys bei Kardinal Folliero – Bilder, die nicht nur den Kardinal, sondern auch einflussreiche Politiker und Geschäftsleute in kompromittierenden Situationen zeigten.

»Ich habe ein paar Treffer«, murmelte Matteo, während er mit ernster Miene die Gesichtserkennungssoftware laufen ließ. »Diese Kinder sind jetzt erwachsen, aber sie tragen die Narben ihrer Vergangenheit immer noch in ihrem Blick. Sie sind schwer zu finden, aber nicht unsichtbar.«

Doyle warf einen Blick auf den Bildschirm. »Und was

machen wir, wenn wir sie finden?«, fragte er. »Die meisten dieser Menschen haben jahrelang geschwiegen. Was gibt Ihnen die Hoffnung, dass sie jetzt reden?«

Matteo antwortete, ohne den Blick von den Bildschirmen zu nehmen: »Weil sie jetzt wissen, dass sie nicht allein sind. Und weil wir ihnen die Macht geben können, sich zu wehren.«

Der Hack in die Polizeidatenbanken war riskant, aber für Matteo reine Routine. Er wusste, dass er beobachtet wurde, dass die digitalen Wächter der Polizei und des Vatikans ihm jederzeit auf die Schliche kommen könnten. Aber Doyle schaute gezielt weg, als Matteo die Sicherheitsprotokolle umging. In der Welt der Schatten, in der sie sich bewegten, war es besser, nicht alles zu wissen.

Während die Suchprogramme durch die Daten wühlten, erkannte Matteo mehr und mehr bekannte Gesichter. »Doyle, Sir«, sagte er plötzlich, »wir haben sie. Fast alle von ihnen.«

»Gut«, antwortete Doyle, während er eine Zigarette anzündete und sich nachdenklich zurücklehnte. »Jetzt brauchen wir nur noch den Rest der Geschichte.«

Rosaria war inzwischen bei ihrem zwanzigsten Anruf angelangt. Einige ehemalige Heimkinder waren unbekannt ins Ausland verzogen, andere waren tot – Opfer von Drogen, Gewalt oder einfach gebrochenem Lebenswillen. Es gab aber zehn, die bereit waren, sich der Vergangenheit zu stellen. Zehn, die zusagten, sich mit Rosaria und Matteo im Kloster zu treffen. Fünfzehn weitere Namen, von denen tatsächlich noch elf Betroffene bestätigten, bekam sie vom Pater.

Die düstere Realität ihrer Recherchen zeichnete ein klares Bild: Ein Netzwerk von Macht und Missbrauch, das sich tief in die Strukturen des Vatikans und der Mafia hineinzog. Es war nicht nur ein Kampf gegen alte Männer in Soutanen, sondern gegen ein System, das so verwoben war, dass die Wahrheit wie ein Mythos erschien. Aber jetzt, mit diesen einundzwanzig Überlebenden, hatten sie eine Chance, das Unrecht ans Licht zu bringen.

»Glauben sie, die werden aussagen?«, fragte Doyle skeptisch.

Matteo schwieg einen Moment. »Wenn jemand nichts mehr zu verlieren hat«, antwortete er, »wird er mutiger als je zuvor.«

46

Alessandro Zani stand seit vielen Jahren in den Diensten des Heiligen Stuhls. Als Majordomus, persönlicher Kammerherr des Papstes, hatte er eine absolute Vertrauensposition inne. Er umsorgte das katholische Kirchenoberhaupt bei den alltäglichen Angelegenheiten, servierte ihm das Essen, war verantwortlich für die päpstliche Garderobe und vieles mehr. Alle Schlüssel zu Türen, Treppenhäusern und Aufzügen waren in seiner Obhut, und er hatte Zugangsberechtigung zu den privaten Gemächern des Pontifex. Auf Reisen begleitete der persönliche Kammerdiener den Heiligen Vater und stand ihm auch bei Audienzen zur Seite. Zani wohnte in Aventino, dem Stadtteil Roms mit dem Schlüsselloch der Malteser, das einen unbeschreiblichen Blick auf den Petersdom erlaubte. Während seiner Arbeit trug er für gewöhnlich einen dunklen Anzug, kombiniert mit einem weißen Hemd und einer eher unauffälligen Krawatte. Oftmals sah man ihn auch mit einer schlichten, aber hochwertigen Weste, was seinem Erscheinungsbild eine zusätzliche Eleganz verlieh. Die Schuhe waren immer poliert und von klassischem Design, um einen respektvollen und professionellen Eindruck zu hinterlassen.

Bei besonderen Anlässen oder liturgischen Feiern trug er mitunter eine Uniform mit goldfarbenen Knöpfen und

Verzierungen, die auf die historische Rolle des Kammerdieners als eine der vertrauenswürdigsten Personen im Vatikan hinwies.

Überhaupt hatte er das gepflegte Äußere eines typischen erfolgreichen Mittvierzigers im römischen Geschäftsleben, mit lockigen schwarzen Haaren, sportlicher Figur und sympathischer Ausstrahlung. In seiner Freizeit trainierte er Jiu-Jitsu, um nicht nur seine Fitness zu wahren, sondern auch, um den Papst im Falle einer Konfrontation wirksam schützen zu können. Die rein defensive Natur dieser Kampfkunst fügte sich perfekt in seine Rolle als Kammerdiener des Pontifex, da die Techniken stets auf einen Angriff reagieren und niemals von Aggression geprägt sind. Zanis Frau Francesca war Lehrerin am neusprachlichen Gymnasium Vincenzo Arangio Ruiz im Stadtviertel EUR. Jeden Tag in aller Frühe fuhr er zu seiner verantwortungsvollen Arbeitsstelle, wo er stets den Heiligen Vater mit einem Lächeln begrüßen durfte, um dann seinen alltäglichen Aufgaben nachzugehen.

Eines Morgens, als er wieder seine altbekannte Strecke zurücklegte, die er Tag für Tag befuhr, hielt er wie immer bei seiner Lieblingsbäckerei an, um sich für die restliche Fahrt einen mit Schlagsahne gefüllten Maritozzo zu gönnen. Jeder Bissen dieser Milchbrötchen erinnerte ihn an die Kindheit, wenn seine Mutter den Ofen öffnete und der Duft von frisch gebackenem Teig und Vanille durch die ganze Wohnung zog.

Als er voller Vorfreude auf seinen Leckerbissen wieder

in sein Auto eingestiegen war, erschreckte er sich zu Tode, als er im Rückspiegel einen Unbekannten auf dem Rücksitz entdeckte.

Nervös drehte er sich um zu dem Mann: »Wer sind sie, wie kommen sie in mein Auto und was wollen sie von mir?« Seine Stimme zitterte.

»Ey, wer ich bin, juckt nicht. Signore Zani, hören sie genau zu: Wichtig ist, dass sie wissen, was wir wissen – nämlich wo sie wohnen und wo ihre Frau am Start ist. Ihre Mutter? Die chillt im Pflegeheim Villa Betania. Alles gut bei ihr, keine Sorge. Und nebenbei, die ist echt charmant und hat ordentlich Humor.« Die Stimme des Mannes war ruhig, aber bedrohlich: »Und übrigens, wir wissen auch, wo sie jetzt hinfahren und was sie da tun. Denken sie mal drüber nach.«

Alessandro Zani ahnte Schreckliches. Er wusste, dass sein Arbeitsplatz ständigen Bedrohungen ausgesetzt war, aber die Schweizergarde konnte bisher alle Angriffe abwehren. »Und – was wollen sie von mir?«

»Sie kriegen von uns 'nen Auftrag und sie werden den zu unserer Zufriedenheit durchziehen? Über das hier und unser ganzes Gespräch – kein Wort. Wenn sie labern, können wir für ihre Sicherheit und die ihrer Familie nicht garantieren.« Der ungebetene Gast sprach mit diesem unheilvollen Unterton, dem man anhörte, dass er es ernst meinte.

»Was ist es denn, das ich tun soll?« Zani hörte sein Herz pochen.

»Das kriegen sie kurz vor der Aktion mit«, Francesco Venturi stieg gemächlich aus dem Wagen, mit gönnerhaftem Blick auf die Bäckereitüte: »Guten Appetit.«

Alessandro Zani musste sich zuerst beruhigen, bevor er losfuhr. Auf der Strecke überlegte er verzweifelt, wie er sich verhalten sollte. Er war nicht geübt im Lügen und Schauspielern. Seiner Frau hatte er noch nie etwas verheimlicht, und dem Papst konnte er schon gar nicht in die Augen sehen, ohne sich zu verraten. Er wusste zwar nicht genau, um was es ging, aber er musste jetzt zuerst seine Familie schützen. Das hämmerte er sich mit Vehemenz immer wieder in seinen Kopf. Er konnte an nichts anderes mehr denken und nichts auf der Welt war ihm jetzt wichtiger.

Als er allerdings eine halbe Stunde später im Vatikan ankam und die vertraute und beschützende Umgebung mit den vielen Gardisten wahrnahm, konnte er seine angstvollen Gedanken beiseiteschieben und der alltäglichen Routine folgen – bis sein Handy klingelte. Ein unbekannter Anrufer meldete sich und übertrug sofort kommentarlos ein Video. Zani sah seine Tochter, gefesselt und weinend auf einem Stuhl in einem halbdunklen Raum. »Papa, was ist da los? Die sagen, mir passiert nichts, wenn du ihre Anweisungen befolgst. Hilf mir!«

Der Kammerherr konnte kaum noch atmen: »Haben sie dir was getan, bist du okay?«

»Ja, ich bin okay.« Das Mädchen schluchzte.

»Es wird alles gut, Giulia. Du brauchst dir keine Sorgen

zu machen. Ich tue, was die wollen. Keine Angst.«

Das Gespräch wurde abrupt beendet.

Zani rief sofort seine Frau an und spürte unendliche Erleichterung, als er ihre Stimme hörte: »Alessandro, was ist los?«

Er wollte sie nicht beunruhigen, konnte jedoch seine Nervosität nicht verbergen. »Du musst mir genau zuhören. Nimm ein paar Sachen, setz' dich ins Auto und fahr so schnell wie möglich zu deiner Schwester. Dort bleibst du, bis ich dir Bescheid gebe. Es ist sehr wichtig, dass du nach unserem Gespräch dein Handy ausschaltest, nicht mehr benutzt und zu niemandem etwas sagst.«

»Das tue ich, aber du musst mir sagen, was hier vorgeht. Vor einer Stunde war ein gut gekleideter Mann hier, der mir einen Strauß Blumen – angeblich von dir – gebracht hat. Er hat nicht ausgesehen wie ein Blumenverkäufer und meinte, ich solle auch Giulia in London grüßen. Das war seltsam. Muss ich mir Sorgen machen?«

»Nein«, ihr Mann versuchte, einen ruhigen Ton anzuschlagen, »bitte tu einfach, was ich dir sage. Alles wird gut.«

»Alessandro, du machst mir Angst. Hat es was mit deiner Arbeit zu tun?« Sie ahnte Fürchterliches.

»Ich kann nicht darüber reden, aber ich werde tun, was ich tun muss. Bitte mach schnell. Ich liebe dich.« Er legte auf und fällte eine weitreichende Entscheidung.

Am nächsten Morgen traf Zani den eigentlichen Attentäter und Auftraggeber Francesco Venturi. Für den Sohn des Don ging es um Macht, Kontrolle und die endgültige Sicherung der Position seines Verbündeten Folliero – koste es, was es wolle.

»Dieses Mittel werden sie dem Papst verabreichen.« Der Mafioso sprach mit ruhiger Stimme, während er Zani eine Schatulle mit einer todbringenden Spritze und einem Schlafmittel übergab, damit er die Injektion unbemerkt durchführen konnte. »Sie geben ihm die Spritze intravenös, sobald er pennt. Sie haben doch 'ne Erste-Hilfe-Ausbildung, oder? Stimmt doch, oder?«

»Was ist das für ein Zeug?« Zani wollte sichergehen.

»Das ist Kaliumchlorid. Nach ein paar Minuten ist alles erledigt. Und dann spielen sie bitte ganz besorgt, wenn sie die Ambulanz rufen.« Venturi machte eine bedeutsame Pause, nicht ohne sein diabolisches Lächeln aufzusetzen. »Und denken sie dran: London ist eine echt gefährliche Stadt.«

Der Kammerdiener hätte diesen zynischen Kriminellen am liebsten sofort ins Nirwana befördert, aber er spielte mit und nickte, auf die kleine, vom Schicksal behaftete Schatulle blickend. Venturi entfernte sich grinsend und die Uhr tickte für den Pontifex.

Der Plan, den Papst zu beseitigen, war das Ergebnis langer, kalter Berechnungen. Venturi wusste, dass der Weg zur Macht für Folliero nur frei würde, wenn Konstantin II nicht mehr im Amt war. Ein Attentat, das wie ein natürlicher Tod wirkte, war die perfekte Lösung. Gift war die Waffe der Wahl – fast nicht nachweisbar und effektiv.

Die Substanz zu beschaffen war für den Sohn des Paten kein Problem. Es war eine tödliche Menge. Intravenös verabreicht, würde der Tod des Papstes wie das Ergebnis eines plötzlichen Herzstillstands erscheinen. Die Gefahr entdeckt zu werden, war minimal – der perfekte Mord.

Alessandro Zanis Plan war gefährlich, aber er würde alles riskieren, um den Papst und seine eigene Familie zu beschützen. Am Abend vor dem geplanten Attentat war er wie gewohnt mit seiner Heiligkeit allein in dessen privaten Gemächern, half ihm beim Auskleiden und bereitete das Bett für die Nacht vor. Er schaltete das Radio ein und ließ klassische Musik laufen, wie er es jeden Abend tat, drehte dann aber etwas lauter. Schließlich deutete er dem Papst an, ihm ins Badezimmer zu folgen. Dort war die Wahrscheinlichkeit, abgehört zu werden am geringsten. »Heiligkeit, ich habe ein wichtiges Anliegen«, wagte er sich im Bad sehr nahe am Ohr des Papstes zu flüstern, »es geht um Leben und Tod für sie und meine Familie. Offensichtlich auch für mich.« Schockiert und aufmerksam hörte der Papst zu und erwiderte auch im Flüsterton: »Was ist passiert, Alessandro?« Er wusste, dass er seinem treuen Diener absolut vertrauen konnte.

Zani erzählte ihm alles wahrheitsgemäß. Von Francesco Venturi, dessen Drohungen, dem Besuch bei seiner Frau, von der Entführung seiner Tochter und von dem Auftrag, den er nicht gewillt war, durchzuführen, der Ermordung des Heiligen Vaters.

»Aber wer steckt dahinter? Venturi ist mit Sicherheit nur

ein Handlanger, und warum sollte sein Vater Interesse an meinem Tod haben?«, der Papst war zutiefst erschüttert und zum ersten Mal hatte er reale Angst vor einem unbekannten Feind, sogar in seinem scheinbar perfekt geschützten Umfeld. Zani mutmaßte: »Heiligkeit, es gibt nur einen Menschen, der von ihrem Tod profitieren würde: Kardinal Folliero. Es könnte sein, dass er ihren Platz einnehmen will.«

»Das ist durchaus denkbar, er hat mir auch schon durch die Blumen gedroht, aber würde er dafür einen Mord in Auftrag geben?«, der Papst war entsetzt wegen seiner eigenen Worte und dem Gedanken, sie könnten der Wahrheit entsprechen. »Aber so einfach ist das auch nicht. Er müsste zuerst das Konklave überwinden und es steht in den Sternen, wen die Kardinäle wählen würden.« Konstantin erinnerte sich bitter daran, was Folliero damals im Amtszimmer zu ihm gesagt hatte: »Wenn sie es nicht wagen, dann werde ich es wagen.«

Zani beteuerte »Wie ich gehört habe, ist er der Favorit für ihr Amt und es gilt schon als sicher, dass er gewählt wird, sollte ihnen etwas zustoßen. Folliero spinnt seine infamen Netze schon seit Jahren im Hintergrund und ich weiß, dass er die wichtigsten Kardinäle kompromittiert hat und sie erpresst.«

»Ich sollte sofort die Schweizergarde alarmieren.« Der Papst wirkte unsicher.

Zani versuchte, ihn zu beruhigen. »Davon würde ich abraten. Die können es zwar jetzt verhindern und Venturi offiziell festnehmen, aber er oder seine Auftraggeber werden es nicht dabei bewenden lassen. Deshalb müssen wir Ruhe bewahren. Allerdings sollten wir als erstes Doyle informieren. Ich kenne ihn sehr gut und vertraue ihm. Er wird uns helfen und Ärger vom Hals halten.« Eine halbe Stunde später saß Alessandro Zani auf dem Stuhl im Büro von Gavin Doyle und erzählte ihm die ganze Story, wie er sie auch dem Papst vorgetragen hatte. Der Sicherheitchef hörte gespannt zu, während er aufstand, um nachdenklich im Zimmer umherzuwandern. Sein Blick war sorgenvoll aus dem Fenster über die Vatikanstadt gerichtet und sein Gehirn arbeitete auf Hochtouren. »Die Venturis sind sehr gefährliche Leute und die scheuen sich auch nicht, ihre Drohungen in die Tat umzusetzen – aber dann war der Hacker-Angriff auf unser System vielleicht nur ein Ablenkungsmanöver, um uns jetzt in Sicherheit zu wiegen«, sinnierte Doyle.

Zani sprach mit fester Entschlossenheit in der Stimme: »Ich denke, da haben sie recht, aber ich hätte eine Idee, wie wir dieses ganze Übel beenden können, ohne dass jemand zu Schaden kommt.«

Doyle war aufs Höchste angespannt und beugte sich erwartungsvoll über Zani, um dessen Erklärung zu hören.

47

Im Kontrollraum des Sicherheitssystems herrschte Stille. Nur ein Netzteil summte fast unhörbar, beinahe beruhigend. Matteo konnte sich auf seine neue, hochmoderne KI verlassen, die jede Bewegung, jede noch so kleine Unregelmäßigkeit rund um den Papst sofort melden sollte. Es war eine undurchdringliche digitale Festung – zumindest dachte er das. Aber Matteo ahnte nicht, dass jemand im Schatten lauerte. Jemand, der sein System zu knacken wusste.

Francesco Venturi war kein gewöhnlicher Krimineller. Er kannte sich in den dunkelsten Ecken der Netzwerke ebenso gut aus wie in der realen Welt. Seit Tagen hatte er Matteo und sein Sicherheitssystem beobachtet, jede Schwachstelle analysiert, jede Lücke ausgemacht. Und nun war der Zeitpunkt gekommen, um zuzuschlagen.

In einer kleinen, versteckten Kammer irgendwo in Rom, fernab von den Überwachungen des Vatikans, saß Venturi vor seinem Laptop. Er lächelte, als er sich über die Tastatur beugte. »Ein Meisterwerk«, murmelte er, als seine Finger flink über die Tasten flogen. Es war fast zu einfach. Matteos System war stark, aber es war nicht unfehlbar. Er loggte sich per Fernzugriff in Follieros Rechner ein.

»Schritt eins«, flüsterte Venturi, während er einen unscheinbaren Befehl in das System eingab. Das war der

Anfang – ein winziger Virus, versteckt in den tiefsten Schichten des Codes, der kaum wahrnehmbar war. Langsam, aber sicher fraß er sich durch die Algorithmen der KI, wie ein Schädling, der das Fundament einer Burg untergrub.

Im Kontrollraum des Vatikans flimmerte plötzlich ein Monitor. Nur für eine Sekunde – kaum merklich. Der Wachmann, der in der Ecke döste, bemerkte es nicht. Aber die KI registrierte es. Ein kleines Warnsignal, das Matteo jedoch als Fehlalarm abtat. Die Überwachungssysteme rund um den Papst waren aktiv, die Kameras arbeiteten einwandfrei. Oder?

Venturi wusste es besser. »Schritt zwei«, sagte er mit ruhiger, fast zu selbstbewusster Stimme. Der nächste Angriff folgte – ein koordiniertes Eindringen in die Kommunikationskanäle. Funkverbindungen, die Matteo als unknackbar geglaubt hatte, wurden leise und effektiv durchbrochen. Der Schutzschild, der den Papst umgab, begann zu bröckeln, ohne dass irgendjemand es bemerkte.

Im Vatikan ging alles seinen gewohnten Gang. Die Wachen patrouillierten, die Kameras zeigten keine Auffälligkeiten. Matteo saß in seinem Büro, vertieft in seine Arbeit, als ihm ein Gedanke kam. Vielleicht sollte ich die Systeme noch mal checken, dachte er sich. Er hatte dieses ungute Gefühl, als ob etwas in der Luft lag. Doch bevor er handeln konnte, passierte es.

Venturi gab den finalen Befehl ein. »Schritt drei.« Ein Flackern, ein surrendes Geräusch, und plötzlich waren alle

Monitore im Kontrollraum schwarz. Die Wachen sprangen aus ihren Stühlen, Hektik machte sich breit. Matteo riss die Tür zu seinem Büro auf, stürmte in den Kontrollraum und starrte auf die leeren Bildschirme.

»Was zum…?« Matteos Augen weiteten sich vor Schock. Das päpstliche Sicherheitssystem, sein Meisterwerk, war trotz KI komplett ausgefallen. »Das kann nicht sein!«

Er tippte hektisch auf die Tastatur, versuchte, das System neu zu starten. Nichts. Kein Signal, keine Daten. Es war, als hätte jemand den Stecker gezogen. Und das Schlimmste? Niemand konnte erkennen, wie es passiert war.

Venturi lehnte sich zufrieden in seinem Stuhl zurück, als er auf seinem Bildschirm die letzten Rückmeldungen des Vatikan-Netzwerks sah. Matteo war hilflos, das System war lahmgelegt. »Es ist geschafft«, murmelte er. Die digitale Festung, die Matteo so sorgsam errichtet hatte, war in sich zusammengebrochen. Der Papst war jetzt ungeschützt.

»Jetzt beginnt der wahre Spaß«, sagte Venturi und lächelte kalt, als er seinen Laptop zuklappte. Auch Gavin Doyle versuchte erfolglos zu retten, was zu retten ist. Er probierte, die Protokolle sofort wiederherzustellen und aktivierte seine analogen alten Kameras. Sobald diese Strom hatten, schalteten sie auf Aufnahme. Eventuell konnte er so wenigstens den Übeltäter dingfest machen.

War Matteo derjenige, der das System kompromittiert hatte?

48

Doyle ließ Matteo in sein Büro kommen und wies ihm einen Platz an.

»Setzen sie sich«, sagte er ruhig, als der Pater eintrat. »Wir haben eine externe Kraft, die unsere Systeme stört. Gerade sind alle Überwachungen in der Nähe des Papstes ausgefallen.«

Matteo verbarg geschickt, dass sein System bereits Alarm geschlagen hatte. Doyle sah ihn mit prüfendem Blick an. »Haben sie das nicht bemerkt?«, fragte er leise, aber misstrauisch.

»Doch, natürlich«, entgegnete Matteo gelassen. »Aber ich wollte sie nicht beunruhigen. Ich kümmere mich sofort darum.«

Doyle war nicht zufrieden. »Haben sie etwas damit zu tun?«, fragte er unverblümt.

Matteo spürte nicht den Verdacht, der sich gegen ihn richtete. »Das System läuft einwandfrei, es liegt definitiv nicht an mir. Ich habe alles überprüft – es wurde eindeutig gehackt.«

»Und wer – glauben sie – wäre in der Lage, ein so hoch-komplexes System zu hacken? Wer hätte die nötige Exper-tise – außer Ihnen und Kaito?« Doyles Stimme war scharf.

Matteo war entsetzt. »Sie glauben doch nicht, dass wir das System um den Papst vorsätzlich sabotiert haben?«

Doyle hielt inne, seine Augen fest auf Matteo gerichtet. »Pater, seit dem ersten Tag, an dem sie hierher kamen, beobachte ich sie. Ich habe einige ungewöhnliche Aktivitäten bemerkt – wie sie ohne Erlaubnis geheime Dokumente durchstöbern, und zwar direkt aus dem Serverraum. Die Passwörter dafür haben sie von mir nicht bekommen. Das überschreitet ihre Befugnisse erheblich. Ich frage mich, was sie mit diesem Wissen anstellen wollen.«

Nach einem Moment der Stille fügte er hinzu: »Sie mögen digital alles verschleiern können, aber meine Kameras sind unbestechlich und, wie sie vielleicht bemerkt haben, nicht so leicht zu finden.«

Matteo war verblüfft – er hatte Doyle eindeutig unterschätzt, obwohl er so vorsichtig gewesen war. »Sir«, begann er nach einem tiefen Atemzug, »ich muss Ihnen ein Geständnis machen. Aber zuerst muss ich diesen Alarm beheben. Danach werde ich Ihnen alles erklären.«

Doyle, angespannt in seiner Verantwortung, ließ Matteo arbeiten – doch das ungute Gefühl blieb. »Wir sind noch nicht fertig«, rief er ihm nach.

Matteo rannte in sein Büro an seinen Rechner und machte eine erschreckende Entdeckung.

Die Nachrichten seiner KI überschlugen sich und meldeten höchste Alarmstufe im Bereich der Privatgemächer des Papstes. Das Programm hatte einen Virus in den Sicherheitsprotokollen entdeckt und unschädlich gemacht, während sofort ein neuer auftauchte und die

Kontrolle übernahm. Die Schweizergarde meldete auf Anfrage: »Alles ruhig, nur die Monitore sind ausgefallen.« Matteo kontaktierte Kaito: »Kannst du bitte schnell nachschauen, ob beim Papst alles okay ist – visuell?«

»Klar – bin auf dem Weg.«

Kaito war vorher von Gavin Doyle bei den »Streifenhörnchen«, wie er die Schweizergarde wegen ihrer Uniformen nannte, vorgestellt worden, sodass dieser keine Probleme hatte, in die privaten Räume seiner Heiligkeit zu gelangen. Alessandro Zani empfing ihn freundlich: »Darf ich wissen, was passiert ist, Signore Kaito?«

»Es gibt einen internen Softwarealarm, einen Cyberangriff auf unser System. Die Sicherheitssoftware wurde infiltriert. Ich möchte mich nur vergewissern, ob alles in Ordnung ist«, erklärte Kaito. Er schaute sich kurz um, inspizierte die Kameras und die Anschlüsse des päpstlichen Rechners. Äußerlich konnte er nichts finden. Es war also tatsächlich ein Virus.

»Matt«, übermittelte er über Funk, »hier läuft alles normal. Kein Hardwarefehler. Wir müssen nur die Viren abschießen.«

Der Pater konnte daraufhin die Schadsoftware mithilfe der KI isolieren, schickte die Viren in Quarantäne und konnte so einen größeren Schaden abwenden.

Die Monitore im päpstlichen Kontrollraum liefen wieder. Das war Routinearbeit, aber es musste trotzdem ein talentierter Hacker hinter dem Ganzen stecken und der Angriff war auf jeden Fall von innen gekommen, direkt aus dem Vatikan.

Gleich darauf machte er sich auf die Suche nach dem Ursprung dieser Attacke, und er wäre nicht der IT-Mönch, hätte er nicht eine verräterische IP-Adresse entdeckt, die ganz eindeutig zum Rechner von Kardinal Folliero führte. Die KI hatte eine ultraschnelle Rückverfolgung über mehrere Proxys initiiert, was ohne diese schlaue Hilfe einige Stunden gedauert hätte. All dies ging sofort als Bericht an Gavin Doyle, der umgehend die Kamera zum Rechner des Kardinals inspizierte. »Wir wollen mal sehen, wer sich da zu schaffen macht«, sagte er zu sich selbst, »ich glaube, ich habe den Falschen verdächtigt.« Leider aber wurde Follieros Rechner per Fernzugriff gesteuert. Auf Doyles Aufnahmen war nur ein leerer Stuhl zu sehen.

»Sir, ich muss sie sprechen, es ist wichtig«, sagte Matteo zu Doyle, als er schon ohne Anklopfen in dessen Büro stand.

»Sie wollten mir was erklären, Matteo?«

Der Pater fing an, mit ruhiger Stimme sein Herz auszuschütten: »Wir vermuten, dass Kardinal Folliero wahrscheinlich den Mord an seiner Heiligkeit plant. Der Angriff auf unser System war bestimmt nur ein Ablenkungsmanöver, denn ansonsten ist nichts passiert. Kaito war gerade beim Papst und hat sich versichert, dass alles ok ist.

Folliero betreibt außerdem Kinderhandel, begeht Kindesmissbrauch und bedient sich dabei der Mafia, allen voran Francesco Venturi. Dessen Vater Don Massimo, den römischen Polizeichef sowie alle wichtigen Kardinäle und

Bischöfe hat er in der Tasche und er scheut keine Straftat, um ans Ziel zu kommen, den Heiligen Stuhl einzunehmen. Er ist korrupt, skrupellos und ein Soziopath.«

Doyle fragte besorgt: »Einiges davon weiß ich, einiges ist mir neu. Aber was haben sie vor?«

»Wir haben unumstößliche Beweise und Zeugen von Follieros Missetaten. Listen seiner Konten und von Transaktionen seiner Finanzen.«

Der Sicherheitschef ergänzte: »Ab sofort haben sie auch Videos seiner Pädophilenpartys mit all seinen Freunden, die sie von mir bekommen. Ich überwache ihn schon seit geraumer Zeit, aber ich habe wegen Datenschutz und Privatsphäre auf den richtigen Augenblick gewartet. Der scheint mir jetzt gekommen zu sein.«

»Und wer sind die Zeugen?«, fragte er noch.

Matteo antwortete unumwunden: »Schwester Rosaria, deren Tochter und ich.«

»Schwester Rosaria hat eine Tochter?« Doyle war erstaunt. Das hatte er nicht erwartet.

»Ja, es ist Ariella Salvani, Kaitos Freundin und sie werden's nicht glauben, ihr Vater ist Kardinal Folliero – mit DNA-Test belegt«, war Matteos Eingeständnis.

Doyle musste eine Pause einlegen. »Ariella hat einen anderen Namen – wurde sie adoptiert?«

Der Pater antwortete prompt: »Ja, aber das ist eine längere Geschichte.«

»Und welche Funktion nehmen Sie als Zeuge ein, wenn ich fragen darf?«, wollte Doyle genau wissen.

»Als sechsjähriger Waise wurde ich von Folliero und seinen Kumpanen missbraucht – bis ich zehn war.« Matteo sprach sachlich, emotionslos und gefestigt.

»Tut mir leid, das zu hören.« Der Ire war sichtlich berührt, »ich glaube, ich muss mich bei Ihnen entschuldigen, dass ich sie verdächtigt habe, aber alles, was sie taten, sah nach Infiltration aus – ihre Beweggründe habe ich jetzt natürlich verstanden.«

Matteo nickte dankend, berichtete detailliert von seinem Plan und bat Doyle, ihn dabei zu unterstützen, indem er die Sicherheitskräfte, wenn möglich, anderweitig einsetzt.

»Pater«, sagte er dann, »kein Problem, meine Sicherheitsleute und die Vatikanspolizei dürfen sowieso von all dem nichts wissen. Je weniger nach außen dringt, desto besser. Allerdings kann ich bei der Schweizergarde nichts ausrichten. Das ist eine eigene Truppe mit einem eigenen Kommandanten.«

»Wir werden das Kind schon schaukeln«, scherzte Matteo.

Beide verabschiedeten sich mit einem fragenden Lächeln.

Ob Matteo Chaos anrichten wird, dachte Doyle. *Grund genug hat er ja.*

Der Sicherheitschef hatte ein ungutes Gefühl.

49

Folliero saß in seinem Studierzimmer und starrte auf den Bericht, den Venturi ihm geliefert hatte. Das Licht der Tischlampe warf lange Schatten über den Schreibtisch, auf dem die Dokumente wie Beweismittel eines dunklen Geheimnisses lagen. Sein Blick wanderte über den Namen, der ihn am meisten erschütterte: Ariella Salvani – leibliche Tochter von Edoardo Folliero und Rosaria Sabbatini. Er hatte nie erfahren, dass er ein Kind hatte – geschweige denn eines, das so tief in sein Umfeld verwickelt war.

Er lehnte sich zurück, atmete schwer und ließ das Wissen auf sich wirken. Seine Finger trommelten leise auf der Tischkante, während sich in ihm ein düsterer Plan formte. Wenn Ariella seine Tochter war, dann war sie eine noch größere Schachfigur in seinem Spiel, als er je angenommen hatte. Er konnte sie für sich gewinnen, ohne dass sie es bemerkte. Und vor allem: Sie konnte ihm helfen, Kaito und Matteo zu Fall zu bringen, ohne dass sie verstand, dass sie seine Marionette war.

Der Kardinal lächelte kalt und stand auf. Sein Weg war klar.

Das Café war ruhig, das sachte Klirren von Kaffeetassen und leises Gemurmel bildeten die Kulisse für das von Folliero sorgsam arrangierte Treffen. Er hatte Ariella dorthin eingeladen, unter dem Vorwand, sie für ein theologisches Gespräch zu gewinnen, um ihre Meinung zu ethischen Fragen der Kirche zu hören. Das Thema, das sie als Dozentin für Ethik beherrschte, bot die perfekte Tarnung.

Der Kardinal trug einen eleganten schwarzen Anzug mit Kollarhemd, das ihn offenkundig als Geistlichen bestätigte. Allein die unauffällige goldene Uhr von Patek Philippe und der Kardinalsring gaben seinem Rang die entsprechende Bühne.

Ariella saß ihm gegenüber, dezent gekleidet, wie immer in müheloser Eleganz, mit einem royalblauen, kurzen, aber hochgeschlossenen Kleid und weißen Sneakers. Das zarte Make-up untermalte ihr jugendlich freundliches Lächeln, doch in ihren Augen lag ein Funken Skepsis. Eine subtile Unsicherheit machte sich in ihr breit, während sie die Beine anmutig übereinanderschlug.

»Es ist schön, dass sie gekommen sind«, sagte Folliero mit seiner sanften Stimme, die allgemein für seine charmante Höflichkeit gehalten wurde. »Ihre Meinung als junge Theologin interessiert mich tatsächlich.«

Ariella nickte. »Danke, Eminenz. Es ist eine Ehre, dass sie an meiner Meinung interessiert sind.«

Folliero beobachtete jede ihrer Bewegungen. Er wusste genau, dass Ariella sich stark und unabhängig fühlte. Doch er konnte die verborgene Unsicherheit in ihr spüren, die sie selbst nicht wahrnahm. Langsam setzte er an, das Gespräch zu lenken, geschickt und fast unmerklich wie ein erfahrener Puppenspieler.

»Wissen sie«, begann er, »es gibt in der Kirche viele Kräfte, die im Geheimen agieren, und nicht immer ist das, was sie vor sich sehen, auch die Wahrheit. Manchmal braucht es Menschen mit einem klaren moralischen Kompass, um zu verstehen, was wirklich wichtig ist.«

Ariella schien seinen Worten zuzustimmen. Sie dachte an Matteo, der sich oft über die Verstrickungen in der Kirche geäußert hatte, aber auch an Kaito, der an die Rolle der Technologie in einer besseren Zukunft glaubte. Doch Folliero setzte sofort nach.

»Sie müssen sich ja nur vorstellen, jemand, den sie lieben, wäre eine Gefahr für die Kirche, ohne es zu bemerken«, er dämpfte seine Stimme, »würden sie nicht alles tun, um ihn zu beschützen?«

Ariella sah ihn verwirrt an. »Ich – ich weiß nicht genau, ob ich Ihnen folgen kann.«

»Manchmal«, sagte Folliero, während er mit einer Hand den Tischrand berührte, »müssen wir Opfer bringen, um das zu erreichen, was richtig ist – auch wenn es schmerzt.«

Am folgenden Tag trafen sie sich in einem kleinen, gemütlichen Restaurant in der Stadt. Die Sonne war längst untergegangen, und das sanfte Licht der Straßenlaternen tanzte im Weinglas auf Follieros Tisch. Wieder hatte er es geschafft, Ariella in ein Gespräch zu verwickeln, das scheinbar harmlos begann. Doch diesmal schien er noch näher an sie heranzurücken, als er langsam, beinahe beiläufig über Kaito sprach.

»Ich habe gehört, sie sind mit Kaito Takemoto befreundet«, sagte Folliero, während er einen Schluck Wein nahm. »Er ist ein beeindruckender junger Mann. Aber in der Welt der Technologie lauern Gefahren, denen er sich vielleicht nicht bewusst ist.«

Ariella spürte einen Hauch von Unbehagen in seinen Worten. »Was meinen sie? Kaito ist vorsichtig, wenn es um Ethik und Verantwortung geht.«

Folliero lächelte mild. »Vielleicht, aber in seinem Umfeld könnten Kräfte sein, die ihn zu Entscheidungen zwingen, die er nicht versteht. Entscheidungen, die – gefährlich werden könnten.«

Er ließ den Satz im Raum hängen, und Ariella schien nachzudenken. Sie wusste, dass Kaito in brisante Projekte involviert war, die auch die Aufmerksamkeit mächtiger Institutionen auf sich gezogen hatten. Aber war er wirklich in Gefahr?

Der Kardinal spürte ihren wachsenden Zweifel. Er hatte den Samen des Misstrauens gepflanzt.

Zwei Tage später, in der Stille einer alten Kirche, trafen sie sich erneut. Diesmal war das Gespräch fast vertraulich, die Atmosphäre drückend und intim zugleich. Folliero spielte nun das letzte Blatt seines dunklen Spiels aus.

»Manchmal«, begann er leise, »müssen wir diejenigen, die uns nahestehen, vor sich selbst schützen. Matteo und Kaito – sie mögen es nicht wissen, aber sie könnten Dinge tun, die die Kirche gefährden.«

Ariella war still, aber in ihrem Inneren begann etwas zu brodeln. Follieros Worte hatten sich tief in ihre Gedanken gegraben. Die Zweifel, die er gesät hatte, wuchsen. »Aber – was sollte ich tun?«

Folliero sah sie mit sanfter Bestimmtheit an. »Vertrauen Sie darauf, dass sie das Richtige tun. Sie müssen verhindern, dass die beiden Schaden anrichten, bevor es zu spät ist.«

Ariella nickte langsam, ohne es richtig zu verstehen. Doch Folliero wusste: Der Moment war gekommen, in dem sie für ihn handeln würde. Die Saat war aufgegangen, und Ariella würde, ohne es zu wissen, seine Marionette werden – im perfekten Spiel, das er für sie geschaffen hatte. Er hatte das getan, worin er ein Meister war und was die Kirche dem Klerus seit zweitausend Jahren einprägte: Mysterien gestalten und tief im Glauben der Menschen verankern, um manipulierbare Realitäten zu pflanzen, die sich mühelos steuern lassen – das ist die schärfste Waffe der Religionen.

Ariella hatte solch eine neue Realität empfangen.

50

Nachdem Kaito das Sicherheitssystem der päpstlichen Gemächer inspiziert hatte, konnte Zani mit seinem Vorhaben beginnen. Im Vatikan herrschte Ruhe, als der Heilige Vater in seinem dezent beleuchteten Schlafgemach lag. Eine andächtige Stille erfüllte den Raum, die nur durch seinen gleichmäßigen Atem gestört wurde.

Der Kammerdiener trat gefasst zu seinem Bett und hielt eine genau vorbereitete Spritze in seiner Hand. Ein Mann, der wusste, dass er eine Grenze überschreiten würde, von der es kein Zurück gab – mit kalter Entschlossenheit in den Augen.

Der Papst, schwach und bereits gezeichnet von seinem Alter, aber daran gemessen bei bester Gesundheit, lächelte friedlich. »Ich bete für sie, mein Sohn«, antwortete er sanft. »Bitte beten sie auch für sich, Heiligkeit«, flüsterte Alessandro mit einer Stimme, die leise und doch fest klang.

Die Finger des Pontifex zeichneten ein langsames Kreuz in die Luft, den Blick zum Himmel gerichtet. »Der Herr hat mir längst die Absolution erteilt. Wenn mein Tod Leben rettet, dann bin ich bereit.«

Alessandro nickte wortlos. Mit einer Routine, die fast mechanisch wirkte, prüfte er die Spritze, klopfte leicht gegen die Glasphiole, um die letzten Luftblasen zu entfernen, und drückte vorsichtig etwas Flüssigkeit heraus. Er

desinfizierte die Einstichstelle in der Armbeuge des Pontifex und setzte die Nadel an.

Das Gift strömte dem Papst sanft und unaufhaltsam in
die Venen. Einen Augenblick lang schien es, als ob nichts
vor sich ginge, nur das sanfte, regelmäßige Ticken der
Wanduhr konnte gehört werden. Aber schon bald fing er
an, unbeständig zu atmen. In unregelmäßigen, krampf-
haften Bewegungen hob und senkte sich sein Brustkorb, als
wollte sein Körper den bevorstehenden Untergang
bekämpfen. Er flüsterte mühsam: »Es – brennt –«, seine
Finger griffen nach der Bettdecke und er riss seine Augen
in einem stummen Schrei weit auf.

Alessandro blieb von außen still, aber sein Herz raste.
»Ganz still, Heiligkeit«, murmelte er, indem er die Hand
des Papstes beruhigend anlegte. Der Augenblick der Wahrheit war gekommen, als sich der Puls des Pontifex
beschleunigte und dann plötzlich stockte. Alessandro
drückte die Alarmtaste neben dem Bett. »Ambulanz!«
Seine Stimme klang erschreckend ruhig, als die Notfall-
teams durch die engen Flure eilten.

Die Rettungskräfte waren schnell – doch zu spät. Eine
kurze Untersuchung bestätigte das Undenkbare: Herzinfarkt. Alles verlief wie geplant.

Alessandro begleitete den Pontifex auf seinem letzten
Weg in die Klinik. Sein Gesicht spiegelte tiefe Trauer wider,
doch in seinem Inneren kochte es vor Adrenalin. Er hatte
seine Aufgabe erfüllt, und nun lag der Rest in den Händen
der Mächte, die dieses tödliche Spiel inszeniert hatten. Sein

Kopf war klar, er wusste, was als Nächstes kommen würde.

In den Schatten des Vatikans wartete Venturi. Er hatte die Szenerie unbemerkt beobachtet, stand im Hintergrund, bereit einzugreifen, sollte etwas schiefgehen. Doch alles lief nach Plan. Der Papst war tot, und mit ihm würden die alten Machtverhältnisse bald zusammenbrechen.

Venturi lächelte kalt, als er den Transport des leblosen Körpers des Heiligen Vaters verfolgte. Sein Plan, die Intrigen, die er gesponnen hatte – sie alle gingen auf. Der Vatikan würde bald erschüttert werden. Und er, Venturi, würde der Architekt dieser neuen Ordnung sein. Kardinal Folliero war der neue Papst, soviel war sicher und er stand jetzt in seiner Schuld. Es bestand nicht der geringste Zweifel, dass er gewählt würde. All seine Konkurrenten hatten Leichen im Keller, die Folliero beweisen konnte. Niemand würde sich ihm in den Weg stellen.

Am nächsten Morgen war die Nachricht in aller Munde. Schlagzeilen weltweit verkündeten den Tod von Papst Konstantin II. Die offizielle Erklärung: Ein unerwarteter Herzinfarkt. Der Vatikan sprach von tiefer Trauer, das Kardinalskollegium bereite sich auf das Konklave vor. Doch hinter verschlossenen Türen flüsterte man über Verrat, Machtspiele und die Dunkelheit, die sich über den Kirchenstaat legte.

Venturi konnte, während das System kompromittiert war, einige von Matteos Daten sichern und entdeckte ein paar Zeilen über Betäubungsmittel und den Zeitplan der

Wache Follieros. »Er hat irgendwas mit dem Kardinal vor«, murmelte er, »ich muss den Pater und seinen Japs unschädlich machen.« Dann machte er sich auf den Weg.

51

Der Tod des Papstes brachte den Vatikan in Aufruhr. Der Weg für Folliero zur Machtübernahme war frei. Die Zeit drängte und sie mussten schnell handeln.

Matteo bereitete alles sorgfältig vor, während die KI im Hintergrund weiterhin unermüdlich analysierte, Veränderungen registrierte und die Pläne anpasste. Heute Nacht mussten sie zuschlagen. »Wenn er erst einmal die Mitra auf dem Kopf hat, ist es zu spät«, meinte Matteo zu Kaito.

Mithilfe der gesammelten Daten und der daraus gewonnenen Erkenntnisse hatten sie jeden Schritt und jede Bewegung sorgfältig durchdacht. Matteo war sich bewusst, dass Genauigkeit und die Fähigkeit zur Bewältigung unvorhergesehener Umstände für den Erfolg ihres Vorhabens entscheidend waren.

Er löste den fingierten Brandalarm in der Nähe der päpstlichen Gemächer aus. Die Schweizergarde ließ alles stehen und liegen und lief zur Schadensbegrenzung zum Ausgangspunkt des Alarms.

Es war Zeit für Matteo und seine Freunde, ihren lange ausgeklügelten Plan in die Tat umzusetzen. Über die Ohrhörer kam die Meldung, dass Francesco Venturi im Moment Richtung Kardinal lief. Es galt, äußerst vorsichtig und wachsam zu sein.

Schwester Rosaria machte sich – etwas unsicher – mit

dem Betäubungsmittel auf den Weg zu Folliero. Die ganze Crew war untereinander verbunden über Kaitos Emo-Pluggs. Rosaria kannte die endlosen Gänge auswendig. Matteo wollte nachkommen, weil er noch einige Kleinig-keiten am Rechner einstellen musste. Kaito überwachte die Kommunikationskanäle vom Büro aus und stellte sicher, dass die Überwachung ohne Unterbrechung funktionierte. Der Weg war frei und alles lief nach Plan. Rosaria war noch ungefähr vier Abzweigungen von der Bibliothek Fol-lieros entfernt, als ihr jemand auf die Schulter tippte.

»Möchten sie zu seiner Eminenz – Schwester?« Die Stimme Pater Ricardos war ebenso unappetitlich wie präg-nant.

Rosaria erschrak zu Tode. »Hallo, Pater Ricardo, ja, er ist doch in seiner Bibliothek oder etwa nicht?«

»Natürlich, wie immer mittwochabends. Kommen sie doch einfach mit, ich begleite sie.«

Dieser Widerling gefährdet die ganze Mission, waren ihre Gedanken und sie wusste nicht, wie sie sich verhalten sollte. »Ja, gerne«, fiel ihr gerade noch ein. Sie hatten doch recherchiert, dass er Feierabend hatte und um diese Zeit zu Hause sein müsste.

Ricardo, als enger Mitarbeiter des Kardinals, glaubte zu wissen, was Rosaria bei seinem Chef wollte. Er grinste: »Schwester, ich vermute, seine Eminenz ist heute Abend sehr müde. Er wird ihre Gesellschaft sicherlich als zu anstrengend empfinden. Wir sollten nebenan in die Auf-bewahrungskammer für seltene historische Dokumente verschwinden, wenn sie wissen, was ich meine.«

Natürlich wusste sie es. »Ich glaube nicht, dass das eine gute Idee ist, Pater«, entgegnete sie resolut, »seine Eminenz wartet sicher schon.«

»Das war keine Bitte, Schwester«, fluchte er in einem herrischen Ton und packte sie grob am Arm, um sie unvermittelt in den nahe gelegenen engen Raum zu zerren.

Rosaria keuchte ängstlich. »Was wollen sie, Ricardo? Lassen sie mich in Ruhe«, als er ihr eine kräftige Ohrfeige verpasste, dass sie glaubte, ihr Genick wäre angebrochen. Gleich darauf drückte er sie in eine Ecke, hielt ihr mit einer Hand den Mund zu und schob ihr Ordenskleid hoch. Sie hatte keine Chance gegen diesen Hünen, aber sie wehrte sich trotzdem, so gut sie konnte. Ein Tritt in seinen Unterleib brachte ihn kurzzeitig zur Räson, machte ihn aber noch wütender. Das sizilianische Temperament ging vollends mit ihm durch: »Das macht dir doch Spaß, du Schlampe!« Dabei schlug er wieder zu. Rosaria blutete am Mundwinkel und versuchte, sich in dem aussichtslosen Kampf zu schützen.

Gerade in dem Moment, als der Sizilianer sich über sie beugen wollte, platzte Matteo in den Raum. Ricardo zog blitzschnell ein Messer aus seiner Kutte und ging auf ihn los. Doch Matteo wich elegant aus, die KI in seinem Ohr verarbeitete Ricardos Emotionen schneller als dessen Instinkt. Jeder Angriff wurde berechnet, und der Pater blieb stets einen Schritt voraus. Sein Training zahlte sich aus: In tänzelnden Bewegungen parierte er die Angriffe geschickt. Doch die Auseinandersetzung war intensiver, als es schien – ein plötzlicher kleiner Schnitt am Oberarm brachte ihn kurz aus dem Gleichgewicht.

Rosaria, die den Kampf ängstlich beobachtet hatte, fasste sich ein Herz, zog die Flasche mit dem Betäubungsmittel aus ihrer Seitentasche und konnte gezielt eine kräftige Dosis in Ricardos Gesicht sprühen. Dabei musste sie nur aufpassen, dass sie nicht auch Matteo erwischte. Follieros Scherge sackte innerhalb weniger Augenblicke zusammen.

»Danke, das war knapp«, mehr konnte der Pater – ganz außer Atem – nicht sagen.

Sie hatten im Büro das ganze Gespräch mit Ricardo mitbekommen und Matteo war direkt losgestürmt. »Rosaria hat Schwierigkeiten«, rief er Kaito zu, »ich bin unterwegs dahin. Ricardo, Follieros Adjutant, hat sie in der Mangel.« »Ich komme sofort nach«, antwortete Kaito.

Gleich darauf war auch er zur Stelle und konnte sich überzeugen, dass alle halbwegs wohlauf waren. Er fesselte Ricardo mit seinen Kabelbindern, die er immer dabei hatte. Matteo half ihm, dem Mann einen Knebel zu verpassen und ihn einstweilen in eine dunkle Ecke der Kammer zu verfrachten, wo sie ihn an einem Heizungsrohr festbanden.

52

Seine Bibliothek war still. Nur der ferne Klang von Glocken drang in den Raum, während Kardinal Folliero im Schatten der zahlreichen Buchregale saß und nachdachte. Er versuchte, sich durch motivierende Gedanken auf den Heiligen Stuhl vorzubereiten, denn er war so kurz vor seinem Ziel.

Ich brauche keine Gebete oder Liturgien – sondern Macht. Der Papststuhl ist kein heiliger Ort, sondern ein Thron, den ich längst verdiene. Seit Jahrzehnten kenne ich jede Intrige, jede Schwäche in diesen Mauern. Der Papst ist nicht ein Hirte, sondern ein Monarch – und ich werde dieser Monarch sein.

Ich werde das Denken von Milliarden lenken, Regierungen zu meinen Füßen wissen und Geschichte schreiben. Skrupel? Nicht ich. Die Mafia ist ein Werkzeug, nichts weiter. Ein Mord ist nur ein bedeutungsloser Mensch weniger und ein notwendiger Schritt. Meine Gegner klammern sich an Prinzipien, während ich die wahre Macht verstehe: Kontrolle. Ich werde Papst. Es gibt keine Alternative.

Schwester Rosaria war leise, als sie vor der Bibliothek ankam. Sie öffnete die Tür in der Hoffnung, dass sie nicht knarrte und fand ihr Opfer mit geschlossenen Augen, sinnierend, in einer tiefen Gebetshaltung.

Ihr Herz schlug schneller, als sie ihm näher kam, doch sie wusste, dass jede Sekunde zählte. Die Sprühdose mit dem Midazolam lag schwer in ihrer Hand, doch bevor sie es zum Einsatz brachte, hörte sie ein leises Klicken.

»Ich habe dich erwartet«, ertönte die kalte Stimme des Kardinals.

Rosaria erstarrte. Folliero hatte sich nicht einmal umgedreht, doch in seiner Hand hielt er eine Pistole, die auf sie gerichtet war. Langsam erhob er sich, seine Augen öffneten sich und bohrten sich in ihre. Sie waren kalt, gnadenlos, ohne den Hauch der Heiligkeit, die seine Position verlangte.

»Sieh an, die Nonnenhure«, zischte Folliero, seine Lippen verzogen sich zu einem sardonischen Lächeln. »Glaubst du wirklich, du könntest mich überlisten?«

Rosaria blieb regungslos stehen, versuchte, ihre Angst zu verbergen. Sie bemühte sich, die Sprühdose mit der Hand zu verdecken. »Ich tue das, um Gerechtigkeit zu bringen. Für die Kinder, für die Opfer deines abscheulichen Lebens.«

Folliero lachte höhnisch. »Gerechtigkeit? Du? Eine verbitterte Nonne, die glaubt, sich gegen das System auflehnen zu können? Du hast keine Ahnung, in welchen Tiefen du dich bewegst.« Er trat einen Schritt auf sie zu, die Pistole noch immer fest auf sie gerichtet. »Das hier ist viel größer als du, Rosaria. Ich stehe über Euch allen – über dir, über den Gesetzen, über Gott selbst.«

»Du stehst über niemandem«, zischte Rosaria zurück,

während ihre Finger die Dose in ihrer Tasche umklammerten. »Du bist ein Monster und als solches wirst du gerichtet werden.«

»Monster?«, wiederholte Folliero und lächelte erneut – diesmal breiter. »Was denkst du, wie viele Priester, Kardinäle, ja sogar Päpste genau wissen, was ich tue? Und sie alle haben weggesehen. Sie brauchen mich – so wie auch du mich gebraucht hast, als du in meinem Waisenhaus warst.« Er hob die Waffe ein wenig an, fixierte sie mit einem kalten Blick. »Aber genug davon. Es wird Zeit, dass du aufhörst, mir im Weg zu stehen.«

Ein Adrenalinstoß durchfuhr Rosaria. Sie wusste, dass sie nur einen Moment hatte, eine einzige Chance. In einem raschen Bewegungszug hob sie ihre Hand mit dem Midazolam und drückte ab. Der feine Sprühnebel traf Folliero direkt ins Gesicht.

Er blinzelte, wankte einen Schritt zurück. »Was – was hast du getan?« Seine Augen weiteten sich, als das Beruhigungsmittel begann, seine Wirkung zu entfalten.

»Ich habe dafür gesorgt, dass du für deine Taten bezahlen wirst«, flüsterte Rosaria, die Pistole in seinen Händen zitterte und ein Schuss löste sich, während er taumelte. Die Kugel ging aber ins Leere. Sein Körper schwankte, die Pistole fiel klirrend zu Boden, als seine Knie nachgaben.

Folliero griff nach dem Tisch, um sich zu stützen, doch seine Muskeln gehorchten ihm nicht mehr. »Du – Dreckstück«, stammelte er, bevor er bewusstlos zu Boden stürzte.

Rosaria atmete schwer, ihr Herz hämmerte gegen ihre Brust. Sie hatte es geschafft – zumindest für den Moment. Doch es war noch nicht vorbei. Schnell steckte sie die Pistole ein, nahm Follieros Handy und begann, es zu durchsuchen. Sie wusste, dass er Kontakt zu den höchsten Kreisen der Macht hatte, und genau da könnten seine eigenen Daten noch helfen. Jeder Beweis war wichtig.

Plötzlich vibrierte das Handy in ihrer Hand. Eine Nachricht erschien auf dem Display: »Bin unterwegs, Francesco.«

Rosarias Magen zog sich zusammen. Sie wusste, dass sie nicht viel Zeit hatte.

Augenblicke später kamen Matteo und Kaito, beide außer Atem, in die Bibliothek gerannt. »Wir haben einen Schuss gehört. Ist was passiert?« Matteo war besorgt.

»Nein, nix passiert, aber ein Segen, dass ihr da seid. Francesco ist unterwegs hierher, was immer das heißt«, sagte sie, »bitte seid vorsichtig. Die Nachricht kam gerade eben.«

»Woher weißt du das?«, wollte Kaito wissen.

Triumphierend hielt sie Follieros Handy hoch: »Ein Kardinalshandy, neuestes Modell.« »Und das hier habe ich auch noch«, flachste sie und zog die Pistole aus ihrem Umhang.

Matteo und Kaito schmunzelten beide, während sie den Kardinal in eine stehende Haltung brachten. Dann schleppten sie ihn wie einen Betrunkenen zum Ausgang der Bibliothek. In diesem Moment kam eine verschlüsselte Nachricht von Gavin Doyle: »Venturi ist in ihrer Nähe. Er weiß etwas.«

»Haben wir gerade gehört, danke.« Matteo war jetzt doch etwas beunruhigt. »Kaito, wir wurden jetzt schon von drei Seiten gewarnt wegen Venturi. Scheinbar weiß er mehr, als gut für ihn ist. Er war ja im System und hat da anscheinend was gefunden.«

»Folliero wusste auch, dass ich komme«, warf Rosaria ein.

»Okay, ich mache das«, erwiderte Kaito, »sieh zu, dass du den Kardinal ins Versteck schaffst, Matt.« Zu Rosaria gewandt meinte er: »Schwester, du musst unserem verletzten Pater dabei helfen. Folliero hat auch wieder zugenommen, habe ich gerade gemerkt. Die vielen Hostien, zu viele Kohlenhydrate«, amüsiert übergab er seine Seite Follieros an sie weiter.

53

Kaito musste Venturi finden. »Doyle, Sir, haben sie Venturi auf dem Monitor?«, fragte er, systematisch die Gänge absuchend.

»Noch nicht, dieser Loser hatte ja ein bisschen was lahmgelegt. Ich arbeite daran.« Der Sicherheitschef war nicht ganz so schnell wie seine beiden jungen Genies.

»Das habe ich auch bemerkt. Die alte Überwachungssoftware ist gerade still, aber meine KI funktioniert noch«, fügte er stolz hinzu.

»Deine KI wird sich aber gleich verabschieden«, raunte Venturi leise – seine Stimme, gefährlich nahe hinter Kaito, wurde von einem Schlag in dessen Nacken begleitet. Der Aikidomeister konnte den Hieb gerade noch durch seine blitzschnelle Reaktion mit einer kurzen Drehung abmildern. Nicht auszudenken, wenn er die volle Wucht abbekommen hätte, waren seine Gedanken. Der Raum war still, die Spannung spürbar, als Kaito und Francesco Venturi einander gegenüberstanden. Zwei Männer, zwei völlig unterschiedliche Kampfstile, die sich im Zentrum dieser Konfrontation vereinten. Venturi, schwer wie ein Felsen, trainiert in der tödlichen Kunst des Krav Maga, stand breitbeinig da, seine Muskeln angespannt wie Stahlseile. Jede Faser seines Körpers schien darauf vorbereitet, blitzschnell und ohne Gnade zuzuschlagen. Sein Atem war ruhig, seine

Augen fest auf Kaito – ihm gegenüber – gerichtet. Der hingegen war schmal, fast unauffällig im Vergleich, aber nichts an ihm wirkte unsicher. Seine Arme hingen locker an den Seiten, seine Füße fest, aber leicht auf dem Boden verankert, bereit, jeden Angriff aufzunehmen. Die EmoPluggs in seinen Ohren gaben ihm Venturis vitale Informationen: Herzfrequenz, Atemrhythmus, Körpertemperatur. Sie waren nützlich, aber für Kaito war das bloß eine Ergänzung zu seiner ohnehin messerscharfen Wahrnehmung. Er konnte jede kleine Regung seines Gegners lesen.

Francesco verlor die Geduld und machte den ersten Zug. Ohne Vorwarnung stürmte er auf Kaito zu, ein wütender Fauststoß, der mit präziser Gewalt zielstrebig auf dessen Gesicht zuging. Die Geschwindigkeit war beeindruckend, aber Kaito wich im letzten Moment seitlich aus, als hätte er den Schlag kommen sehen, bevor Francesco sich überhaupt bewegte. Er ergriff Venturis Arm, drehte ihn sanft, nutzte die Wucht des Angriffs und leitete die Bewegung um, sodass sich sein Gegner fast selbst aus dem Gleichgewicht brachte.

Doch dieser ließ sich nicht aufhalten. Seine Fäuste schossen erneut vor, diesmal mit noch mehr Kraft in einer schnellen Folge von Schlägen, die darauf abzielten, seinem Gegner keine Zeit zum Reagieren zu geben. Kaito jedoch war wie Wasser. Jeder Schlag, der kam, wurde mühelos abgelenkt. Francesco schlug mit aller Kraft zu, aber es fühlte sich an, als ob er die Luft verprügeln wollte. Seine Fäuste schnitten durch die Leere, nur um sofort ins Nichts geführt zu werden. Kaito kämpfte nicht, er ließ Francesco kämpfen und sich dabei selbst erschöpfen.

Ein heftiger Kick von Venturi, gezielt auf Kaitos Brust, blitzte durch die Luft. Dieser duckte sich tief, griff das Bein seines Gegners und nutzte die Bewegung, um den Angreifer mit einer fließenden Drehung zu Boden zu bringen. Der Aufprall war hart, doch der Mafioso, in blinder Entschlossenheit, sprang sofort wieder auf. Schweiß lief ihm über die Stirn, seine Atmung wurde schwerer. Kaito hingegen stand unverändert da, seine Ruhe fast schon provozierend. Venturi wurde zornig, seine Schläge unkontrollierter, seine Bewegungen hektischer.

Jeder neue Angriff von Francesco war brutaler, aber auch weniger präzise. Kaito hingegen blieb wachsam und gelassen, wartete, bis Venturi in seiner Wut einen entscheidenden Fehler machte. Und dieser Fehler kam. Francesco startete einen letzten, verzweifelten Angriff, stürmte auf Kaito zu, sein Gesicht verzerrt von Frustration. Der Aikidomeister bewegte sich wie eine Welle im Ozean, wich aus, drehte sich geschickt um seinen Gegner und packte ihn erneut. Diesmal griff er entschlossen zu, seine Hüfte leicht gedreht, um die volle Kontrolle über Venturis Körper zu gewinnen.

Mit einer eleganten, aber kraftvollen Bewegung brachte Kaito den Mafioso zu Boden, ein Armhebel, der keine Flucht zuließ. Francesco lag da – außer Atem, die Muskeln erschlafft von der Anstrengung –, während Kaito über ihm stand: ruhig, gelassen, fast mitfühlend. Es war kein Kampf des Sieges, es war die Manifestation von Kontrolle ohne Zwang. Kaito drückte sanft gegen Venturis Schulter, um ihm zu zeigen, dass es vorbei war.

Ohne Widerstand ließ sich Francesco fesseln, die stabilen Kabelbinder fest um seine Handgelenke gelegt. Die größte Gefahr war gebannt, der Kampf zu Ende, aber nicht mit Gewalt, sondern mit der subtilen Macht des Aikido.

Der Mafioso lief, etwas gebeugt durch die Fesseln, von Kaito angetrieben, zu Matteos Versteck. Die Kopfhörer dienten als Navi durch das verwirrende Labyrinth aus uralten Gängen.

Dort angekommen drapierte Kaito sein ›Paket‹ auf einen Stuhl und fesselte ihn zusätzlich mit einem starken Seil. »Yo, Venturi, dumm gelaufen. Krav Maga, oder? Klingt wie: ›Siehst du was? Hau drauf!‹ Krass – keine Regeln, nur Chaos. Keine coolen Moves, nur so: ›Augen, Kehle, Weichteile, zack, fertig!‹ Selbst 'ne Pizza wär wahrscheinlich vor dir nicht sicher!«

Venturi grinste in an: »Glaubt ihr echt, ich bin so blöd und lasse mich schnappen, ohne mich vorher abzusichern?«

»Ja, das glauben wir«, meinte Kaito und betäubte Francesco mit dem noch ausreichend vorhandenen Midazolam. Trotz allem war diese skrupellose Kampfmaschine nicht zu unterschätzen und er ließ größte Vorsicht walten.

54

Am Tag darauf fand das Tribunal statt. Der an den Händen gefesselte Kardinal Folliero war gezwungen, seine purpurrote Soutane abzulegen, was er nur widerwillig tat. Matteo riss den edlen Stoff mit rauer Entschlossenheit auseinander. Sein Ziel war es, den Kardinal ebenso entblößt und gedemütigt erscheinen zu lassen wie Jesus am Kreuz. Sorgfältig riss er ein Stück ab, das gerade groß genug war, um als notdürftiges Lendentuch den Unterleib zu bedecken. Mit Klebeband befestigte er das knappe Tuch um Follieros Hüfte, welcher alles wehrlos ertragen musste. Am Ende stand eine elende Gestalt vor Matteo, die nicht nur ihrer Macht, sondern auch ihrer Würde beraubt war.

Folliero kniete auf Anweisung Matteos, von der Last seiner Sünden gebückt, inmitten des kühlen Raumes und wartete nun auf die Erlösung oder den Schmerz, der kommen mochte. Seine geheuchelte Demut war offensichtlich.

Matteo sah dieses grausame Monster vor sich und erinnerte sich sehr deutlich an eine Nacht, an der sie zu dritt über ihn hergefallen waren, allen voran der Kardinal. Er hörte ihr Lachen, als sie ihn wie ein Stück Fleisch ihren Trieben opferten, immer und immer wieder. Die Szenen liefen vor seinem inneren Auge ab, klar und unmissverständlich. Die Demütigungen und vollkommene Ohnmacht eines Kindes gegenüber drei erwachsenen Männern machte ihn zornig. Matteos Miene fror zu Eis, starr und unnachgiebig. Er war zu allem bereit und hatte alle guten Absichten verworfen, zugunsten archaischer Racheakte und vernichtender, endgültiger Maßnahmen.

Schwester Rosaria kannte diesen Blick und ahnte nichts Gutes.

Der Anblick Follieros – dieser Bestie – veränderte Matteos Haltung so grundlegend, dass es einer Gehirnwäsche gleichkam. Kaitos gewaltfreie Lösungen und all die vielen tröstenden Worte waren vergessen. Den Grundsätzen seiner Glaubenslehre konnte Matteo nicht mehr vertrauen. Er dachte nur noch an die grausamen Nächte und an die körperlichen und seelischen Schmerzen, die ihm Folliero damals zugefügt hatte. Matteos Dämonen kamen mit unerbittlicher Vehemenz zurück und traten all die sanftmütigen Erkenntnisse von Gewaltlosigkeit in den heiligen Boden. Er wollte, dass dieser Mann so leiden musste wie er als sechsjähriges Kind.

Hier in diesem Versteck, Matteo nannte es die Kammer, wird sich das Ritual der harten Buße entfalten. Hier, wo die Schatten der Vergangenheit durch die zerklüfteten Bögen tanzten, sollte die Reinigung nicht nur durch Worte, sondern durch die rauen Klänge der Züchtigung ihren Ausdruck finden.

Die Anwesenden waren alle von Matteo als Zeugen des Tribunals eingeladen worden: Kaito Takemoto, Schwester

Rosaria, Ariella Salvani, Gavin Doyle und der vereidigte Notar Dr. Guiseppe D'Albani, ein vom Pater zuvor eingeweihter und ihm vertrauter Freund, blickten mit gemischten Emotionen auf das, was sich entfaltete. Im Halbdunkel schwankten sie zwischen der Ansicht, die Kirche als Zuflucht der Gnade zu sehen, und der Anerkennung des Zorns Gottes, der sich in den peitschenden Ketten manifestierte.

In einer Ecke saß Francesco Venturi, immer noch auf dem Stuhl gefesselt und geknebelt. Er sollte die nachfolgende Zeremonie entmachtet verfolgen können.

Ein paar Meter weiter lag Pater Ricardo auf einer Bank, auch mit Stricken fixiert und mit Klebeband zur Schweigsamkeit verurteilt. Er konnte seinen Blick nicht von den Folterinstrumenten abwenden, die sich auf ewig in sein Hirn einbrannten.

Matteos Gesichtszüge waren von Entschlossenheit gezeichnet. Er stand breitbeinig vor dem Mann, dessen Seele in den Abgründen eigener Taten verloren schien. Die Luft war schwer vor Spannung, als der Priester die Geißel in einer Hand hielt. Auf dem Tisch vor ihm hatte er die peinigenden Werkzeuge vorbereitet, eigentlich nur zur Abschreckung und Bekräftigung von Follieros Geständnis – Ketten, Messer, Zangen, eine Daumenschraube und Brandeisen, die die harte Realität der Buße verkörperten. Daneben lag die Dornenkrone zur schmerzhaften Verhöhnung dieser menschenverachtenden Bestie. Nun aber war es an der Zeit, Taten sprechen zu lassen.

Matteo stellte eine Staffelei vor den Kardinal und drapierte ein hochvergrößertes Foto darauf, das diesem den kalten Angstschweiß auf die Stirn trieb. Es zeigte einen der kleinen Jungen, der einst in seiner Obhut grausame Spielchen erleiden musste. Dann nahm er die Dornenkrone und setzte sie dem Delinquenten ohne Vorwarnung auf, mit festem Druck, schnell und unerbittlich. Die spitzen Dornen bohrten sich in seine Kopfhaut. Folliero schrie auf und ein dünnes, blutiges Rinnsal lief an seiner Schläfe herunter.

»Mein Ordensname ist Matteo, doch mein Geburtsname ist Marco«, sprach er mit fester Stimme und ergänzte mit einem verächtlichen »Eminenz, jetzt kennen sie einen der tausend Gründe, warum sie hier sind.«

Das Bild des Jungen, dessen zierlicher, mädchenhafter Körper dem Kardinal besonders attraktiv erschien, erinnerte ihn an die Schreie, die ihn damals anstachelten, seine ganze Manneskraft an das Kind zu vergeuden. Der Gedanke an das Blut des misshandelten Geschöpfes, das sich jedes Mal mit seinem unheiligen Auswurf vermischte, erregte ihn sogar jetzt noch. Gewissenlos ließ er den kleinen Marco immer halb tot wie ein nutzloses Stück Fleisch auf dem Boden liegen. Sollten sich die Schwestern darum kümmern.

Dieser Bastard soll die unendlichen Leiden der gepeinigten Kinder am eigenen Leib erfahren, dachte Matteo, als er vor dem Scheusal stand, das ihm solche Qualen zugefügt hatte, und er war bereit, den Moment zu nutzen.

Die jahrelange Wut und der Schmerz, die ihn seit seiner Kindheit begleitet hatten, schienen sich in diesem Augenblick deutlicher zu kristallisieren, als er es je für möglich gehalten hätte. »Alleine die Qualen, die sie mir angetan haben, die hundertfachen Vergewaltigungen, Misshandlungen, Erniedrigungen, die schlimmsten psychischen Schäden, die man einem sechsjährigen Kind zufügen kann, wären Grund genug für eine grausame, schmerzhafte Exekution. Aber darüber hinaus haben sie viele Hundert Kinder verkauft an Perverse, Bordelle, Harems oder andere Sklavenhändler, wenn sie sich nicht gerade selbst an ihnen vergangen haben – sie und ihre ekelhaften Kumpels.«

Matteo hob die neunschwänzige Geißel hoch, spürte das Gewicht des Leders und die Kühle des Raumes auf seiner Haut. »Ich kann ihre Dämonen nicht austreiben, aber ich kann sie begraben!«, fauchte er und seine Augen waren kalt auf den Kardinal gerichtet, der immer noch gebeugt vor ihm kniete, als ob er beten würde. Er sollte erfahren, was es heißt, ausgeliefert zu sein, ohne Hoffnung. Keine Erpressung, keine Bestechung und kein Mord konnten ihm jetzt helfen. Alle Reichtümer waren plötzlich wertlos.

Matteo nahm seine Umgebung nicht mehr wahr, atmete tief durch und holte zum Schlag aus.

»Es reicht!«, die Zeit stand still, als Kaito unvermittelt dazwischen sprang und sich schützend vor das Opfer stellte. Seine Bewegung war geschmeidig und zielstrebig wie eine sanfte Brise, die unerwartet durch den Raum wehte. Er stand da wie ein lebendiges Mahnmal, seine Haltung gelassen, aber bestimmt. Seine dunklen Augen, die tiefe Nachdenklichkeit und unerschütterliche Entschlossenheit gleichermaßen widerspiegelten, waren voller Ernsthaftigkeit auf Matteo gerichtet. Es war ein Blick, der nicht nur Worte sprach, sondern auch in die verborgenen Tiefen der Seele eindrang.

Kaito hielt Matteo mit festem Griff an beiden Schultern und offenbarte mit ruhiger, aber nachdrücklicher Stimme:

»Matteo, das Einzige, was es hier zu bekämpfen gibt, ist der nach Kampf strebende Geist in uns.« Seine Worte zitierten den Aikido-Gründer Ueshiba Morihei.

Die Stille wurde von diesen Worten durchgedrungen, die Matteos Seele augenblicklich in Besitz nahmen. »Wenn du diesen inneren Kampf meisterst, wirst du alle äußeren Konflikte überwinden«, fügte Kaito mit bedächtiger Ruhe hinzu, »wir besiegen den Feind nicht mit Gewalt, sondern mit sich selbst.«

Er drehte sich zur Tür und seine Stimme nahm einen feierlichen Unterton an: »Es wird jetzt Zeit, die anderen Zeugen hereinzuholen.«

Gavin Doyle öffnete leise die Tür und herein kamen einundzwanzig Menschen mit erstaunten und gleichzeitig entsetzten Gesichtern, als sie die Szenerie begriffen. Langsam formierten sie sich zu einem Halbkreis und beobachteten still das Geschehen.

Diese Leute schenkten Matteo neue Zuversicht. Eine leise, aber nachhaltige Veränderung regte sich in ihm – eine Einsicht, die langsam in sein Innerstes drang, begleitet von einer inneren Zerrissenheit, die ihn quälte.

Jahrelang hatten ihn rachsüchtige Träume und wiederkehrende Albträume verfolgt, in denen er die letzten qualvollen Momente des Kardinals immer wieder durchlebte. Es fiel ihm schwer, diese düsteren Erinnerungen abzulegen. Die letzten Minuten hatten zudem die abgrundtiefe Bosheit Follieros wieder in ihm aufkochen lassen.

Aber seine scharfe Wut und sein Hass verloren durch Kaitos Intervention und durch die Anwesenheit der neuen Gäste an Stärke, als würde eine samtige Stille die inneren Tumulte besänftigen und den klaren Himmel seiner Seele freilegen.

Matteo ließ die Geißel, dieses bedeutungsvolle biblische Instrument, langsam sinken. Er atmete tief ein, und in diesem Atemzug lag eine neue Erkenntnis, eine unbekannte Freiheit. Es war, als ob er zum ersten Mal seit vielen Jahren wieder klar sehen konnte. Kaito trat zur Seite, seine Augen immer noch fest auf Matteo gerichtet, bereit, ihn zu stützen oder einzuschreiten.

Der Pater stand einige Minuten regungslos mit gesenktem Kopf vor Kaito und begriff allmählich, dass der wahre Sieg nicht in der Rache lag, sondern im Überwinden des eigenen Hasses. Der Kardinal war immer noch derselbe Mann, aber für Matteo veränderte sich gerade alles. Er fühlte keinen Zwang mehr, die Vergangenheit in Blut und Schmerz zu ertränken. Stattdessen spürte er eine tiefe, unerwartete Befreiung. Vorsichtig nahm er Folliero die Dornenkrone vom Kopf und ließ sie fallen. Die Dornen splitterten auf dem harten Steinboden. Seine Reise war noch nicht zu Ende, aber er hatte den ersten entscheidenden Schritt in Richtung eines neuen Anfangs gemacht.

Im Raum herrschte Totenstille. Bedächtig legte Matteo die martialische Geißel weg. Nach einer Minute der Besinnung erinnerte er sich wieder daran, dass er ein Mann der Kirche war, und wandte sich als Geistlicher mit lauter Stimme zum Kardinal: »Gott, der barmherzige Vater, hat durch den Tod und die Auferstehung seines Sohnes die Welt mit sich versöhnt und den Heiligen Geist gesandt zur Vergebung der Sünden. Durch den Dienst der Kirche schenke er dir Verzeihung und Frieden. So spreche ich dich los von deinen Sünden. Im Namen des Vaters und des Sohnes und des Heiligen Geistes.«

Pater Matteo überraschte mit dieser Absolution alle Anwesenden. Ein hörbares Aufatmen ging durch den Raum und Erleichterung erfüllte die Seelen.

55

Dennoch stellte der Kardinal nach wie vor eine erhebliche Gefahr dar. Die Bedrohung, die von ihm ausging, erforderte eine entschlossene und tiefgreifende Antwort. Würde man ihn jetzt einfach entlassen, könnte er einen internen Krieg entfachen, der außer Kontrolle geriet. Es war notwendig, ihm seine persönliche Höchststrafe aufzuerlegen. Keine Geißel, keine Dornenkrone, kein Kreuz konnten diesen narzisstischen Soziopathen so treffen wie lebenslange Armut und Bedeutungslosigkeit.

Matteo erkannte die Parallelen zwischen dieser Form der Bestrafung und den gewalttätigen Methoden des Kardinals selbst. Dennoch sah er es als notwendig an, um die Menschen vor zukünftigen Schäden zu bewahren. Dies war ein Akt des Schutzes, wenn auch ein schwerwiegender, der darauf abzielte, das größere Wohl zu sichern und den Missbrauch von Macht zu verhindern.

Matteo schlüpfte in die Rolle des Staatsanwaltes und des Richters gleichzeitig.

Er erhob sich, um sein Plädoyer vorzutragen: »Kardinal Edoardo Folliero, erheben sie sich.« Folliero folgte der Anweisung und stand daraufhin frierend und zitternd inmitten des großen Gewölbes.

»Sie dürften bereits bemerkt haben, dass wir einundzwanzig neue Gäste begrüßen dürfen. Ihre Namen sind ...«, er musste vom Zettel ablesen, »Bettina Romano, Santino Fiorentini, Perlita Lori, Ugo Albano, Assunta Consoli, Elia Di Donato, Ottaviano Caruso, Colombano Ciccone, Antonia Giordano, Ulisse Rosiello, Rico Nucci, Daniela Buffon, Letizia Lorenzo, Livio Passero, Tiziano Giordano, Graziano Lucciano, Lalia Fiorentino, Milana Buccio, Elario Giovinco, Fiorella Cociarelli und Sansone Miniati. Alles ehemalige Kinder des Waisenhauses Santa Lucia. Alle wurden von Ihnen und ihren Freunden missbraucht, gequält, misshandelt oder verkauft – an ebensolche bösartige Kreaturen, wie sie es sind. Dank Antonia Giordano konnten wir die Identität einiger dieser Menschen ausfindig machen, zum Teil auch durch Sichtung des widerlichen Videomaterials und einer hoch entwickelten Gesichtserkennung und letztendlich durch die langjährigen Aufzeichnungen Schwester Rosarias. Ferner haben wir die Wege des Geldes auf ihren Konten zurückverfolgt und konnten so die Auftraggeber und in den meisten Fällen auch die verkauften Kinder finden, zumindest die noch lebenden. Sie wurden nun als vereidigte Zeugen und gleichzeitig als Geschworene eingeladen.

Edoardo Folliero, ihre Verbrechen sind durch offizielle Dokumente und die hier anwesenden Zeugen unwiderlegbar bewiesen.« Der Pater sprach mit fester Stimme und unerschütterlichem Willen. »Sie haben sich zahlreicher abscheulicher Taten schuldig gemacht: hundertfacher, grausamer Missbrauch von Minderjährigen; psychische und physische Folter Abhängiger; Nötigung und schwere

Körperverletzung – wobei Sie stets den möglichen Tod Ihrer Opfer billigend in Kauf nahmen und sogar Morde beauftragten; Menschenhandel und der Verkauf von Kindern über die Mafia weltweit; Geldwäsche, Erpressung von Staatsbeamten – und vieles mehr. Wir wissen auch, dass sie mithilfe von Francesco Venturi den Heiligen Vater ermorden ließen.

Diese Taten sind nicht nur Verbrechen gegen die Menschlichkeit, sondern auch Verrat an den Werten, die sie zu schützen schworen«, fuhr der Pater fort und ließ seine Worte im Raum nachhallen. »Sie haben Verrat an der Kirche geübt und ihr Ansehen beschmutzt. Ihre Position als Diener Gottes hätte sie zur absoluten Integrität verpflichtet, doch stattdessen haben sie das Vertrauen, das in sie gesetzt wurde, missbraucht, um sich an den Schwächsten zu vergreifen und sich selbst zu bereichern.«

Pater Matteo blickte in die Runde, um die Zeugen in seine Rede mit einzubeziehen und fragte sie: »Wie lautet ihr Urteil?« Die ehemaligen Waisenkinder hatten vorher alle belastenden Beweise gesichtet und sich beraten. »Wir bekennen den Angeklagten Edoardo Folliero für schuldig in allen Anklagepunkten«, die Wortführerin der Zeugen sprach leise, aber sie hatte den kompromisslosen Ton, der ihre Worte in Stein meißelte. Matteo drehte sich zu Folliero: »Wie bekennen sie sich zu den Vorwürfen?« Der Kardinal wusste, dass ihm Eloquenz und Raffinesse dieses Mal nicht helfen konnten und antwortete, ohne zu zögern mit brüchiger Stimme: »Schuldig.«

»Dann ist es beschlossen«, fuhr der Pater fort, »ihre sämtlichen Besitztümer, Konten, Immobilien, Beteiligungen, auch im Ausland, werden an den Treuhandfonds des Heiligen Stuhls überschrieben. Die Erlöse sollen den von Ihnen und ihren Handlangern Geschädigten und anderen Hilfsbedürftigen zugutekommen.«

»Das könnt ihr nicht tun«, schrie Folliero plötzlich in den Raum. In seiner ohnmächtigen Verzweiflung versuchte er vergeblich, seine Fesseln zu lösen.

»An mein Vermögen kommt ihr nicht ran! – Francesco, sagen sie was ...«

Aus Follieros Mundwinkel triefte der Speichel: »Sie haben doch alles gesichert, unantastbar? Kein Hacker kommt daran, haben sie gesagt.«

Der geknebelte Venturi konnte nicht antworten und zuckte nur hilflos mit den Schultern.

Folliero keifte weiter und sein Gesicht war jetzt ohne Maske: »Keiner von euch hat die Befugnis, meine Gelder anzurühren. Ich werde euch anklagen und vernichten – euch und eure Familien. Wisst ihr eigentlich, wen ihr vor euch habt? Ich schicke euch alle in die Hölle – Dreckspack! Meine Freunde sind mächtig und werden jeden von euch schnappen und zur Rechenschaft ziehen – das ist ein Versprechen!« Er sackte in sich zusammen und blieb auf dem kalten Boden sitzen – ein kleiner Mensch mit großen Worten.

Die Anwesenden waren sich nicht sicher, ob sie Mitleid

haben sollten oder ob er gerade ihre abgrundtiefe Verachtung für ihn noch weiter geschürt hatte.

Im Vorfeld hatten Matteo und Kaito sämtliche beträchtlichen Vermögenswerte des Kardinals gründlich recherchiert und ausfindig gemacht. Nichts war ihnen verborgen geblieben. Folliero hatte mithilfe seiner Verbindungen zur Mafia Millionenbeträge auf Offshore-Konten transferiert. Diese Konten waren geschickt in verschiedenen Steueroasen verteilt, darunter nicht nur die Bahamas, sondern auch die Cayman Islands, Liechtenstein und die Schweiz. Die ausgeklügelten Netzwerke und verschleierten Geldströme sollten dafür sorgen, dass diese Vermögen unentdeckt und unantastbar blieben.

Doch Matteos und Kaitos technische Expertise hatte diese Bemühungen zunichtegemacht. Es gelang ihnen, detaillierte Informationen über die Kontenbewegungen und die involvierten Akteure ausfindig zu machen. Mit diesem Wissen ausgestattet, war Matteo in der Lage, dem Kardinal den Zugriff auf diese Gelder zu verwehren. So entfiel die Möglichkeit, dass Folliero, Francesco Venturi oder seine anderen Verbündeten auf die illegalen Vermögenswerte zugreifen konnten. Diese Aussicht, die Früchte seiner kriminellen Machenschaften zu verlieren, war für den Kardinal die schlimmste aller möglichen Strafen. Mit diesen Maßnahmen, mittellos, ohne Einfluss und ohne Rang wäre Folliero auch für den Don absolut nutzlos.

Matteo atmete durch und fuhr fort: »Jegliche kirchlichen Ämter, Titel, Ehrenrechte und jede Machtbefugnis, die sie innerhalb und außerhalb der Kirche innehaben, werden Ihnen entzogen. Alle ihre Aufzeichnungen, Daten, Bilder, Videos und andere Unterlagen, die dazu dienten, Menschen zu erpressen, wurden beschlagnahmt. Sämtliche Schließfächer wurden geöffnet und die Inhalte sichergestellt. Wir haben alle ihre Aktivitäten und Verbindungen zu kriminellen Vereinigungen sorgfältig recherchiert, dokumentiert und als Beweismittel gesichert. Zudem werden sie in den Laienstand zurückversetzt. Ihnen bleibt nichts als ihre Kleider am Leib und die Reue und Buße für ihre ungeheuerlichen Taten. Sie werden nicht exkommuniziert und es ist Ihnen erlaubt, im Kloster San Giovanni in Laterano ihre restlichen Tage zu verbringen. Dort werden sie, so Gott will, mit Hilfe der Gemeinschaft der Mönche ihren Glauben wiederfinden.« Mit einem Seitenblick auf die furchteinflößenden Geräte ermahnte er: »Ein weiteres Vergehen ihrerseits, sollte es auch noch so geringfügig sein, wird eine kompromisslose und endgültige Strafe nach sich ziehen.«

56

Dr. Guiseppe D'Alban breitete die Dokumente sorgfältig auf dem Tisch aus, seine Hände ruhig, aber seine Augen wachsam. Er war ein erfahrener Notar, doch die Atmosphäre im Raum war drückend, fast erstickend.

Folliero, schweigend und unter den wachsamen Augen aller Anwesenden, setzte eine Unterschrift nach der anderen auf das Papier. Seine Hand zitterte leicht, während er das Testament besiegelte und all seine Besitztümer dem Treuhandfonds übertrug.

Der Raum war still, doch das Schweigen war trügerisch. In den Schatten lauerten Erinnerungen an Gewalt, Machtmissbrauch und Verrat. Die Folterinstrumente, unübersehbar im Raum verteilt, waren stumme Zeugen. Sie wirkten weniger wie Relikte der Vergangenheit und mehr wie unheilvolle Mahnungen an die schrecklichen Folgen des Ungehorsams. Folliero spürte den Druck auf seinen Schultern, die stumme Drohung in der Luft. Als er die Erklärung über seinen Rücktritt aus allen kirchlichen Ämtern unterschrieb, war es nicht seine eigene Hand, die das tat, sondern die Last der Konsequenzen, die auf ihm lag.

Er blickte auf und mit dem Mut der Verzweiflung rief er mit belegter Stimme: »Ariella!«

In seiner Tochter tobte ein Sturm, den niemand sehen konnte. Der Hilferuf des Kardinals wühlte sie auf, doch ihre Augen blieben kühl, regungslos. Ariella saß am Rand des Geschehens, äußerlich unbeteiligt, während sie die Szene aufmerksam verfolgte – jede Unterschrift, jede Bewegung, die leise Schwere der Entscheidung, die in der Luft hing. Doch ihre Gedanken waren weit entfernt von dem, was sich vor ihr abspielte. Wie unaufhörliche Wellen, die gegen eine Felsklippe brandeten, prallten die Fragen in ihrem Inneren auf, ohne Ruhe zu finden. Er ist mein Vater. Dieser Satz hallte in ihr nach, ein Echo, das sich in ihrer Seele verlor und doch immer wieder zurückkehrte.

Der Mann, der ihr das Leben geschenkt hatte – diese Tatsache hing wie eine unausweichliche Wahrheit über ihr, eine unsichtbare Verbindung, die sie mit ihm vereinte, ob sie es wollte oder nicht. Doch was bedeutete dieses Band wirklich? Blut allein konnte die vielen Abgründe zwischen ihnen nicht überbrücken. Der Vater, der nie für sie da war. Der Mann, dessen Name sich mit zahllosen Verbrechen und Untaten verwoben hatte. Wie sollte sie ihn sehen? War er ein Monster oder schlicht ein fehlbarer Mensch, wie jeder andere?

»Vertrauen sie darauf, dass sie das Richtige tun. Sie müssen verhindern, dass die beiden Schaden anrichten, bevor es zu spät ist«, waren seine Worte in der alten Kirche.

Die Frage, ob sie ihn hassen konnte, schien auf den ersten Blick so einfach, fast zu offensichtlich. Natürlich konnte sie das. Schließlich war es seine Schuld, dass so viel Leid geschehen war – nicht nur in der Welt, sondern auch in ihrem eigenen Leben.

Jedes Verbrechen, jede Misshandlung, jede zerstörte Existenz, die auf seine Entscheidungen zurückzuführen war, türmte sich wie ein schmerzvoller Berg in ihrer Seele auf. Wie konnte sie jemanden wie ihn nicht hassen?

Und doch – *sollte ich ihn lieben?* Diese Frage war komplizierter, schwerer zu greifen wie ein Schatten, der stets knapp außer Reichweite blieb. Er war der Mann, dessen Blut durch ihre Adern floss, der Ursprung ihrer Existenz. Trotz all seiner Grausamkeiten und Verfehlungen war er derjenige, ohne den sie nicht hier wäre. Aber was war Liebe in diesem Zusammenhang? War sie nur eine biologische Pflicht, ein Reflex, der in jedem Menschen schlummerte? Oder war Liebe eine bewusste Entscheidung, etwas, das über bloße Rationalität hinausging?

Je länger sie Folliero ansah, desto tiefer gruben sich diese Gedanken in ihre Seele. Sie wurden nicht klarer, sondern verwickelten sich weiter – ein unlösbares Knäuel aus widersprüchlichen Gefühlen. In jedem seiner Züge suchte sie nach Antworten, nach einem Funken Klarheit, doch sie fand nichts. Nur ein leeres Gesicht, das die Last seiner eigenen Schuld trug. *Weiß er überhaupt, was er mir angetan hat?*, fragte sie sich. *Verstand er, wie tief die Wunden reichten, die er hinterlassen hatte, auch ohne jemals selbst das Messer geführt zu haben?*

Da saß er, unterzeichnete Dokumente, die ihm all seine Macht nahmen, mit einem lächerlichen Tuch um die Hüften und doch blieb er derselbe Mann. Derselbe Vater. *Was schulde ich ihm?* Ihre Gedanken drehten sich im Kreis, während die Zeit sich endlos dehnte, als wäre alles in Zeitlupe. Die Antworten, nach denen sie suchte, blieben verborgen, und ihre Bedenken kreisten weiter, ziellos wie ein Kompass, der seinen Norden verloren hatte. *Hasse ich ihn? Oder liebe ich ihn?*

Als das letzte Dokument unterzeichnet war und sich der Notar auf seinen Platz zurückzog, stand Ariella plötzlich auf. Langsam und mit bedächtigen Schritten ging sie auf Folliero zu, ihr Blick fixierte ihn, als wolle sie in seine tiefblauen Augen sehen, um Antworten auf Fragen zu finden, die sie ihr ganzes Leben lang geplagt hatten. Matteo war gerade dabei, Folliero aufzuhelfen, als Ariella vor ihnen stehen blieb. Sie trat einen Schritt vor und sagte leise, aber mit klarer Stimme: »Ich bin deine Tochter, Ariella – die Heldin Gottes. Und ich kann nicht gutheißen, was du getan hast – die Morde, die Misshandlungen, die Vergewaltigungen. Dein Name ist in Blut geschrieben.« Ihre Stimme bebte leicht, als sie den letzten Satz aussprach. Doch dann hielt sie inne. »Und du bist mein Vater.«

Plötzlich blitzte in ihren Augen eine Entscheidung auf. Ihre Hand schoss nach unten und zog ein Messer hervor, das im Licht des Raumes funkelte. Folliero erstarrte. Der Schock, das Entsetzen, die plötzliche Erkenntnis seines Endes – das alles überrollte ihn. Die Welt um ihn schien zu verschwimmen, während er sich innerlich schon von seinem Leben verabschiedete.

Doch die Klinge war nicht für ihn bestimmt.

57

Alessandro Zani stand weiterhin im Zimmer des Papstes, das von einem weichen, aber strengen Licht durchflutet wurde. Die sterile Luft des Krankenhauses mischte sich mit der Spannung des Augenblicks. Der Papst, mittlerweile voll bei Bewusstsein und erstaunlich gefasst, saß aufrecht im Bett und nickte schwach, während Alessandro seine Gedanken ordnete, um das Erlebte zu erklären.

»Heiliger Vater«, begann er, seine Stimme zitterte leicht, »es war eine schmale Gratwanderung. Wenn nur ein Detail anders gewesen wäre – nicht auszudenken. Ich habe um das Leben meiner Familie gefürchtet. Die Drohungen der Mafia waren allzu real.«.

Der Papst, stets ruhig und weise, legte eine Hand auf Alessandros Arm. »Du hast großes Vertrauen gezeigt, mein Sohn. Vertrauen in Gott, aber auch in den Plan, den wir gemeinsam geschmiedet haben.« Sein Blick wanderte zu den Ärzten, die neben ihnen standen, den Ernst der Situation erkennend. Die Verantwortung, die auf ihren Schultern lastete, war gewaltig – sie waren Zeugen eines überaus heiklen Schwindels, der in der Geschichte der Kirche seinesgleichen suchen würde.

»Wie viele Leben hat diese Täuschung gerettet?«, fragte der Chefarzt, dessen Stimme jetzt fast ehrfürchtig klang. »Was, wenn sie herausfinden, dass der Papst noch lebt?«

Alessandro atmete tief durch und fuhr fort: »Die Entführer meiner Tochter sind nicht die einzigen Spieler in diesem tödlichen Spiel. Der ganze Plan, der Mord an seiner Heiligkeit, diente nicht nur dem Zweck, die Kirche zu destabilisieren. Es ging um Macht. Um Kontrolle.« Er machte eine kurze Pause, seine Hände zitterten leicht, als er sich an die Drohungen erinnerte. »Sie haben uns rund um die Uhr überwacht. Ich wusste, dass jeder falsche Schritt das Leben meiner Tochter kosten würde. Aber auch das des Heiligen Vaters.«

Der zweite Arzt, der bislang still gewesen war, trat vor und fragte: »Und jetzt? Was passiert jetzt? Es wird nicht lange dauern, bis der Vatikan und die Öffentlichkeit das vermeintliche Ableben des Papstes verkünden.«

Der Papst richtete sich noch weiter auf und sprach mit fester Stimme: »Das haben sie bereits getan und es ist genau das, was wir wollen. Lasst sie glauben, dass ich tot bin. Es gibt Menschen, die das für ihren Vorteil nutzen wollen, um das Chaos auszubreiten. Aber genau in diesem Moment der vermeintlichen Schwäche haben wir die größte Stärke. Die Wahrheit wird zur rechten Zeit ans Licht kommen.«

Alessandro nickte. »Der Plan war riskant, aber notwendig. In der Zwischenzeit werden wir herausfinden, wer genau hinter dem Attentat steckt und wer all diese Fäden zieht. Die Mafia ist nur ein Werkzeug, nicht der Kopf der Schlange.«

»Aber wie lange können wir diese verrückte Täuschung

aufrechterhalten?«, fragte der Chefarzt und musterte den Papst besorgt. »Die Sicherheitskräfte werden sicher Fragen stellen.«

Der Papst, nun mit einem fast verschmitzten Lächeln, erwiderte: »Die besten Geschichten sind die, die man nicht sofort preisgibt. In dieser Phase müssen wir sie glauben lassen, was sie glauben wollen. Was wirklich wichtig ist, ist, dass wir vorbereitet sind, wenn der Feind zuschlägt. Sie werden einen Fehler machen, und dann sind wir bereit.«

Alessandro fühlte die Schwere der kommenden Tage und die Gefahr, die noch über ihnen schwebte. Die Mafia würde nicht ruhen, bis sie ihren Auftrag erfüllt glaubte. Doch die Schwindelei des Papstes war mehr als nur ein Ablenkungsmanöver – sie war der Schlüssel zu etwas Größerem.

»Es gibt immer ein Risiko«, sagte der Pontifex und schaute bedeutungsvoll in die Runde. »Doch in dieser Welt gibt es keine größere Waffe als die Wahrheit. Und sie wird unseren Feinden das Rückgrat brechen, wenn die Zeit gekommen ist.«

Alessandro nickte, während die Schwerkraft seiner Rolle langsam auf ihm lastete. Er hatte das Leben seiner Familie aufs Spiel gesetzt, um das des Papstes zu retten – und nun hing die Sicherheit unzähliger weiterer Menschen von der Entscheidung ab, die sie gemeinsam getroffen hatten.

»Wir müssen schnell handeln«, flüsterte Alessandro fast zu sich selbst. »Jeder Augenblick zählt.«

Der Papst lächelte erneut, diesmal ernst und dennoch

voller Zuversicht. »In der Dunkelheit lauern viele, aber das Licht hat noch nie verloren. Es wird heller brennen, wenn der Tag der Abrechnung naht. Sei stark, Alessandro. Wir werden diesen Kampf gewinnen.«

Er ergänzte mit Nachdruck und die Ärzte begriffen, welche weitreichenden Auswirkungen ein Verstoß dagegen hätte. »Alles, was sie hier gehört und gesehen haben, darf den Raum nicht verlassen und unter keinen Umständen die Tatsache, dass ich nicht tot bin. Es hängen Menschenleben davon ab.«

58

Ariella wirbelte herum und rammte das Messer in Matteos Bauch. »Niemand vergreift sich an meinem Vater«, zischte sie. Matteo keuchte vor Schmerz, seine Augen weiteten sich in ungläubigem Entsetzen und er fiel zu Boden. Wie eine Furie kniete sich Ariella auf Matteo und schlug auf ihn ein. »Edoardo Folliero ist meine Familie!« Die Welt in ihr brach zusammen und ihre Gefühle verirrten sich in ihren aufgewühlten Gedanken.

Folliero stand regungslos da, als hätte ihn ein unsichtbarer Bann festgehalten. Sein Geist war in einem dichten Nebel aus Verwirrung und Panik gefangen, während in ihm leise der Gedanke aufkeimte: »Es hat funktioniert – am Ende siegt immer der Stärkere!« Doch dieser Sieg fühlte sich hohl und einsam an, als ob niemand seinen Triumph teilen wollte.

Die erdrückende Stille im Raum wurde jäh unterbrochen, als sich langsam Blut auf Matteos Kleidung auszubreiten begann.

Ohne zu zögern sprang Rosaria ein. Sie riss Ariella von Matteo weg und rief: »Was hast du da getan?« Dabei packte sie Ariella an beiden Schultern und schüttelte sie energisch, bevor sie sich um den am Boden liegenden Pater kümmerte. Kurz darauf eilte Kaito herbei, nahm seine Freundin in die Arme und hielt sie fest, während er verwirrt und mit ratlosen Blicken ihre Verzweiflung teilte. Selbst sein tiefes Wissen um menschliche Abgründe konnte ihm nicht helfen. Er hatte keine rationale Erklärung für das, was gerade passiert war. Ariella brach weinend zusammen und hing in den Armen Kaitos, der nicht losließ.

Aus Matteos Bauch ragte das Messer wie ein bedrohliches Mahnmal. »Ruft die Ambulanz!« Rosaria schrie in den Raum. Gavin Doyle wurde sofort aktiv und gab der Ambulanz über Funk Bescheid. Die Angabe des geheimen Ortes kostete ihn besonders viel Überwindung, aber es ging um Leben und Tod. Vier Minuten später kam der Rettungsdienst an. Der erfahrene Notarzt begutachtete Matteo: »Er muss sofort behandelt werden.« Die Sanitäter machten Matteo transportfähig und brachten ihn aus dem Raum und direkt in die Klinik, nicht bevor sie von Doyle zu absolutem Stillschweigen über dieses Ereignis vergattert wurden.

Francesco Venturi saß unterdessen noch gefesselt, aber entspannt in der Ecke und ließ das Szenario genussvoll an sich vorüberziehen. Es hätte nicht besser laufen können. *Wer ist jetzt blöd?*, dachte er, mit Blick auf Kaito, dem er amüsiert zunickte.

Nachdem etwas Ruhe eingekehrt war, verhaftete Doyle Pater Ricardo und Francesco Venturi offiziell. Mit entsprechender Ansprache und mit Kaitos Hilfe brachte er sie vorerst in zwei Zellen in der Wache unter.

Um Folliero würde sich der Sicherheitschef gesondert kümmern. Ihm hatte er inzwischen auch Handschellen angelegt und der neue ›Laienbruder‹ war bereit für das Kloster.

Später, als Doyle mit seinem ›Paket‹ den Raum verließ, saß Rosaria auf der Treppe – im Arm ihre Tochter und seufzte: »Was geschieht denn jetzt mit Ariella?«

Doyle hielt inne und seine Gedanken kreisten über dem Geschehen, bis er sich unvermutet philosophisch zeigte. Mit sanfter Stimme gelang es ihm, die beiden zu beruhigen: »Was passiert ist, war ein flüchtiger Funke im Getriebe des Schicksals – ein kurzer, fehlgeleiteter Blitz, doch ohne bleibenden Einfluss.«

Nachdenklich schaute er die beiden Frauen an: »Machen sie sich keine Sorgen, Rosaria. Alles wird gut.« Er zwinkerte und verließ mit Folliero den Raum.

59

Matteo lag still im kühlen, sterilen Krankenhauszimmer, das leise Summen der Geräte füllte die Stille. Sein Körper fühlte sich schwer an, als sei die Narkose noch nicht ganz abgeklungen. Doch nicht der körperliche Schmerz quälte ihn – es war die Erinnerung an Ariella. Immer wieder blitzte der Augenblick auf, in dem sie ihn angegriffen hatte. Ihr Gesicht, verzerrt von Wut und Schmerz, das Messer in ihrer Hand – warum nur?

Er versuchte, seine Gedanken zu sortieren, doch die Bilder kehrten unaufhörlich zurück. Für ihn war Ariella stets eine Frau gewesen, die moralische Grundsätze lebte und sich der Ethik verschrieben hatte. Was konnte sie nur so weit gebracht haben, ihm nach dem Leben zu trachten?

Das letzte Gespräch mit ihr kam ihm in den Sinn, als sie über Folliero sprachen. Da war dieser seltsame Ausdruck in ihren Augen gewesen – nicht Hass, sondern etwas Dunkles, das er damals nicht deuten konnte. Hatte sich dieser Funke zu einem unkontrollierbaren Feuer entwickelt? Aber warum gegen ihn?

Sein Blick glitt zur Decke, als die Tür leise aufging. Eine Schwester trat ein, gefolgt von einem älteren Arzt. »Guten Morgen, Pater Matteo«, sagte der Arzt ruhig. »Sie hatten großes Glück. Das Messer hat keine lebenswichtigen Organe verletzt.«

Matteo nickte abwesend. »Wann kann ich gehen?«

»Wir müssen noch einige Untersuchungen machen, aber sie sollten bald genesen sein.« Der Arzt lächelte schwach, bevor er das Zimmer verließ.

Matteo wusste, dass die körperliche Heilung das kleinste seiner Probleme war. Sobald er aus diesem Bett aufstand, würde er Antworten suchen müssen. Was hatte Ariella in diese Dunkelheit gezogen? Und was hatte das alles mit Folliero zu tun?

Die Stille im Zimmer wurde durch ein leichtes Klopfen unterbrochen. Der Pater drehte sich zur Tür.

Kaito stand da, seine Arme verschränkt und sah zu, wie Matteo langsam die Augen öffnete. Die Anspannung in seinen Schultern war unübersehbar. Er erinnerte sich nur zu gut an den Moment, als alles aus dem Ruder lief – als Ariella das Messer zog und zustechen wollte. Er hatte versucht, dazwischenzugehen, aber es war zu schnell passiert.

»Matteo…«, begann Kaito zögernd und trat näher ans Bett. Der Priester blinzelte benommen und sah zu ihm auf, das Gesicht gezeichnet von Schmerz und Verwirrung.

»Kaito?« Matteos Stimme klang schwach, fast brüchig. »Du – du warst da – warum …?«

Kaito senkte den Blick, bevor er antwortete. »Ich weiß, was du denkst. Dass sie das nie tun würde. Aber Matteo – sie hat es getan.« Seine Stimme war ernst, doch er versuchte, ruhig zu bleiben. »Ich war genauso schockiert wie du. Aber etwas stimmt nicht. Das war nicht die Ariella, die wir kennen.«

Matteo versuchte, sich aufzurichten, doch der Schmerz hinderte ihn daran. »Es muss einen Grund geben, Kaito. Sie ist nicht – sie würde so etwas niemals aus freien Stücken tun.« Seine Worte waren kraftvoller, entschlossener als seine Bewegungen, aber sie verrieten die Verwirrung, die tief in ihm nagte.

Kaito nickte langsam. »Ich weiß, und genau deshalb müssen wir herausfinden, was wirklich passiert ist.« Er setzte sich neben das Bett und fuhr fort: »Als sie das Messer zog, war da ein Moment, Matteo – ihre Augen – es war, als wäre sie nicht sie selbst. Ich dachte zuerst, es sei Wut. Aber jetzt bin ich mir nicht mehr sicher.«

Matteo schloss kurz die Augen, versuchte, die Erinnerung zurückzuholen. »Es gab keine Warnung. Wir hatten gesprochen – über ihren Vater, über diese schreckliche Verstrickung. Aber dann –«, er atmete schwer, »ich muss wissen, warum, Kaito. Ich muss verstehen, was sie dazu gebracht hat.« Kaito nickte und verließ wortlos den Raum.

Ariella saß im Wartebereich des Krankenhauses und starrte auf den Boden. Ihre Hände zitterten leicht, als sie die Worte immer wieder in ihrem Kopf wiederholte: *Was habe ich getan?* Sie war hier, um Matteo zu sehen und sich bei ihm zu entschuldigen. Doch die Bilder der vergangenen Nacht, als sie ihm das Messer in den Bauch stieß, verfolgten sie unentwegt.

Nach einer gefühlten Ewigkeit kam eine Krankenschwester und gab ihr ein Zeichen, dass sie eintreten dürfe. »Er schläft, aber sie können kurz bei ihm bleiben.« Ariella nickte und holte tief Luft, bevor sie die Tür öffnete.

Matteo lag mit verbundenem Bauch im Bett, sein Gesicht verzogen vor Schmerz. Der Anblick ließ Schuld in ihr aufwallen. *Das habe ich ihm angetan,* dachte sie. Als sie nähertrat, bemerkte sie, dass er die Augen öffnete.

»Ariella ...« Sein Blick war überrascht, aber auch skeptisch. »Was machst du hier?«

»Ich – ich wollte dir nur sagen, wie leid es mir tut«, stammelte sie. »Ich war nicht ich selbst. Ich weiß, dass das keine Entschuldigung ist, aber ich ...«

Matteo unterbrach sie. »Was ist passiert? Du warst so fern – so anders. Ich habe dir vertraut, und dann hast du ...«

»Ich weiß, dass es ein furchtbarer Fehler war!«, rief sie aus. »Es fühlte sich an, als wäre ich ferngesteuert; ich konnte keinen klaren Gedanken fassen. Der Kardinal hat mir immer wieder eingeredet, ich müsse die Kirche vor dir und Kaito schützen.« Ariella war den Tränen nahe und berührte Matteo sachte am Arm. »Das klingt vielleicht nach keiner Rechtfertigung, aber ich möchte, dass du verstehst: Ich wollte dir nie wehtun. Das war nie meine Absicht.«

Kaito, der gerade auf dem Flur zurückkehrte, hielt inne, als er Ariellas Stimme hörte. Eigentlich wollte er nicht lauschen, doch ihre Worte fesselten ihn. Was ging hier vor? Leise näherte er sich und blieb hinter einer Wand stehen, um weiter zuzuhören.

»Ariella, das ist schwer für mich ...« Matteos Stimme

war gedämpft, sein Atem mühsam. »Einfach vergeben kann ich dir nicht. Der Schmerz sitzt tief. Ich hätte nie gedacht, dass so viel in dir verborgen liegt.«

»Es zerreißt mich, dich so leiden zu sehen«, antwortete Ariella, ihre Stimme zitternd. »Ich bereue es von Herzen. Ich habe mich verloren. Aber bitte, glaub mir – ich bin immer noch an deiner Seite. Ich habe einen schrecklichen Fehler gemacht, und ich werde alles tun, um es wieder gutzumachen.«

Kaito spürte die Last in ihren Worten und Sorge stieg in ihm auf. Er konnte nicht einfach tatenlos dabei stehen, wie sie an Schuld zerbrach. Gerade als er einen Schritt vortrat, um ihr beizustehen, öffnete sich die Tür mit einem leisen Quietschen, und beide drehten sich überrascht zu ihm um.

»Ariella, was geht hier vor?« fragte Kaito, seine Stimme fest und besorgt.

Ariella sah ihn mit großen Augen an. »Kaito, ich ...«

»Ich habe alles gehört«, sagte er. »Du entschuldigst dich bei Matteo, aber was ist mit dir? Du brauchst Hilfe, Ariella. Du kannst nicht einfach weglaufen und so tun, als ob alles in Ordnung ist.«

»Ich kann das nicht mehr!«, rief Ariella. »Ich habe so viele Fehler gemacht. Ich habe alles ruiniert!«

Matteo zog sich schwerfällig in seine Kissen. »Ich brauche Zeit, um das zu verarbeiten. Aber ich denke, dass du auch mit dir selbst ins Reine kommen musst.«

Kaito schüttelte den Kopf. »Ariella, lass uns das gemeinsam angehen. Du bist nicht allein. Ich bin hier, um dir zu helfen.« Sie atmete tief durch und fühlte sich zerrissen zwischen ihrer Schuld und der Hoffnung, die in Kaito und Matteo lag. Vielleicht war dies der erste Weg zur Besserung – nicht nur für den Pater, sondern auch für sie.

»Ich werde alles in meiner Macht Stehende tun«, flüsterte sie, während sie erschöpft in einen Stuhl sank, ihre Augen spiegelten den tiefen Schmerz und die Trauer wider.

60

Nachdem die Nachricht vom Tod des Papstes die Schlag-zeilen der Weltpresse beherrscht hatte, setzten sich die fein gesponnenen Fäden der Intrige in Bewegung. Venturis Komplizen, die im Schatten des Big Ben in London agier-ten, warteten nur auf das Signal. Es kam unspektakulär – ein verschlüsseltes Telefonat, eine Anweisung aus Rom, kühl und präzise.

Giulia saß in einem abgedunkelten Raum, die Hände mit einem Seil gefesselt und streng bewacht von zwei Handlangern Venturis. Alle Fenster und Türen hatte sie bereits überprüft – eine Flucht war ausgeschlossen. In einer abgelegenen Ecke zusammengesunken, hoffte sie vergeb-lich, dass die Dunkelheit sie schützen könnte, während ihre Gedanken unaufhörlich um ihrem Vater kreisten. Sie ahnte, dass er mit ihr als Druckmittel erpresst wurde. Der Papst musste dahinterstecken – welchen anderen Grund hätte es sonst geben können, sie zu entführen?

Aber was passiert, wenn deren Auftrag erledigt ist? Dann wäre ich nutzlos, dachte sie und ihre Angst wuchs ins Unermessliche. Sie werden mich umbringen. Giulia versuchte, sich zu beruhigen, was ihr aber nicht gelingen wollte. Zu aufgewühlt waren ihre Gedanken.

Plötzlich hörte sie Geräusche an der Tür und sie machte sich noch kleiner in ihrer Ecke. Die beiden Wachen kamen herein, trugen Sturmhauben und gingen wortlos, zielstrebig auf Giulia zu. Der Größere zog ein überdimensionales Messer – wie sie es aus einem Rambofilm kannte – aus seinem Gürtel und trat vor sie.

»Aufstehen!« Es war unmissverständlich. Sie stand auf und versuchte, ihren Körper mit den gefesselten Händen zu schützen. »Bitte nicht«, flehte sie, in der Hoffnung, der Mann hätte noch einen Funken Menschlichkeit in sich. »Warum tun sie das?« Ihre Stimme versagte, von Tränen erstickt. Dann wartete sie auf den unvermeidlichen Tod. Der Mafioso hob das Messer an und durchschnitt damit ihre Fesseln. Ungläubig schaute sie auf ihre Hände und dann auf den Mann.

Der zog ihr wieder die schwarze Haube über den Kopf und drehte sie Richtung Tür. »Kommen sie mit«, sagte er, während er sie vorwärts schob.

Giulia bewegte sich nur sehr vorsichtig, immer noch eine Kugel erwartend oder einen Stich. Draußen hörte sie dann eine Autotür und der Entführer half ihr auf den Rücksitz. Sie fuhren los. Ihr Herz pochte laut. Nach einer Weile hielten sie an und Giulia wurde aus dem Auto geholt. Sie befanden sich mitten in London in einer kleinen menschenleeren Gasse. Der Mann nahm ihr die Haube ab.

»Sie sind frei – Sie können gehen«, sagte er in einem unbeteiligten Ton, als ginge es ihn überhaupt nichts an. Langsam begann sie, sich in Richtung der belebten Straße am Ende der Gasse zu bewegen.

Sie drehte sich nicht um. Erst als sie in die geschäftige

Menschenmenge eingetaucht war, traute sie sich, den Blick zu erheben. Von ihren Entführern war nichts mehr zu sehen. Schnell hielt sie eines der zahlreichen Taxis an und ließ sich nach Hause fahren.

Die Spannung, die seit Wochen in den Gassen Londons geherrscht hatte, löste sich augenblicklich in geschäftiger Eile auf. Die Entführer hatten ihren Zweck erfüllt. Sie packten ihre Sachen, hinterließen keine Spur und bereiteten sich darauf vor, unauffällig in die Dunkelheit der Stadt zu verschwinden, als wäre nie etwas gewesen.

Giulia hatte erst mal genug von London. Bei ihrer Au-pair-Stelle bedankte sie sich für die herzliche Aufnahme in deren Haus und teilte ihren Entschluss mit, wieder nach Rom zu reisen. Die sichtlich erleichterte Gastfamilie zeigte viel Verständnis und lobte Giulia für ihre tolle Arbeit.

Dann konnte sie beruhigt abreisen. Ihr Flug ging zwei Stunden später.

Kurz darauf stand sie vor der Tür ihres Elternhauses, die Augen noch gezeichnet von Angst und Erschöpfung, doch in ihnen glomm ein Funke des Überlebens. Alessandro Zani, der vor Erleichterung kaum atmen konnte, schloss seine Tochter fest in die Arme. Sie zitterte leicht, während ihre Mutter sie ebenfalls umarmte. Tränen liefen stumm über ihre Wangen. Alles, was sie durchgemacht hatte – die ständige Ungewissheit, die Furcht vor jedem Geräusch – fiel plötzlich von ihr ab. Sie war daheim. Am Leben.

Die Familie schloss die Tür hinter sich, doch das

Gewicht der Ereignisse lastete noch immer auf ihren Schultern. Zani konnte kaum glauben, dass es vorbei war. Die Entführer hatten sie unversehrt gehen lassen – eine beinahe unglaubliche Wendung, wenn man bedachte, wie viel Macht die Männer im Hintergrund besaßen. Er wusste, dass sie nur freigelassen worden war, weil sie jetzt keine Bedrohung mehr darstellte und ihr Tod wahrscheinlich mehr Ärger verursacht hätte, als ihnen lieb war. Ein Zusammenhang zwischen der toten Tochter des Kammerdieners des Papstes und dessen Ableben hätte gefährliche Rückschlüsse zugelassen. Zanis Herz raste immer noch vor Aufregung, aber tief in ihm brodelte die Gewissheit, dass die Menschen, die dies alles inszeniert hatten, nicht einfach verschwinden würden. Irgendetwas Dunkles hing über dieser ganzen Sache, ein Schatten, der nicht so leicht abzuwaschen war.

61

Kurz darauf, nachdem Giulia in Sicherheit war, wurde Francesco Venturi von Gavin Doyle an die römische Polizei übergeben. Aus Mangel an Beweisen musste man ihn wieder laufen lassen. Es stand Aussage gegen Aussage. Es konnte weder die Entführung von Giulia Zani noch die Erpressung ihres Vaters und die Anstiftung zur Ermordung des Papstes durch Venturi nachgewiesen werden. Doyle konnte die Videoaufnahmen nicht verwenden, weil er damit seinen größten Joker gegen den Don ausspielen würde.

Niemand konnte erahnen, wer im Vatikan alles darüber Bescheid wusste und durch stillschweigende Duldung die Möglichkeit eröffnet hatte, dieses Monster Folliero dingfest zu machen. Die Netzwerke der Macht und die Verschwiegenheit der Eingeweihten hatten ein undurchdringliches Geflecht gewebt, das den Kardinal lange vor Entdeckung geschützt hatte.

Doch nun, wo die Wahrheit ans Licht gekommen war, stellte sich die Frage, wie viele weitere Geheimnisse noch verborgen lagen und wie viele Insider wissentlich weggesehen hatten, um das Ansehen der Institution zu wahren. Die Ergreifung des Kardinals war nicht nur ein Schlag gegen einen einzelnen Übeltäter, sondern ein Schritt, der die stillen Komplizen im Schatten der heiligen, unantastbaren

Mauern bloßgestellt hatte. Deren Verschwiegenheit richtete sich jetzt gegen alle Nachforschungen, sowohl interner als auch externer Institutionen. Um sich selbst zu schützen, blieb ihnen nichts anderes übrig, als auch die Maßnahmen von Pater Matteo mit einem großzügigen Mantel aus Geheimhaltung zu verhüllen.

62

Alessandro Zani, als engster Vertrauter des Papstes, wartete den passenden Moment ab, um den Heiligen Vater über die jüngsten Entwicklungen in Kenntnis zu setzen. Der befand sich noch im Krankenhaus und erholte sich von seiner Vergiftung, sodass es Zani ein Anliegen war, ihn nicht mit unnötigen Details zu belasten. Dennoch konnte der Vorfall um den Kardinal nicht gänzlich verschwiegen werden, denn die Ereignisse hatten längst Kreise gezogen, wenn auch diskret im Hintergrund.

Der Papst wirkte äußerlich unbewegt, doch seine stille, kontrollierte Aufmerksamkeit verriet, dass er jedes Wort Zanis genau abwog. Er war sich der Bedeutung der Situation bewusst, wollte aber um jeden Preis verhindern, dass die Angelegenheit an die Öffentlichkeit geriet und die Kirche in eine noch größere Krise stürzte. Mit einer tiefen, jedoch erschöpften Stimme machte er Zani klar, dass er keine mediale Aufmerksamkeit auf das Geschehen gelenkt sehen wollte. Die Gesundheit der Kirche sei fragil, ebenso wie seine eigene.

»Heiligkeit«, begann Zani, »ich könnte jetzt stundenlang Verbrechen aufzählen, die Kardinal Folliero begangen hat, eines schlimmer als das nächste, aber anstatt Einzelheiten aufzulisten, werde ich Ihnen nur das Wichtigste weitergeben.

Das Waisenhaus Santa Lucia war oder ist Umschlagplatz und Ausgangsort für übelsten Kinderhandel und Missbrauch. Es wurden sogar Morde vorgenommen. Folliero arbeitete mit der Mafia zusammen, insbesondere mit Don Massimo Venturi und seinem Sohn Francesco. Mit ihnen zusammen veranstalteten sie Auktionen mit Kindern als Ware bei ihm in der Villa. Die Einnahmen wurden auf Konten des Kardinals weltweit verschoben. Alle Gelder wurden inzwischen von Pater Matteo und Kaito Takemoto an den Treuhandfonds des Heiligen Stuhls überschrieben und sollen unter anderem zur Unterstützung der Geschädigten dienen. Der Kardinal hat auch eine Tochter mit Schwester Rosaria aus dem Waisenhaus – Ariella Salvani.«

»Das ist ja alles kaum zu glauben, Alessandro. Gibt es dafür Beweise?«, flocht der Papst ein.

»Natürlich, Heiligkeit, alle Straftaten sind felsenfest belegt. Die Vaterschaft des Kardinals sogar mit einem positiven DNA-Test – aber es kommt noch besser.«

Der Pontifex musste sich hinlegen, nachdem er einen Schluck Wasser getrunken hatte. »Fahren sie fort, Alessandro.« Seine Stimme war brüchig, aber er war immer noch sehr aufmerksam dabei.

»So wie ich es erfahren habe, hat sich Rosaria zahlreiche Male selbst geopfert, um den Kindern diese Qual zu ersparen. Als Resultat hat sie jetzt die Tochter. Auch der Polizeichef Roms, Vincente Moretti, war immer bei allen Aktivitäten Follieros dabei. Nicht zu vergessen, der ›Sekretär‹ des Kardinals, Pater Ricardo Costa, der sogar auch

Schließfächern weltweit deponiert. Die Echtheit der Bänder wurde jeweils vom Notar beglaubigt.

Sollte mir, meiner Familie oder einem Vertreter des Vatikans etwas zustoßen, können sie versichert sein, dass automatisch das Innenministerium, Interpol und die Weltpresse, inklusive aller TV-Sender weltweit, sowie alle sozialen Netzwerke damit bestückt werden.

Als weitere Bedingung fordere ich sie auf, dafür zu sorgen, dass Pater Ricardo Costa wegen Mordes zu lebenslanger Haft ohne die Möglichkeit einer Begnadigung verurteilt wird. Sie werden außerdem alle erforderlichen Mittel einsetzen, um sicherzustellen, dass Ricardo Costa sich nicht zu den jüngsten Ereignissen im Vatikan äußert.

Gavin Doyle, Sicherheitsbeauftragter des Vatikans.«

Morettis Herzschlag beschleunigte sich. Er wusste genau, was das bedeutete. Dieses Schreiben war nicht bloß eine Forderung – es war fast ein Todesurteil. Und wenn er versagte, würde die Welt Zeuge von Geheimnissen, die besser im Dunkeln geblieben wären.

»Gavin Doyle«, murmelte Moretti und ließ sich schwer in seinen Sessel sinken. Er hatte schon viele mächtige Männer fallen sehen, aber dieser schien anders zu sein. Furchtlos. Und nun war auch er in diesen Sumpf hineingezogen worden.

In Venturis Büro brannte noch Licht, während er stumm auf den Bildschirm starrte. Er wusste, dass Doyle ihm die

Hände gebunden hatte.

Der große Don musste sich geschlagen geben. Fürs Erste. Doch er wusste, dass Rache nur eine Frage der Zeit war. Er war ein geduldiger Mann, und niemand entkam seinem Netz. Niemals.

Er schwor sich eines: Nicht einmal Doyle würde Don Massimo Venturi auf ewig in Ketten legen.

65

Edoardo Folliero wurde als Pflegefall und Laienbruder, ohne Aufsehen zu erregen, ins Kloster San Giovanni in Laterano überführt. Es gab dort eine gesicherte Abteilung für Brüder, die an Demenz erkrankt waren und weglaufen würden; für Folliero das denkbar wohlwollendste aller Gefängnisse, mit der Maßgabe, dass er das Kloster nicht verlassen durfte. Die Mitbrüder nahmen sich das sehr zu Herzen und ließen ihn nicht aus den Augen.

Aber das Kloster war kein Ort der Buße für Folliero, sondern ein schleichendes Gefängnis. Jeden Tag spürte er, wie seine Macht über ihn hinweg schwappte wie eine Flut, die ihn zurückließ. Die Venturi-Familie und der Vatikan hatten ihn zum Schweigen verdonnert, doch Folliero war ein Mann, der sich nicht so leicht geschlagen gab, und er würde nicht schweigen. Das hatte er ihnen angedroht, wenn sie ihm nicht helfen würden, zu entkommen.

Es war Nacht, als die Männer eintrafen. Sie waren gut vorbereitet, ruhig und professionell. Kein Schrei drang aus Follieros Zelle. Sie hatten ihn in den Schlafmitteln versinken lassen, die ihm die Mönche täglich gaben, um seine Nerven zu beruhigen. Er war vollkommen hilflos. Noch bevor ihm die letzte Injektion verabreicht wurde, beugte sich einer der Männer über ihn.

»Du hättest wissen müssen, dass wir dich nie vergessen«,

hauchte er ihm ins Ohr. Follieros glasige Augen weiteten sich, als die Erkenntnis kam. Er war ihnen doch nicht entkommen.

Es dauerte nicht lange, bis die offizielle Nachricht die Runde machte. Der ehemalige Kardinal, psychisch zerrüttet, hatte sich das Leben genommen.

Don Massimo Venturi hatte lange gezögert, einen seiner wertvollsten Verbündeten zu eliminieren. Doch als klar wurde, dass Folliero unberechenbar war und bereit, alles zu verraten, hatte der Mafiaboss keine Wahl.

»Er hätte es nicht so weit kommen lassen sollen«, sagte Venturi eines Abends leise zu seinem engsten Kreis. »Aber wir können keine Schwäche zeigen. Nicht jetzt.« Es war Venturis Art, Follieros Untergang zu besiegeln. Kein Zögern, keine Skrupel. Die Mafia verstand sich darauf, sauber zu arbeiten, und so wurde der Plan ausgeführt. Follieros Tod sollte aussehen wie ein Selbstmord – eine inszenierte Verzweiflungstat eines gebrochenen Mannes. Und doch, die Gerüchte in Rom, das Flüstern in den dunklen Gassen erzählten eine andere Geschichte.

Trotz erdrückender Beweislage aber blieb Don Massimo Venturi unbehelligt. Statt zahllose Kleinganoven im Auge behalten zu müssen, brauchte man sich nur auf einen zu fokussieren – den uneingeschränkten Herrscher über sein Imperium.

Wie auch immer – dem Vatikan wurde eine große Bürde von den Schultern genommen. Die verschwiegenen Mauern bis in die obersten Reihen des Heiligen Stuhls bewahrten ihr Geheimnis sicher, und die Welt war ohne Folliero ein kleines Stückchen besser geworden; ein Grund auch für Doyle, seine Aufnahmen unter Verschluss zu halten. Aber es gab noch eine Person, die zu viel wusste.

Das Carcere di Civitavecchia war ein Hochsicherheitsgefängnis für Schwerverbrecher, unter anderem auch Mitglieder der Mafia und anderer krimineller Organisationen.

Ricardo Costa war aus dem Untersuchungsgefängnis nach Civitavecchia verlegt worden und saß dort in einer Einzelzelle. Der Polizeichef persönlich hatte seinen Freund, Richter Baresi, gebeten, dies zu veranlassen. Da Costa sich vehement weigerte, die Namen seiner Komplizen preiszugeben, auch nach stundenlangen Verhören, war das eine oft bewährte Maßnahme. In dem »richtigen« Gefängnis würde er schon reden, meinte Moretti siegessicher beim Abendessen mit dem Haftrichter.

Gleich am ersten Tag nach der Überstellung zwitscherte ein Vöglein bei den Mitgefangenen und ließ das Wort ›pädophil‹ fallen. Im Gefängnis hat dieses Wort eine Strahlkraft wie ein Jagdhorn, das zur Hetzjagd ruft. Die Meute scharrte sofort unruhig mit den Hufen und am nächsten Morgen fand man den ehemaligen Pater tot im gemeinsamen Waschraum. Ohne große Umstände und in aller Stille wurde der malträtierte Leichnam entsorgt. Die Nachricht erreichte Venturi und Moretti eine Stunde später. Das Netzwerk hatte wieder einmal seine teuflische Effizienz bewiesen.

Epilog

Pater Matteo, unermüdlich in seiner Bestrebung, das Gute zu fördern und das Böse zu bekämpfen, setzte seine Arbeit an den Sicherheitssystemen des Vatikans mit großer Unterstützung seines Freundes Kaito – inzwischen fest angestellt – fort. Was jedoch außer den beiden niemand wusste, war, dass er in allen Programmen eine subtile Backdoor eingebaut hatte, die ihm unbemerkten Zugang zu sämtlichen geschützten Funktionen ermöglichte. Die künstliche Intelligenz, die er unter anderem als selbstlernende Trojaner geschickt in die Systeme integriert hatte, half ihm dabei, Missetaten innerhalb des Klerus zu entdecken und gegebenenfalls zu ahnden.

Dies war seine wahre Mission, seine geheime Berufung. In der stillen, von Andacht und Intrigen durchdrungenen Welt des Vatikans agierte Pater Matteo wie ein unsichtbarer Hüter der Gerechtigkeit, auch außerhalb der Befugnisse des Gendarmeriekorps der Vatikanstadt und der Schweizergarde. Jeder Tag brachte neue Herausforderungen, doch er war entschlossen, mithilfe seiner Mitstreiter Kaito und Schwester Rosaria, dem Dunkel Einhalt zu gebieten, den Verirrten den Weg zu weisen und die Reinheit der Kirche zu bewahren.

Auch Gavin Doyle war Feuer und Flamme für die Ziele dieser drei Kämpfer. Matteo und Kaito weihten ihn ein in die Funktionen ihrer KI-basierten Programme und Erfindungen. Doyle sah die couragierte und ehrenwerte Absicht in Matteos Denken und Handeln und half, wo er nur konnte. Bei der Backdoor drückte er beide Augen zu, weil ein solcher »Reserveschlüssel« in den richtigen Händen Leben retten kann. Gavin Doyle hatte nun seine eigene geheime IT-Taskforce.

Ariellas Tat war fast vergessen und mit Kaito hatte sie den besten Therapeuten, den sie kriegen konnte. Die beiden blieben weiterhin zusammen und genossen das Leben.

Matteo hatte ihr längst verziehen und gab ihr die priesterliche Absolution.

Schwester Rosaria wurde bald einstimmig zur Mutter Oberin im Waisenhaus gewählt, sogar mit dem Segen des Pontifex. Sie sorgte dafür, dass nie mehr einem Kind Leid angetan wurde. Follieros Stiftung, die das Waisenhaus unterstützt hatte, wurde vom Treuhandfonds des Heiligen Stuhls übernommen und kam weiterhin in voller Höhe der Einrichtung zugute.

Matteo, der unscheinbare Pater und »Kampf-Mönch«, war vollständig genesen und ging seinen Weg weiter, getragen von einem inneren Feuer, das niemals zu erlöschen schien, getrieben von der heiligen Pflicht, das Gute zu beschützen und das Böse zu bestrafen.

Matteo hatte eine neue Dimension entdeckt und seine Weltanschauung, die von klaren Gegensätzen und dem Kampf zwischen Gut und Böse geprägt war, tief in der westlichen religiösen Tradition verankert. Er hatte einen Weg gefunden, diese dualistische Sichtweise mit einer tieferen, harmonischen Weitsicht zu verbinden, indem er die asiatische Philosophie, insbesondere die gewaltfreien Prinzipien des Aikido, studierte.

Im Zentrum der westlichen Tradition stehen häufig die Bekämpfung des Bösen und die Förderung des Guten durch eindeutige, entschlossene Taten. Aber Aikido vermittelte Matteo, dass es auch möglich ist, Auseinandersetzungen ohne Gewalt zu lösen. Man sollte seine Energie umleiten, um die Harmonie wiederherzustellen, anstatt sie zu besiegen. Diese Philosophie half ihm zu verstehen, dass wahre Stärke nicht in der Konfrontation liegt, sondern im Streben nach Frieden und Ausgleich.

Indem Matteo diese beiden Perspektiven vereinte, entwickelte er eine tiefe innere Stärke. Diese ermöglichte es ihm, in schwierigen Situationen ruhig und bedacht zu handeln. Für ihn war es keine Schwäche, Aggressionen aus dem Weg zu gehen oder Konflikte zu vermeiden. Im Gegenteil: Durch diese Synthese hatte er eine Methode gefunden, die ihn befähigte, auf eine kraftvolle, aber friedvolle Weise zu reagieren.

Matteo sah die beiden Philosophien nicht als unvereinbare Gegensätze, sondern als sich ergänzende Teile einer größeren Wahrheit. Wo der Westen ihn lehrte, für das Gute zu kämpfen, zeigte ihm der Osten, dass der wahre Sieg darin liegt, Gewalt zu überwinden und Harmonie zu schaffen. Aus dieser Synthese schöpfte er seine innere Kraft – eine Kraft, die in der Balance von Moral und Friedfertigkeit wurzelte.